그린글라스 하우스

❶

그린글라스 하우스 1

초판 1쇄 발행 | 2020년 2월 28일

글쓴이 | 케이트 밀포드
옮긴이 | 김경연

펴낸이 | 조미현
책임편집 | 황정원
편집진행 | 박단비
디자인 | 씨오디 color of dream

펴낸곳 | (주)현암사
등록 | 1951년 12월 24일 제10-126호
주소 | 04029 서울시 마포구 동교로12안길 35
전화 | 02-365-5051
팩스 | 02-313-2729
전자우편 | child@hyeonamsa.com
홈페이지 | www.hyeonamsa.com
페이스북 | www.facebook.com/hyeonami
블로그 | blog.naver.com/hyeonamsa
트위터 | twitter.com/hyeonami

ISBN 978-89-323-7501-4 44840
978-89-323-7500-7 (세트)

* 이 도서의 국립중앙도서관 출판예정도서목록(CIP)은 서지정보유통지원시스템 홈페이지(http://seoji.nl.go.kr)와 국가자료공동목록시스템(http://www.nl.go.kr/kolisnet)에서 이용하실 수 있습니다.(CIP제어번호:CIP2020006571)
* 책값은 뒤표지에 있습니다. 잘못된 책은 바꾸어 드립니다.
* 현암주니어는 (주)현암사의 아동 브랜드입니다.

그린글라스 하우스

1

케이트 밀포드 글 | 김경연 옮김

현암
주니어

내 어린 시절 모든 크리스마스를 보내게 해 준
가까운 가족 먼 가족 모두에게,

래건, 해들리, 페로, 올리버, 그리핀,
그리고 우리가 아멜리아라고 부르는 모든 모험가들에게,

고장난 것들을 고쳐 달라며 내 팔을 비틀던 엠마와
엠마가 가장 좋아하는 그랜드무에게,

감사를 보낸다.

그린글라스 하우스 ❶

제 1 장

밀수업자들의 여관

밀수업자들의 마을에서 호텔을 경영하려면 방법이 두 가지 있다. 하나는 옳은 방법, 또 하나는 잘못된 방법.

우선, 질문을 너무 많이 해서는 안 된다. 그리고 돈 때문에 이 일을 해서도 안 된다. 밀수업자들은 불법으로 거래되는 녹색 만년필 잉크 카트리지 여덟 통을 살 수 있는 구매자를 발견한다면야 현금이 조금 있겠지만, 요즘은 그럴 기회가 없다. 만약 밀수업자들이 묵는 호텔을 경영하려면 커다란 회계 장부를 구비해야 하며, 장부에 무엇을 기입하든 실제로는 만년필 카트리지로 지불받게 되리라는 예상을 해야 한다. 운이 좋으면, 그보다 훨씬 더 쓸모없는 것을 받을 수도 있다.

밀수업자들의 호텔을 경영하는 사람은 밀로 파인이 아니라 밀로의 부모였다. 또한 실제로는 호텔이 아니라 여관이었다. 열두 개의 서로 다른 도시에 있던 열두 개의 서로 어울리지 않는 대저택에서 버려진 조각들을 끼워 맞춘 듯 보이는 거대한 저택으로, 금방이라도 무너질 것 같았다. '그린글라스 하우스'라는 이름의 이 여관은 포구들이 이어진 좁은 만을 굽어보는 언덕 비탈에 서 있었다. 이 작은 지역은 절반은 기슭이었고 절반은 스키드랙강을 향해 빗살 모양으로 돌출해 있는 잔교들로 이루어져 있었다. 부둣가에서 여관까지 걸어 올라가려면 시간이 꽤 걸렸다. 여관 전용 부두에서 윌포버 힐의 가파른 경사를 케이블 철도로 올라간다고 해도 살짝 짧은 여행이 될 뿐이었다. 물론 오직 밀수업자만을 위한 여관은 아니고, 가장 자주 들르는 사람이 밀수업자일 뿐이라고 밀로는 생각했다.

밀로는 아기였을 때 노라와 벤 파인에게 입양된 뒤로 줄곧 그린글라스 하우스에서 살았다. 그린글라스 하우스는 언제나 밀로의 집이었다. 밀로는 여관을 거쳐 가는 기이한 사람들에게 익숙해져 있었다. 어떤 사람들은 휴가 때 나타나 다정하게 뺨을 꼬집어 주고 다시 사라지는 친척처럼 시즌마다 찾아왔다. 십이 년이 지나자 밀로는 누가 언제 여관에 나타날지 능숙하게 예상할 수 있게 되었다. 밀수업자들은 마치 곤충이나 식물처럼 나타나는 시즌이 있었다. 그렇기 때문에 지금 포치에 달린 거대하고 오래된 종이 울리기 시작한 것은 매우 이상한 일이었다. 이 종은 레일카를 선로로 끌어 올리는 케이블을 구동하는 윈치와 연결되어 있었다.

오래된 쇠 종의 음색은 계절에 따라, 그리고 시간에 따라 달라졌다. 겨울방학 첫 날인 오늘 저녁의 날씨는 추운 데다 불안정했고, 막 눈이 내리기 시작했다. 종소리 또한 불안정하고 거칠었다. 몹시 찬 공기를 쿨럭 삼키는 것 같은 소리였다.

밀로는 커피 테이블에서 수학 문제를 풀고 있다가 눈을 들었다. 밀로는 학교 생각을 하지 않고 휴일을 즐길 수 있도록 숙제를 즉시 해치워 버리는 것을 좋아했다. 밀로는 엄마를 바라보았다. 엄마는 커다란 돌 벽난로 앞에 깔린 래그러그에 드러누워 책을 읽고 있었다.

"누가 오나 봐요?"

밀로가 못 믿겠다는 듯이 물었다.

파인 부인은 자리에서 일어나, 겨드랑이에 책을 끼고 로비를 가로질러 가서는 문 옆 창문으로 밖을 응시했다.

"그런가 보구나. 윈치를 가동시키는 게 좋겠다."

"하지만 방학 첫 주에는 절대 손님을 안 받잖아요."

밀로가 항의했다. 뱃속에서 희미하게 불편한 느낌이 일기 시작했지만, 꿀꺽 삼키려고 애썼다. 방학을 이렇게 빨리 망치다니 말이 돼? 부두 주변에 사는 아이들이 등하굣길에 이용하는 배에서 밀로가 내린 것이 불과 몇 시간 전이었다.

"자주 받지는 않지. 하지만 손님을 안 받는다는 규칙이 있어서가 아니라, 어쩌다 보니 그렇게 된 거지."

파인 부인이 부츠 끈을 매며 말했다.

"하지만 방학이잖아요!"

밀로 엄마는 어깨를 으쓱하며 밀로의 코트를 내밀었다.

"같이 가자. 우리 신사분께서 설마 이 추운 데 엄마 혼자 나가게 하는 건 아니겠지."

아, 전능한 '신사' 카드. 밀로는 여전히 투덜거리며 자리에서 일어났다. 구부정한 자세로 엄마에게 가면서 소리 없이 속삭였다.

"방학인데 방학, 방학…"

밀로는 방금 숙제를 마친 참이었다. 그건 한동안 책임은 끝이라는 뜻이어야 했다.

종이 다시 울렸다. 좌절감에 굴복한 밀로는 부츠 한 짝을 신은 채로 로비 한가운데 멈춰 서서 양손을 옆구리에 대고 외마디 노여운 비명을 질렀다.

파인 부인은 팔짱을 끼고 밀로가 비명을 끝내기를 기다렸다.

"그거 우리 아들한테서 나온 소리 맞아?"

부인이 부드럽게 물었다. 밀로는 얼굴을 찌푸렸다.

"이게 일상적인 일이 아니란 건 나도 안단다."

엄마가 덧붙였다.

"그리고 일이 기대한 대로 흘러가지 않을 때 네가 좋아하지 않는다는 것도 알고."

파인 부인은 문 옆 잡동사니 바구니에서 손전등을 찾으려고 몸을 굽혔다.

"하지만 있잖니, 뜻밖의 일이 늘 나쁜 건 아니란다."

논리적으로 들리는 말이었다. 그렇다고 밀로의 기분이 바뀌지는 않았다. 그러나 밀로는 고개를 끄덕이고 추위에 대비해 옷을 껴입었다. 그리고 엄마를 따라 현관으로 나가 잔디밭을 가로질러 산비탈을 덮고 있는 하얀 맨살의 자작나무와 청록색 전나무의 어두운 장벽이 갈라진 틈 속으로 들어갔다. 어둠의 웅덩이 속에선 잔디가 디딤돌에 길을 내주었다.

밀로는 아주 어렸을 때부터 계획이 갑작스레 바뀌는 것을 매우 언짢아했다. 언짢은 것 이상이었다. 가장 좋을 때에도 뜻밖의 일이 생기면 불편했다. 그런데 지금, 낯모를 사람을 언덕 위로 끌어 올리려고 혹독한 추위 속에서 갓 내린 눈 위를 쿵쿵거리며 걷고 있었다. 엄마 아빠랑 집에서 며칠 혼자 조용히 보내고 싶었는데, 뜻밖의 손님이 나타나 일을 하라고 요구하다니…. 그 언짢음은 공포만큼이나 불쾌했다.

손전등 빛이 어둠의 웅덩이를 뚫고 들어갔고, 어둠은 깜박깜박 버터 색 황금빛 속으로 녹아들었다. 파인 부인은 케이블 철도가 도착하는, 나무 사이에 숨은 작은 정자에서 불을 켰다.

철로는 약 90미터 아래 강에서 시작되었다. 협곡 맨 아래로 가는, 또는 밑에서 꼭대기로 오는 다른 길들도 있었다. 대략 철도와 평행으로 올라가는 가파른 나선 계단이 있었는데, 이 계단 역시 똑같이 정자로 이어졌다. 여관에서 언덕 옆을 돌아 도시로 내려가는 뱀처럼 구불구불한 길도 있었다. 이 길은 자동차로 약 이십 분 정도 걸렸다. 하지만 이 길을 실제로 이용한 사람은 밀로와 엄마 아빠, 그리고 여관 요리사인 캐러웨이 부인뿐이었다. 손님들은 도시 방향에서 오지 않았다. 손님들은 강에서 때로는 자신의 배를 타고 오거나, 때로는 그린글라스 하우스까지 태워다 주는 부둣가 포구 키사이드 하버스의 어느 늙은 뱃사람에게 몇 달러를 지불하고, 뱃사공과 똑같이 나이 먹은 배를 타고 오기도 했다. 만약 괴상한 특대형 범퍼카처럼 생긴 고풍스런 레일카를 타고 가파른 언덕을 끌려 올라오겠느냐, 아니면 백열 걸음(밀로가 세어 봤다) 걸어서 올라오겠느냐 하나를 선택하라고 하면 손님들은 늘 레일카를 택했다.

바닥에 돌이 깔린 작은 정자 안에는 벤치와 헛간, 그리고 레일카 철로가 있었다. 파인 부인이 헛간의 자물쇠를 열자 밀로는 엄마를 따라 헛간 안으로 들어갔다. 거기에는 선로 사이에서 움직이는 무거운 케이블이 윈치의 거대한 굴대를 감고 있었다. 복잡한 톱니바퀴 장치 덕택에, 윈치를 작동시키면 기계는 레일카를 비탈로 끌어 올리는 데 필요한 모든 일을 다 했다. 그러나 워낙 오래돼서 레버가 꼼짝하지 않는 경향이 있었다. 두 사람이 함께 손을 움직이는 편이 더 쉬웠다.

밀로와 파인 부인은 함께 레버를 움켜잡았다.

"하나, 둘, 셋!"

밀로가 수를 세었고, 두 사람은 함께 레버를 앞으로 잡아당겼다. 톱니의 차가운 금속이 늙은 개처럼 낑낑거렸다. 그리고 톱니가 돌아가기 시작했다.

밀로와 파인 부인은 레일카가 딸깍딸깍 비탈 꼭대기로 올라오는 것을 기다렸다. 밀로는 레일카가 어떤 사람을 데려올지 궁금했다. 온갖 부류의 밀수업자들이 레일카를 타고 왔다. 물론 이따금 밀수업자가 아닌 그냥 선원이나 여행자 손님들도 있었다. 그러나 그건 자주 있는 일이 아니었고, 더군다나 스키드랙강과 숨겨진 작은 만이 종종 얼어붙는 겨울에는 절대 없는 일이었다.

밀로가 생각을 하는 동안 반딧불이 크기의 하얀 불빛들이 반짝반짝 빛나는 구불구불한 선으로 살아나더니, 정자의 윤곽을 보여 주며 계단 난간을 따라 언덕 아래로 길게 이어졌다. 밀로 엄마가 막 전원을 연결하고 허리를 폈다.

"그래, 누가 올 것 같니? 북극에서 도망친 요정? 장난감 총 밀수업자? 달걀과 우유를 섞은 술 에그 노그 밀주업자?"

엄마가 물었다.

"진 사람이 맞춘 사람에게 브라우니 아이스크림 선디를 만들어 주기다."

"할머니가 크리스마스 때마다 보내던 엄마가 사랑하는 꽃 구근 이름이 뭐죠?"

"수선화?"

"네. 그 구근을 갖고 온 남자일 거예요. 그리고 스타킹도요. 분홍색 줄무늬가 있는 초록색 스타킹."

낮게 끼익끼익 하는 소리가 헛간 속 커다란 굴대 주위 케이블의 삐걱삐걱 소리와 합해졌다. 레일카 소리가 어떻게 바뀌는지에 따라 어디에 있는지 알 수 있었다. 밀로는 레일카가 방금 지났을 가로등의 낡고 일그러진 쇠기둥을 머릿속에 그려 보았다.

"초록색과 분홍색 스타킹이라고?"

"네. 그 남자도 아마 별로 좋은 생각이 아니란 걸 알 테지만, 억지로 그 화물을 떠맡았을 거예요. 아니, 속아서 가져왔을 거예요. 그 사람은 그 짐을 옮기지 않으면 파산할 거예요. 그리고 부활절에 바구니를 쓰지 말고 줄무늬 양말을 쓰게 하려면 사람들을 어떻게 설득할지 알아내려고 애쓰고 있을 거예요."

밀로는 정자 난간 너머로 몸을 구부리고 자작나무 사이로 떨어지며 소나무 가지들에 하얀 옷을 입히는, 점점 더 굵어지는 눈 속에서 레일카와 그 승객의 모습이 나타나는지 응시했다. 아직 보이지는 않았지만, 철로의 진동으로 미루어 아마 지금 가장 경사진 곳을 올라오고 있을 것이다.

"그 사람은 이번 주에도 사람들과 만나기로 했을 거예요. 잡지 기자들이라든가 이상한 TV 스타들하고요. 내년에 초록색 분홍색 줄무늬를 크게 유행시킬 수 있을지 알아보려고 말이죠. 양말 인형 회사도 만나고요."

밀로는 다시 난간 너머로 몸을 구부렸다. 눈송이 몇 개가 지붕을 지나 속눈썹 위로 떨어질 정도로 멀리 몸을 내밀었다. 저기, 은빛 세로 줄무늬가 있는(몇 년 전 밀로와 아빠가 페인트칠을 하며, 차 옆구리에 월포버의 돌개바람이라는 뜻의 '월포버 월윈드'라는 이름도 써 넣었다) 레일카의 청색 콧부리가 보였고, 곧이어 승객이 보였다. 펠트 모자와 평범한 검은 코트를 입은 호리호리한 남자였다. 밀로는 거대한 거북딱지 무늬 뿔테와 함께 한 쌍의 거대한 유리알이 남자의 코에 놓인 것을 알아볼 수 있었다.

밀로는 심드렁해졌다. 낯선 남자는 실망스럽게도 누군가의 할아버지처럼 보였다. 어쩌면 조금 학교 선생님 같기도 했다.

"저 사람이 초록색 분홍색 줄무늬에 운을 걸었을 것 같진 않구나."

파인 부인이 밀로의 마음을 읽기라도 한 듯 밀로의 머리를 헝클어뜨리며 말했다.

"어서, 환영한다는 표정을 지어야지."

"으, 그런 표정 짓기 싫어."

밀로가 중얼거렸다. 그러나 월윈드가 정자를 향해 마지막 오르막을 오를 때는 자세를 바로 하고 명랑한 표정을 지으려고 애썼다.

가까이서 보니 낯선 남자는 훨씬 더 따분하게 보였다. 평범한 모자에 평범한 코트, 평범한 얼굴, 레일카 트렁크에 밀어 넣은 평범한 푸른색 여행 가방. 그렇지만 파인 부인에게서 밀로에게로, 또 밀로에게서 파인 부인에게로 번개처럼 움직이는 안경 아래 두 눈은 반짝거리고 예리했다.

밀로는 몸이 굳는 것을 느꼈다. 파인 부부가 누군가를 처음 만날 때면 늘 이런 식이었다. 척 보면 상대방의 생각을 바로 알 수 있었다.

'어, 엄마 아빠랑 다르잖아.'

물론 낯선 남자는 이런 생각을 대부분의 사람보다 더 잘 숨기고 있었다. 남자의 표정에는 아무 변화가 없었지만 그렇다고 그런 생각을 하고 있지 않다는 뜻은 아니었다.

'어떻게 중국 아이가 저 부인을 엄마 삼아 넥스피크까지 오게 되었을까? 입양된 게 분명해.'

레일카는 마침내 덜컹 하고 멈추었고, 그런 멈춤을 예측하지 못하고 서 있던 승객은 얼굴을 윌포버 월윈드의 계기판에 처박을 뻔했다.

"안녕하세요."

낯선 남자가 레일카에서 내려 어깨에 쌓인 눈을 털어 낼 때 밀로 엄마가 얼굴을 빛내며 말했다.

"그린글라스 하우스에 오신 것을 환영합니다. 저는 노라 파인이고, 얘는 아들 밀로입니다."

"감사합니다. 제 이름은 빈지, 드 캐리 빈지입니다."

흠, 적어도 이름은 재미있네. 밀로는 삐딱하게 생각했다.

"제가 여행 가방을 가져다드릴게요."

"아, 괜찮다."

빈지 씨는 밀로가 가방에 손을 내밀자 재빨리 말했다.

"내가 나르지. 꽤 무겁거든."

그는 손잡이를 잡고 가방을 끌어당겼다. 무거운 것은 사실인 것 같았다. 빈지 씨는 레일카 옆구리에 발을 올려놓고 밀면서 힘을 빌렸다.

그때 엄마가 밀로를 의미심장한 눈으로 바라보았다. 까닭을 모르는 밀로는 다시 한 번 낯선 남자를 바라보았다. 그리고 알아차렸다. 빈지 씨가 여행 가방과 함께 뒤로 비틀거리기 직전에 요란한 줄무늬 양말이 보였다. 주황색과 자주색의 조합은 밀로가 상상했던 초록색과 분홍색의 조합보다 훨씬 괴상했다.

"네게 브라우니 아이스크림 선디를 빚진 것 같구나."

파인 부인이 속삭이고는, 더 큰 소리로 남자에게 말했다.

"이쪽입니다, 빈지 씨. 이제 눈은 그만 맞으세요."

그들이 현관에 도착했을 때 밀로의 아버지가 기다리고 있었다.

"안녕하십니까."

파인 씨가 한 손으로는 빈지 씨에게 악수를 청하며 다른 한 손으로는 여행 가방을 받아들었다.

"벤 파인입니다. 여행하기에는 사나운 날씨지요?"

"아, 그리 나쁘지는 않았습니다."

안으로 들어선 빈지 씨는 코트를 벗으며 대답했다.

"마침 잘 도착하셨습니다. 일기예보에 따르면 오늘 밤 눈이 약 20센티미터나 쌓인답니다."

파인 씨가 말을 이었다.

드 캐리 빈지는 미소를 지었다. 희미하고 재빠른, 아주 짧은 미소였다. 마치 낯선 도시의 어느 외딴 여관에서 눈에 갇히게 된 것이 기쁜 듯했다. 그것도 기본적으로 다른 손님들 없이 혼자.

"그럴 줄 알았습니다."

밀로는 기이한 미소라고 생각했다. 그리고 남자가 기이한 이름에 기이한 양말을 신고 있음을 다시 한 번 상기했다. 어쨌든 남자는 괴짜일지도 몰랐다.

"커피와 핫 초콜릿을 준비하겠습니다."

파인 씨는 식당을 지나 계단으로 빈지 씨를 안내하며 말했다.

"우선 방을 보여 드리지요. 그런 다음 우리가 마실 것을 방으로 갖다드려도 좋고, 아니면 선생님이 여기 아래층으로 내려와 불 곁에서 몸을 따뜻하게 녹이셔도 좋습니다."

"얼마나 머무르실 생각인가요?"

파인 부인이 뒤에서 물었다.

빈지 씨는 맨 아래 계단에 한 발을 올려놓은 채 멈춰 섰다.

"사정에 따라 다를 것 같습니다. 지금 당장 말씀드려야 합니까?"

"아뇨. 손님은 지금 선생님뿐이에요."

빈지 씨가 고개를 끄덕였다.

"그럼 나중에 알려 드리겠습니다."

밀로는 아버지와 손님을 따라 계단을 올라갔다. 여관의 주요 층은 5층이었다. 응접실, 식당, 부엌은 하나에서 다른 하나로 이어지는 커다란 일체형 구조였고, 모두 1층에 있었다. 파인 가족의 주거 공간은 2층에 있었다. 객실은 3층, 4층, 5층이었다. 각층을 잇는 계단은 넓게 탁 트여 있었으며, 양쪽 난간에는 조각이 되어 있었다. 계단은 층마다 층계참에서 방향이 꺾이며 오던 방향으로 되돌아가는 식이었고, 층계참마다 거대한 스테인드글라스가 있었다.

파인 씨는 빈지 씨를 3층으로 안내했다. 객실 네 개의 방문이 열려 있었다.

"어떤 방으로 고르시겠습니까, 빈지 씨?"

빈지 씨는 복도를 따라 걸어가며 방을 들여다보았다. 그리고 복도 맨 끝, 덤웨이터라고 하는 옛날에 요리나 식기를 운반할 때 쓰던 작은 승강기 문이 있는 곳에서 걸음을 멈춘 다음 밀로와 파인 씨에게 돌아왔다. 다만, 밀로는 빈지 씨의 눈길이 딱히 누구를 바라보는 것이 아니라 스쳐 지나가 버린다는 인상을 받았다. 밀로가 돌아서 보니 스테인드글라스 창과 창 너머의 어둠만 보였다. 어둠 속에서 옅고 창백한 초록빛 눈이 내리고 있었다. 샐러리색과 청자색과 오래된 유리병 같은 색이었다.

"이 방이 좋을 것 같습니다."

빈지 씨가 잠시 후 자신의 왼쪽에 있는 방을 향해 고개를 끄덕이며 말했다.

"잘 고르셨습니다. 뜨거운 음료를 가져다드릴까요?"

파인 씨가 문 안쪽에 파란색 여행 가방을 놓으며 물었다.

빈지 씨가 미처 대답하기 전에 불안정하고 거친 철로 종소리가 울렸다.

밀로가 충격을 받고 아버지를 빤히 쳐다보았다.

"또 손님이?"

저절로 그 말이 나왔다. 밀로는 두 손으로 탁 입을 막았다. 정말이지 지독히 무례하게 들릴 게 분명했기 때문이다.

"죄송합니다."

파인 씨가 앞질러 손님에게 사과하며, 밀로를 칼날 같은 눈초리로 쏘아보았다. 그러나 빈지 씨는 밀로의 실수를 알아차리지 못한 것 같았다. 오히려 밀로만큼 충격을 받은 듯이 보였다.

"저… 방금 그거… 종소리였지요?"

빈지 씨가 이상한 목소리로 물었다.

"맞습니다. 다른 손님이 오신 모양입니다."

파인 씨가 대답했다. 그리고 아래층을 향해 돌아서며 밀로의 왼쪽 귀를 손가락으로 톡 튀겼다. 아플 정도로 세지는 않았으나, 비록 빈지 씨가 밀로의 무례함을 눈치 채지 못했어도 아버지인 파인 씨는 알아챘음을 알리기에는 충분했다.

"커피나 핫 초콜릿, 간단한 간식 같은 것을 갖다드릴까요?"

빈지 씨는 상을 찌푸리고는 고개를 저었다.

"아뇨, 괜찮습니다. 제가 잠깐 내려가지요. 고백하자면, 오늘 누가 또 왔는지 궁금합니다."

파인 씨는 한 번에 두 계단씩 내려가, 막 눈 속으로 다시 들어가려는 아내를 붙잡았다.

"우리가 갈게요."

손님 한 사람이 나타나면 방학을 망칠지 모르지만, 두 사람이 나타나면 방학은 확실히 망칠 거다. 다른 때 같으면 밀로는 그런 것과 상관 없이 자진해서 나서야 하는 상황에 화가 났을지도 모른다. 그런데 일 년 가운데 이 시기에 별개의 두 손님이 나타나는, 전혀 있을 수 없는 일이 일어난 지금은 짜증보다는 호기심이 일었다.

그뿐만이 아니었다. 아까 종이 울렸을 때 드 캐리 빈지는 충격을 받았다. 한편으로 생각하면 빈지 씨가 또 다른 손님이 온다는 데 충격을 받은 것은 당연했다. 그러나 이 여관을 혼자 쓰게 될 것을 기대하고 온 거라면, 일 년 가운데 보통 이맘때는 손님이 없다는 사실을 빈지 씨는 어떻게 알 수 있었을까? 밀로는 부츠를 신으며 생각했다.

바로 그 순간, 밀로는 뭔가 이상한 일이 벌어지고 있을지 모른다는 생각을 하기 시작했다. 파인 씨가 문을 열자 칼바람이 로비 안으로 저미듯 몰아쳤다. 밀로는 코트의 지퍼를 올리고 아빠의 뒤를 따라 쌓인 눈에 남겨진 파인 씨의 발자국 위에 발을 맞추려고 애쓰며 추위 속을 비틀비틀 걸어갔다.

밀로와 아빠는 월포버 월윈드를 언덕 아래로 내려 보내야했다. 밀로 엄마는 이제 한동안은 레일카가 위로 올라오는 일은 없을 거라고 합리적인 추측을 했더랬다.

"무슨 생각 하니?"

파인 씨는 경사 너머로 파란 레일카가 사라지는 것을 지켜보며 물었다.

"있잖아, 난 진짜 몇 주 쉬기를 정말 고대했단다. 이 말은 엄마한테 하지 마라. 불평하는 게 아니라 그냥 말하는 거야. 당분간 근무는 안 할 거라고 생각했지."

"맞아요! 전 벌써 숙제를 다 했다고요!"

밀로가 감정을 터뜨렸다.

"빈지 씨는 어떻게 된 거야? 무엇을 하는 사람인지, 왜 여기 왔는지 물어보지 않았다만. 넌 물어봤니?"

밀로는 고개를 저었다.

"괴상한 양말을 신고 있다는 게 제가 아는 전부예요."

파인 씨는 진지하게 고개를 끄덕였다. 무슨 말을 하든 언제나 진지하게 받아들이는 것, 그것은 밀로 아빠의 여러 장점 가운데 하나였다. 밀로는 재미없고 평범하게 보이려 애쓰고 있는 듯이 보이는 남자가 그런 별난 양말을 신고 있다는 사실이 왜 그토록 눈에 띄는지 설명할 필요가 없었다. 아빠는 알아들었다.

케이블을 작동하는 엔진이 덜컹 하며 멈추었다. 윌윈드가 언덕 맨 아래에 도착한 것이었다. 조금 뒤 다시 종이 울렸다. 승객이 타서 위로 올라갈 준비가 되었다는 신호였다. 파인 씨는 레버를 돌리기 위해 헛간으로 사라졌다.

밀로와 파인 씨는 나란히 난간 위로 몸을 구부리고 나무들 사이를 응시하며 첫 번째 파란 불빛이 나타나기를 말없이 기다렸다. 아무 말없이 그냥 같이 있는 것만으로도 함께 시간을 보냈다는 느낌이 들게 하는 것, 그것이 아빠의 또 다른 장점이었다. 밀로 엄마는 말없이 가만히 있는 것을 잘하지 못했다. 언제나 흥미로운 이야깃거리가 있었고, 밀로와 엄마는 늘 재미있는 대화를 했다. 그러나 아빠는 조용히 있는 것을 잘했다.

윈치와 케이블과 철로와 레일카가 새 손님을 위로 나르며 대화를 하듯이 친숙한 기계 소음을 내면서 위로 올라오는 동안, 나무들과 땅과 어둠을 침묵으로 덮으려는 것처럼 눈이 내렸다. 그리고 마침내 윌포버 윌윈드가 나타났고, 그 안에는 눈 덮인 선명한 파란색 우산 아래 몸을 구부린 여자가 타고 있었다.

레일카가 오래된 가로등의 쇠기둥 아래를 지날 때, 불빛이 우산 사이를 비추며 여자의 머리 역시 파란색으로 바꿔 놓은 듯 보였다. 여자는 밀로가 보기에 꽤 젊었다. 어쨌든 밀로의 부모보다는 젊었다. 윌윈드가 다가오면서 여자가 미소를 지으며 손을 흔들었고, 밀로도 미소를 지으며 손을 흔들었다.

레일카는 덜컹 하며 멈추었고, 여자는 우산을 한쪽으로 휙 돌려 눈을 털어 낸 다음 접었다. 여자의 머리는 그대로 파란색이었다. 레일카의 금속 코발트색보다는 검은색을 띠었으나 그래도 파란색은 파란색이었다.

"안녕하세요. 눈 속에 나오시게 해서 죄송합니다."

여자의 목소리는 밝았다.

"괜찮습니다. 우리 일인데요. 저는 벤 파인이고, 얘는 아들 밀로입니다."

파인 씨가 손을 내밀어 여자가 차 밖으로 나오는 것을 도와주며 말했다.

"조지아나 모셀입니다. 조지라고 부르세요. 감사합니다."

파랑 머리 여자가 말했다.

"가방을 들어 드릴까요?"

밀로가 물었다.

여자가 미소를 지으며 기뻐했다. 그리고 레일카 트렁크에 있는 융단 천으로 만든 여행용 손가방을 향해 손짓했다.

"물론. 그래 주면 고맙지, 밀로."

밀로는 가방을 간신히 꺼내어 나무들을 지나 여관으로 다시 돌아가기 시작했다. 파인 씨는 뒤따라오기 전 잠시 멈춰 서서 레일카를 언덕 아래로 다시 내려보냈다.

"혹시 모르니까."

파인 씨가 중얼거렸다.

안으로 들어가니 뜨거운 음료가 기다리고 있었다. 밀로는 문을 여는 순간 난로 위에서 끓고 있는 사과주 냄새를 맡을 수 있었다. 빈지 씨 역시 기다리고 있었다. 파인 부인이 로비로 와서 자신을 소개하자 거실의 커다란 의자에 앉아 있던 빈지 씨가 옆으로 고개를 돌려 조지에게 호기심 어린 시선을 주었다가 다시 의자 깊숙이 사라졌다.

"먼저 방을 보시고 커피와 차, 초콜릿과 사과주가 있으니 드세요."

두 번째 손님이 녹색 고무 부츠를 벗자 파인 부인이 말했다.

"여보, 빈지 씨는 어떤 방에 드셨죠?"

조지는 울 양말을 끌어 올리다가 동작을 완전히 멈추고는 밀로가 이제껏 본 것 중에 가장 이상한 시선으로 파인 부인을 바라보았다. 마치 얼굴이 둘로 나뉜 것 같았다. 아랫부분에는 아주 해맑은 미소가 있었지만, 위쪽에는 오해할 여지없이 불신을 담은 커다랗게 뜬 눈이 있었다.

"다른 손님이 있나요?"

빈지 씨가 다시 의자에서 몸을 내밀며 거대한 안경 뒤에서 붙임성 있게 미소 지었다.

"드 캐리 빈지라고 합니다. 저도 방금 도착했습니다."

"조지 모셀이에요."

파랑 머리 젊은 여자가 말했다. 묘한 표정이 얼굴에 스쳤다. 마치 더 이상 미소 짓고 싶지 않지만 지금 당장 미소를 멈추면 이상하게 보일 것을 아는 것 같았다. 여자도 빈지 씨도 악수하려는 노력은 하지 않았다. 두 사람은 마치 상대에 대해 뭔가를 알아내려는 듯 서로를 응시했다.

밀로는 엄마 아빠도 이런 어색함을 알아챘는지 흘낏 쳐다보았다. 그러나 엄마 아빠는 알아채지 못한 것 같았다.

"빈지 씨는 3E호예요. 당신이 모젤 양에게 방을 보여 줄래요?"

코트와 부츠를 벗느라 바쁜 파인 씨가 아내에게 말했다.

"알았어요. 밀로, 가방을 가져다주겠니?"

"네."

밀로는 두 손님이 계속해서 상대를 재 보는 것을 지켜보았다. 조지가 휙 돌아서서 파인 부인을 따라 계단으로 향했다. 밀로가 뒤를 따랐다.

"3층 괜찮겠어요?"

밀로 엄마가 물었다.

"두 분만 있으니 더 올라갈 필요가 없을 것 같긴 해요."

"글쎄요. 언제 한 층을 혼자 다 써 보겠어요? 재미있을 것 같아요."

조지가 밝게 말했다.

재미? 세상에, 굳이 그럴 필요가 없다면 누가 왜 3층을 걸어 올라가고 싶어 할까? 또한 밀로는 틈틈이 방마다 머물러 본 경험이 있기에 한 층에 혼자 있으면 꽤나 오싹한 느낌이 든다는 것을 알고 있었다. 집 안에서는 온갖 소리가 났다. 마룻장은 삐걱거리고, 오래된 창유리는 덜컹거리고, 경첩은 신음 소리를 내고….

물론 밀로 엄마는 한 층 더 올라갈 수 없다고 말할 의향이 없었다. 그래서 그들은 계속 4층까지 올라갔다.

3층의 스테인드글라스 창은 연녹색 계열인 반면 이곳은 거의 푸른색 계열이었다. 코발트블루, 청록색, 네이비블루, 파우더블루, 터키블루. 그리고 어두운 하늘을 뒤에 두고 있기에 손님의 머리색과 정확히 똑같아 보이는 조각들이 여기저기에 있었다.

조지 모셀은 그것을 보고 환히 웃었다.

"저것 좀 보세요. 저더러 여기 묵으라고 하네요."

파인 부인이 팔을 흔들며 말했다.

"그럼 원하시는 방을 고르세요. 아참, 깜박했네요. 얼마나 머무를 예정이신지?"

"확실치 않아요. 일주일, 어쩌면 이 주일?"

각 방을 짧게 들여다본 뒤, 조지는 맨 끝 방을 골랐다. 밀로는 조지를 따라 4W호에 가서 융단 가방을 문 바로 안쪽에 있는 접이식 짐 받침대에 놓았다. 아니, 적어도 그렇게 하려고 했다. 그러나 가방은 허공에서 약 1미터 아래 바닥으로 쿵 하고 떨어졌다.

분명히 안에서 뭔가가 깨지는 소리가 났다.

밀로가 사과를 할지 비명을 지를지 판단을 내리기도 전에 조지는 가방 옆에 무릎을 꿇고 앉았다.

"죄송합니다."

밀로는 가방에서 짐 받침대를 빤히 바라보며 중얼거렸다. 짐 받침대는 왼쪽에 있어야 하는데 무슨 까닭인지 오른쪽에 있었다. W방은 모두 문이 오른쪽 안쪽으로 열리기에 짐 받침대는 늘 왼쪽에 있었다.

"괜찮아요. 걱정 말아요."

조지가 말했다.

"하지만 뭔가 깨진걸요."

밀로가 말했다. 조지는 무엇이 깨졌는지 찾으며 아무렇게나 가방 속에 밀어 넣은 듯 보이는 옷이며 화장품들을 꺼내 바닥에 던지느라 바빴다. 청바지, 잠옷, 얼굴에 바르는 크림 한 통, 속옷…. 밀로는 점점 더 쌓여 가는 짐들을 보며 겁이 났다.

"저, 저, 닦을 만한 수건 같은 걸 가져올게요."

밀로는 힘없이 말했다.

소프트커버 책 한 권, 헐거운 낱장이 팔락팔락 빠져나와 방을 가로지르는, 물 얼룩이 있는 일기장, 색조 화장품과 립스틱이 든 플라스틱 지퍼 백, 그리고 그것이 있었다. 조지는 액체가 뚝뚝 떨어지는 깨진 유리 조각 두 개를 들어 올렸다. 오목오목 깎인면이 있는 분홍색 유리였다. 1초도 안 되어 냄새가 밀로의 코에 닿았다. 알코올 냄새와 뭔가 매콤하면서 꽃향기가 나는 냄새였다. 밀로는 향수병을 깨뜨렸던 것이다.

"오, 맙소사."

파인 부인이 복도에서 외쳤다.

"죄송해서 어쩌나."

파인 부인은 저도 모르게 입을 틀어막으며 복도를 뛰어 내려갔다. 잠시 후 부인은 다른 방에서 쓰레기통을 들고 돌아왔다.

"여기 버리세요. 물론 바꿔 드릴게요. 너무 죄송합니다. 세탁할 것이 있으면 바로 세탁해 드릴게요."

조지는 한숨을 쉬며 조심스레 유리를 쓰레기통에 넣었다.

"별일 아닌걸요. 부디 신경 쓰지 마세요. 아무튼 제가 왜 유리병을 가방 바닥에 두었는지 모르겠네요."

조지는 두 팔에 옷가지를 모아 침대 위 노란색 니트 퀼트 이불 위에 내려놓고 분류해서 쌓기 시작했다.

밀로 엄마가 밀로에게 날카롭게 묻는 듯한 눈길을 주었다. 밀로는 조지의 나머지 소지품들을 주워 올리다가 잠시 동작을 멈추었다.

"짐 받침대가 원래하고 다른 쪽에 있었어요."

밀로는 항변하며 문제의 가구를 손가락으로 쿡쿡 찔렀다.

"문이 열리는 반대 방향에 있어야 하잖아요! 누가 옮긴 거예요?"

"밀로."

파인 부인이 말을 막으며 예상대로 쓰레기통을 내밀었다. 밀로는 한숨을 쉬며 조지의 물건을 책상 위에 놓았다. 다행히 책상은 있어야 할 곳에 있었다. 밀로는 쓰레기통을 들고 복도를 빠져나갔다.

밀로는 2층 비품실로 가서 꽃향기와 극도로 불쾌한 냄새가 나고 눈을 따끔거리게 하는 내용물이 든 쓰레기통을 비웠다. 그런데 깨닫고 보니 내내 조지 모셀의 책을 팔에 끼고 있었다. 기가 막혔다.

조만간 다시 조지를 마주할 수밖에 없었다. 밀로는 한숨을 쉬며 왜 짐 받침대가 있어야 할 곳에 있지 않은지, 방학인데도 일어나야 할 일은 커녕, 마치 세상이 자신을 미치게 하려는 듯 보이는 일들이 일어나는지에 대해 너무 많이 생각하지 않으려고 애썼다. 밀로는 다시 계단을 오르기 시작했다.

그때 또 종이 울렸다. 세 번째였다.

밀로는 급히 돌아서서 1층 로비를 향해 계단을 내려갔다. 빤히 쳐다보는 빈지 씨를 지나, 아빠가 들고 있는 은빛 커피포트 아래로 몸을 굽혀 부딪치는 것을 아슬아슬하게 피해서 전력 질주하며 목청껏 소리쳤다.

"제가 갈게요!"

이번에는 두 사람이었다. 조금씩 눈에 덮이며 불편하게 벤치를 나눠 앉은 손님들과 한꺼번에 그 정도의 무게를 나르도록 되어 있지 않은 윌포버 윌윈드 가운데 누가 더 불행할지는 말하기 어려웠다. 윌윈드는 승강장에 가까이 오면서 보통 때와는 달리 끽끽거리는 소리를 냈다.

손님들이 유별나게 무거워서가 아니었다. 레일카 트렁크에 짐이 너무 가득 차 있었다. 키가 작은 쪽 승객보다도 더 높이 쌓여 있었다.

그렇게 쌓으려면 틀림없이 짐 쌓는 대가나 가능했을 것이다. 밀로는 어떻게 그 많은 짐들이 가파른 언덕 밑으로 쏟아져 내리지 않았는지 알 수 없었다. 여행 가방, 서류 가방, 양복 가방, 망원경 케이스처럼 보이는 것….

두 사람은 심지어 레일카가 덜컹 하며 멈추기도 전에 먼저 나오려고 서로 밀쳐 댔다. 그들을 보며 밀로는 '마더구스'였나 아니면 '루시 아줌마의 자장노래'였나, 아무튼 동요에 나오는 등장인물들이 생각났다.

"어둡고 비 오는 밤, 키다리 씨와 작다리 씨는 나란히 나란히, 함께 마차를 타야 했어요."

동요의 키다리 씨와 작다리 씨처럼 두 사람은 일 분이라도 더 함께 있으면 서로 으르렁대며 난리를 칠 것 같았다.

밀로가 작다리 씨라고 생각한 남자는 키가 작고 검은색 머리에, 화난 학교 선생님처럼 보였다. 또 한 사람은 솔직히 말해 키다리 씨라고 하기에는 몸이 너무 말랐을 뿐더러 여자였다. 하지만 역시 화난 학교 선생님처럼 보였고, 머리는 하얬고 태도는 거만했다. 방학을 맞은 지금 왜 하필이면 모두 학교 선생님처럼 보이는 사람들이 손님으로 찾아온담?

그렇지만 밀로는 한 손을 들어 인사하며 새로 도착한 두 손님을 조심스럽게 바라보았다. 그들은 금방이라도 딱딱거리며 을러댈 것 같았다.

"어서 오세요."

작다리 씨가 레일카에서 뭔가를 잡아당기는 바람에 짐 전체가 허

물어졌다. 쏟아져 내린 짐들은 통통 튀며 승강장을 가로질러 철로에 쾅 부딪혔다. 대부분 비싸 보이는 연보랏빛 양단으로 만든 짐 가방이었다.

막 밀로가 서 있는 곳에 이르렀던 키다리 여사는 순간 얼어붙었다. 여사의 얼굴이 조용해지더니 붉어졌고, 그다음 자주색이 되었다가 그다음에는 회색과 파란색 사이의 어떤 색을 띠었다. 그리고 고함을 지르기 시작했다. 작다리 씨는 똑바로 서 있었지만 얼굴은 이미 분홍빛을 띠고 있었다. 그리고 작다리 씨 역시 고함을 지르기 시작했다. 두 사람은 짐 가방 탑의 폐허 한가운데 서서 계속 서로 악을 썼고, 소리는 점점 더 커졌다. 밀로는 그들이 소리치는 언어가 영어인지 아닌지조차 확신하지 못했다. 만약 영어라면, 그들은 제대로 된 단어를 사용하는 것 같지는 않았다.

"실례합니다."

밀로는 머뭇거리며 말했다. 하지만 고함 소리는 밀로가 거기 없는 듯 계속되었다.

"실례합니다."

밀로는 조금 더 크게 다시 말했다. 그런 다음 아주 큰 소리로 외쳤다.

"실례합니다!"

두 사람은 곧바로 밀로에게 돌아서더니 소리를 질러 댔다. 밀로는 들으려고 애썼고, 끼어들어 보려고 애썼다. 순간 밀로는 파인 부인이 자신에게 쓰던 방법이 떠올랐다. 밀로가 진정하지 못할 때마다 (파인 부인은 '눈물 짜내기'라고 불렀다) 파인 부인은 뒷짐을 지고 이해할 수 없는 말에 주의를 기울이는 듯한 표정을 짓고 기다렸다. 밀로는 파인 부인처럼 뒷짐을 진 채 두 사람을 바라보기 시작했다.

놀랍게도 효과가 있었다. 마구 쏟아지는 성난 단어들이 진정되자 밀로는 누구의 짐이 짐칸을 더 많이 차지했는지가 논쟁의 주제일 거라는 생각이 들었다. 마침내 두 사람은 레일카 양쪽에 말없이 서 있었다. 남자는 가슴 위에 팔짱을 끼고, 여자는 주먹 쥔 두 손을 옆구리에 대고.

밀로는 활짝 환영의 미소를 지으며 여관으로 가는 오솔길을 가리켰다.

"이쪽이에요."

괴성의 폭풍이 잦아들기를 기다리지 않았던 사람처럼 태연한 목소리로 말했다.

"바로 올라오시면 됩니다."

서로 마지막으로 심술궂게 쏘아본 뒤, 키다리 여사는 으르렁 소리를 내며 정자 바닥에 엉망으로 흩어져 있는 자신의 짐들을 향해 돌아섰다. 그러고는 연보랏빛 휴대용 가방을 한 아름 골라 어깨에 걸쳤는데, 가방 아래 파묻혀 거의 보이지 않을 지경이 되었다

"젊은이, 내 여행 가방하고 양복 가방 좀 가져다줄 수 있겠나?"

밀로가 고개를 끄덕이자 여자는 미소에 가까운 표정을 지어 보이고는 정자 밖으로 쿵쿵 걸어 나갔고, 걸음을 뗄 때마다 에나멜가죽 구두 굽이 눈 속에 빠지며 움찔움찔 놀랐다.

키다리 여사가 들을 수 없는 거리에 이르자 작다리 씨는 팔짱을 낀 채 아주 커다란 불만의 한숨 소리를 냈다.

“해마다 이맘때면 조용한 곳일 거라고 생각했는데.”

남자는 잘못된 정보의 책임이 밀로에게 있기라도 한 것처럼 밀로를 바라보았다.

밀로가 어깨를 으쓱했다.

“그러게요. 저도 방학 때는 쉴 줄 알았어요. 여관이 그렇죠, 뭐. 도와드릴까요?”

“아니, 괜찮다. 내가 해 볼게.”

작달막한 남자는 또 한 번 한숨을 쉬고 남은 짐들을 하나씩 모았다. 그리고 짐 나르는 동물 같은 모습으로 역시 오솔길을 내려가기 시작했다.

밀로는 두 싸움꾼을 따라 여관으로 가기 전, 잊고 간 가방이나 상자가 구석에 숨어 있는지, 아니면 혹시 철로 위에 놓여 있는지 확인하기 위해 정자를 한 바퀴 돌았다. 그런 다음 키다리 여사의 양복 가방 고리를 잡아 휙 어깨에 걸쳐 메고 바퀴 달린 여행 가방 손잡이를 잡았다. 하지만 오솔길이 잔디밭에 닿는 숲 가장자리에서 잠시 걸음을 멈추고 귀를 기울였다. 뒤에서 소리가 났기 때문이다. 숲이 우거진 언덕 쪽에서 들리는 소리였다. 하지만 철로에서 들리는 건 아니었다. 기계 소리가 아니라 사람 목에서 나는 소리였다. 내리는 눈 때문에 약하게 들리긴 했지만 친숙한 소리였다. 밀로는 자신이 듣고 있는 소리를 믿을 수 없었다.

누군가 계단을 올라오고 있었다. 반복되는 발소리의 속도로 미루어 빠른 걸음으로 올라오고 있었다. 마지막 열두 계단은 사실상 전력 질주를 하는 듯했다. 밀로는 승강장 가장자리로 돌아가 나무 사이로 휘몰아치는 눈 속을 유심히 내려다보았다.

군데군데 서 있는 가로등과 줄에 매달린 꼬마전구들에서 나오는 불규칙한 불빛을 받아 검은 형체가 오고 있는 것이 보였다. 남자인지 여자인지는 구분이 가지 않았지만, 아무튼 그 사람은 계단을 그냥 오르는 것이 아니라 한 번에 두 계단씩 뛰어 올라오고 있는 것 같았다. 눈 때문에 미끄러운 계단을 오르는 건 꽤 위험한 일이라는 사실은 논외로 치고라도, 육체적으로 불가능할 듯싶었다. 계단은 삼백 개가 넘었으니 말이다. 아무리 좋은 조건에서도 계단을 다 오르려면 지칠 수밖에 없었다.

밀로는 그 사람이 속도를 늦추기를 기다렸지만, 그런 일은 일어나지 않았다. 새로 온 사람은 마지막 세 계단을 훌쩍 뛰어 갓 피어난 데이지처럼 원기 왕성한 모습으로 꼭대기에 올라섰다. 눈으로 덮인 데이지 아가씨는 검은색 니트 캡을 쓰고 어깨에 거대한 배낭을 메고 있었다. 입술에는 분홍색 립글로스를 발랐다.

"안녕!"

그렇게 뛰어 왔는데도 고작해야 뺨에만 작은 홍조를 띤 여자가 싱긋 웃으며 말했다.

"널 놀라게 할 생각은 없었어. 그린글라스 하우스를 찾는데, 이 근처 어딘가에 있지 싶어."

"맞아요."

밀로는 비탈을 내려다보며 어떻게 여자의 얼굴이 빨갛지도 않고 지친 기색도 없는지 알아내려고 여전히 애를 썼다.

"맞아요. 바로 이 길이에요. 음, 전 밀로예요. 우리 가족이 여관을 경영해요."

"난 클레멘스 O. 캔들러라고 해."

여자가 대답하며 회색 매니큐어 바른 손을 내밀었다.

"친구들은 클렘이라고 불러."

여관 안은 혼란 그 자체였다. 작다리 씨와 키다리 여사는 여전히 서로에게 고함을 지르고 있었는데, 아까와 다른 점은 지금은 거실 한가운데서 그러고 있다는 것이었다. 남자는 작은 망원경 상자를 검이라도 되는 듯 부여잡고 화난 몸짓을 하고 있었고, 여자는 수놓인 가방을 방패처럼 가슴에 부둥켜안고 있었다. 둘 다 래그러그 위로 질퍽한 눈이 뚝뚝 떨어지는 젖은 신발을 신고 있었다. 빈지 씨는 방어하듯 가슴 정면에 머그잔을 들고 구석에 서 있었다. 조지 모셀은 팔꿈치를 무릎에 괴고 눈썹을 이마 위로 높이 치켜올린 채 난로 근처에 앉아 있었다. 더는 올라갈 수 없을 것 같던 눈썹은 클렘 캔들러가 밀로를 따라 들어오자 더 높이 올라갔다. 밀로는 속으로 투덜댔다.

'그래요, 손님이 더 왔답니다. 익숙해지세요. 내가 익숙해져야 한다면 당신들도 익숙해져야 해요.'

파인 씨는 악을 쓰는 새로운 손님 둘 사이로 끼어들려고 했지만 성공하지 못했고, 밀로 엄마는 전화기를 귀에 댄 채 식당과 부엌 사이에 있는 바에서 서성거리고 있었다. 클렘 캔들러는 코트를 걸어 놓고 신발을 빈지 씨의 것과 줄을 맞춰 세워 놓는 중에도 옆방에서 고함을 지르고 있는 두 사람에게 눈을 떼지 않았다. 클렘은 모자를 벗고 짧은 빨간색 머리를 흔들어 털었다.

"꽤 활기 넘치는 사람들이네."

클렘이 중얼거렸다.

한편, 파인 씨는 참을 만큼 참았다. 밀로는 때가 왔음을 알고 마음을 단단히 먹었다. 아버지는 원할 때 마음껏 소리를 지를 수 있었다.

"자자, 여러분!"

파인 씨가 우렁차게 외쳤다. 그의 목소리는 방 표면 곳곳에서 튕겨 나왔다. 식당 어디선가 선반에 있던 유리컵 하나가 딱딱한 나무 바닥으로 떨어져 산산조각이 났다.

"두 분, 이제 그만하시지요!"

작다리 씨와 키다리 여사는 마지못해 입을 다물었다.

"훨씬 낫군요. 어른처럼 행동하지 않으시면 이미 예약이 다 찼을 수도 있습니다."

파인 씨는 엄한 눈으로 한 사람씩 쏘아보며 말을 이었다.

"제 말 알아들으셨지요?"

파인 씨는 두 사람이 마지못해 고개를 끄덕이는 것을 기다렸다가 숙박부가 펼쳐진 로비의 목재 스탠드를 향해 손짓했다.

"숙녀분부터 먼저 시작하시지요. 성함이?"

"에글란타인 히어워드입니다."

"신사분 성함은?"

"윌버 고워바인 박사입니다."

"그리고 젊은 숙녀분은?"

"클레멘스 캔들러입니다."

"모두들 얼마나 머무르실 예정인지요?"

새로 온 세 손님은 망설였다. 처음 두 손님과 마찬가지로 아무도 마음을 정한 것 같지 않았다. 파인 씨가 한숨을 쉬었다.

"상관없습니다. 밀로, 네가 안내해 드리겠니?"

"네."

밀로는 부츠를 벗어던지고는 에글란타인 히어워드의 여행 가방과 양복 가방을 다시 들고 앞장서 계단을 올라갔다. 클렘이 스타킹을 신은 발로 명랑하게 그러나 조용히 뒤따랐다. 히어워드 부인은 거창하게 콧방귀를 뀌고는 뒤를 따라왔다. 월버 고워바인은 장비들을 모아 커다랗게 하나로 꾸려 들고 마찬가지로 뒤따라왔다. 기다란 망원경 케이스가 걸을 때마다 난간에 부딪혀 튕겨 나왔다.

밀로는 두 번째 층계참 연초록 창문 아래에서 걸음을 멈추고 다른 두 사람이 따라오기를 기다렸다.

"여기가 객실이 있는 첫 번째 층입니다."

히어워드 부인과 고워바인 박사가 가까이 오자 밀로는 말했다.

"3E호만 빼고 원하시는 방을 고르세요. 그 방은 손님이 있어요. 문이 닫혀 있는 방이 그 방입니다."

세 손님은 서로 바라보았다. 클렘이 손을 흔들며 다른 두 사람에게 눈부신 미소를 지었다.

"계속 가죠."

히어워드 부인이 클렘에게 퉁명스럽게 살짝 고개를 까딱해 보이고는 복도를 걸어갔다. 부인이 문이 열려 있는 맨 끝 방을 살펴보는 동안 고워바인 박사는 문이 열려 있는 가장 가까운 방으로 소지품들을 가져가 바닥에 내려놓았다.

"이 방을 쓸게."

고워바인 박사가 큰 소리로 말했다.

키가 큰 노부인이 남은 두 방 사이에서 결정을 내리는 중대한 일을 하는 동안 클렘이 몸을 구부리고 조용히 말했다.

"밀로, 위층에도 쓸 수 있는 방이 있을 것 같은데?"

"아… 그럼요. 많아요. 왜요?"

밀로는 자기가 상관할 일이 아니라고 생각했지만 클렘은 질문에 신경 쓰지 않는 것 같았다.

"난 운동을 해야 하거든. 운동을 못 하면 좀이 쑤셔. 눈 때문에 밖에서 뛸 수 있을 것 같지는 않고. 내가 위층을 쓰면 네 엄마 아빠 골치가 아플까?"

"아뇨. 맨 위층엔 아무도 없는 것 같아요. 두 층 더 올라갈까요?"

"좋았어."

히어워드 부인이 3N호에서 내다보았다. 빈지 씨의 방 옆방이었다.

"젊은이, 내 물건들 좀 가져다주겠소?"

"네, 그럼요."

밀로는 클렘에게 돌아섰으나 클렘은 벌써 계단 위로 사라져 버렸다.

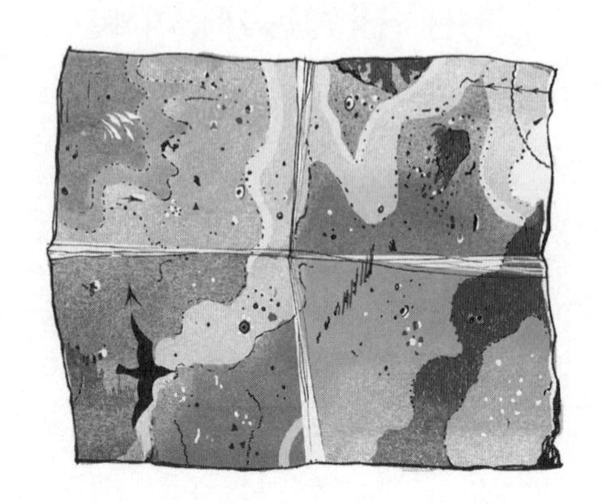

제 2 장

메디

히어워드 부인의 짐을 들여놓고, 5층에서 클렘과 체크인을 하고, 난로 위의 소스 팬에서 자신이 먹을 핫 초콜릿 한 잔을 따라 마시멜로 몇 개를 넣을 무렵, 밀로는 다시 자제력을 잃는 느낌이 들기 시작했다.

늦은 시각이었고 여관 여기저기서 낯선 사람들의 소리가 들려왔다. 집에서 나는 소리는 평소와 달랐다. 공기조차 냄새가 달랐다. 원래라면 겨울과 눈과 벽난로, 핫 초콜릿 같은 냄새가 났어야 했다. 그 냄새들은 존재했지만, 지금은 히어워드 부인의 젖은 코트와 조지 모셀의 깨진 향수병, 고워바인 박사가 바깥 포치 칸막이에서 피웠던 파이프에서 풍기는 희미한 담배 냄새에 묻혀 버렸다.

밀로는 손님들이 눈 속에서 몰려오기 불과 몇 시간 전만 해도 완벽하게 평범한 저녁 식사를 했던 식탁의 벤치 가운데 하나에 미끄러지듯 앉았다. 엄마는 이십 분 동안 붙들고 있던 전화기에 대고 작별 인사를 한 다음 전화기를 내려놓고 밀로 옆에 털썩 주저앉았다.

"뭐 하니, 얘야?"

밀로는 컵 속에다 투덜대는 소리를 냈다.

"겁낼 것 없다. 캐러웨이 부인이었어. 부인하고 리지가 도와주러 올 거야. 우린 네가 방학 때 확실하게 쉴 수 있도록 최선을 다 할 거야."

"그 사람들이었어요?"

캐러웨이 부인은 여관의 요리사였고, 딸 리지는 빵집을 하는데 특별히 바쁠 때면 한두 번 와서 도와주었다.

"언제 온대요?"

"오늘 밤. 길이 좀 뚫리면. 하지만 늦게 올 거야. 운전을 정말 천천히 해야 할 테니까."

파인 부인은 밀로의 어깨에 팔을 둘렀다.

"안 자고 나랑 기다릴까? 그러고 보니 내가 너한테 브라우니 아이스크림 선디를 빚지고 있었네."

보통 밀로는 가족들과 함께 늦게까지 벽난로 앞에 앉아 있는 것을 좋아했다. 때로는 책을 읽기도 하고 때로는 스크래블이라고 불리는 글자 만들기 보드 게임이나 카드 게임을 하기도 했다. 하지만 오늘 밤은…. 밀로는 머그잔 너머로 거실을 내다보았다. 빈지 씨는 위층으로 다시 올라가고 없었고, 고워바인 박사는 파이프를 피운 뒤 역시 위층으로 올라갔고, 히어워드 부인은 다시 내려오지 않았다. 그러나 조지 모셀과 클렘 캔들러는 녹색 머그잔에다 뜨거운 음료를 들며 거기 있었다. 파랑 머리 조지는 팔꿈치 옆 협탁에 음료를 놓아두고 웅크리고 앉아, 무릎에 올려놓은 시가 박스 가장자리를 검은색 테이프로 조심스레 감고 있었다. 빨강 머리 클렘은 래그러그에 앉아 있었는데, 밀로가 앉아 있는 곳에서 겨우 시야에 들어왔다. 클렘은 발목을 흰색 테이프로 감고 있었다. 여관까지 걸어 올라오는 길이 보기만큼 쉽지 않았던 게 분명했다.

그래도 그들은 조용했고, 이 밤은 밀로가 평화롭게 보내는 마지막 밤일지도 몰랐다. 밀로는 언제든지 가족들만의 공간인 위층으로 올라갈 수 있었지만, 엄마 아빠는 손님들을 돌보느라 그냥 아래층에 있을 것이었다. 그리고 너무 조용한 곳에서 홀로 외로이 있으면 기분이 나아질 리가 없었다.

"읽을 것을 갖고 곧 돌아올게요."

밀로는 첫 계단을 절반쯤 올라가다가 아까 조지 방에서 우연히 가지고 나왔던 책을 돌려주지 않은 것이 생각났다. 밀로는 한 발을 다음 계단에 올릴 태세를 취하다가 멈춰 서서 주머니를 쓰다듬어 보았다.

"아니, 그걸 어디다 두었…."

두고 왔다면 딱 한 곳밖에 없었다. 레일카 종소리에 답하려고 뛰어나갈 때는 가지고 있었다. 그러나 새로 온 손님 셋을 방으로 안내할 때나 히어워드 부인의 짐을 가지러 다시 내려왔을 때는 가지고 있던 기억이 없었다. 아무래도 바깥에 두고 온 것 같았다. 어쩌면 정자에 두고 왔을지도 몰랐다.

밀로는 날 듯이 계단을 내려가 로비로 가서 부츠를 움켜쥐고 누가 어디 가느냐고 물을 틈도 주지 않고 휙 밖으로 나왔다. 미끄러지듯 포치를 가로지르고 방수포 아래 장작을 쌓느라 바쁜 아버지를 지나 전속력으로 오솔길을 뛰어 내려가 숲으로 들어갔다.

지붕을 따라 긴 계단의 난간으로 내려가며 켜져 있는 꼬마전구들은 이제 약 1센티미터 정도 쌓인 눈 아래서 반짝이고 있었다. 밀로는 즉시 문고판 책을 발견했다. 책은 윌포버 윌윈드와 목재 바닥 모서리 사이에 끼워져 있었다. 탑처럼 쌓인 짐들이 굴러 떨어질 때 밀로가 떨어뜨린 게 틀림없었다.

밀로가 책을 빼서 뒷주머니에 밀어 넣고 막 돌아서는데 철로 위에 뭔가가 있는 것이 보였다.

파란색 가죽 지갑 같았는데, 다만 크기가 좀 컸다. 밀로는 승강장에서 레일카 뒤 철로로 내려가 지갑을 주웠다.

그렇게 밀로는 첫 번째 지도를 발견했다.

지도는 사 등분으로 접혀 가죽 지갑 왼쪽 포켓에 끼워져 있었다. 종이는 낡고 녹색을 띠고 있었다. 여관 부엌의 구리 솥들이 녹이 슬었을 때의 색과 비슷했다. 다만 종이가 그런 색으로 변한 것은 본 적이 없었다. 밀로는 차가운 손가락으로 조심스레 종이를 펼쳤다. 어찌나 찢어지기 쉽고 약하든지 더 접었다 폈다 하는 것을 견뎌낼 수 없을 것 같았지만, 옛날에는 두껍고 비싼 종이였음을 알 수 있었다. 밀로는 종이를 높이 들어 가장 가까운 가로등 불빛에 비춰 보았고, 금방 워터마크를 알아보았다. 철문처럼 보였지만, 원래 모양보다는 살짝 휘어지고 비틀려 있었다.

불빛에다 종이를 비춰 보면서 밀로는 그때 처음으로 자신이 보고 있는 것이 무엇인지 깨달았다. 밀로는 몸을 돌려 철로를 가로질러 커다란 윈치가 있는 헛간으로 뛰어갔다. 그리고 더 잘 보기 위해 천장등을 켜고 종이를 다시 쳐들었다.

지도는 재미있는 점이 있다. 어떤 곳을 나타내는지는 몰라도 지금 보고 있는 것이 지도임을 안다는 거다. 지도는 오해할 여지가 거의 없다. 냅킨에 그린 것이든, 신발 끝으로 진흙에다 그린 것이든, 아침 식사를 하던 접시 위에다 숟가락으로 시리얼을 배열한 것이든, 척 보면 지도인 것을 안다. 지도는 온갖 것으로 만들어지지만, 다 지도인 것을 알아본다. 밀로가 잡고 있는 부서질 듯한, 워터마크가 있는 종이 위의 지도 또한 한 번도 본 적은 없었어도 지도가 틀림없었다.

길을 나타내는 선도, 건물을 나타내는 네모도, 도시나 마을의 특징을 표시하는 것도, 심지어는 구불구불 시골을 관통하는 외딴길도 없었다. 대신, 형체 없는 파란색이 다른 꼭대기 부분과 서로 겹쳐 있어서 어떤 곳에서는 종이가 그저 파란색을 띠고 있고, 어떤 곳에서는 색이 점점 진해져 차이나블루, 울트라마린 블루, 로열 블루, 네이비블루색이 되어 있었다. 여기저기, 명암을 준 띠들 속에 일군의 초록색 잉크로 찍은 점들이 모여 있었다. 가장 밝은색이 있는 곳에는 두세 개의 점들이 무리지어 있고, 가장 어두운 파란색이 있는 곳에는 아홉이나 열 또는 그 이상의 점들이 비교적 큰 무리를 이루고 있었다. 한쪽 구석에는 휘어져 살짝 비틀려 보이는 흰색에 가까운 삼각형 모양들이 모여 있었다. 그 밖에도 활짝 편 날개 하나가 화살표를 가리키고 있는 새 모양이 있었다.

밀로는 지도에 대해 좀 알고 있었다. 그런 지식은 물론 십이 년 동안 밀수업자와 선원들에 둘러싸여 자랐기 때문에 얻은 것이었다. 들고 있던 종이를 응시하던 밀로는 그것이 다른 것들보다 더 자주 보았던, 매우 특수한 종류의 지도를 생각나게 한다는 것을 깨달았다. 그것은 배 항해사들이 쓰는 일종의 해도처럼 보였다.

그렇다. 해도였다. 정확히 해도였다. 파란색 음영과 초록색 점들은 수로의 깊이가 다르다는 것을 나타낼 터였다. 새 모양은 나침도일 것이고, 날개의 화살표는 북쪽을 가리킬 것이다.

밀로는 화살표가 위쪽을 가리키도록 종이를 돌렸지만, 더 친숙한 수로가 나타나지는 않았다. 스키드랙강이라든가 강이 흘러 들어가는 마고시만이라든가, 내륙에 있는 스키드랙강 지류 가운데 하나라든가, 뭔가 알아볼 만한 것이 있을지 종이를 돌리고 또 돌렸다. 그러나 어떻게 돌려 보아도 밀로가 알고 있는 강이나 만처럼 보이지 않았다.

그때, 정자 바깥에서 욕을 중얼거리는 목소리가 들렸다.

밀로는 문과 문틀 틈새로 눈을 갖다 댔다. 무거운 코트로 감싸고 옷깃 속으로 머리를 낮게 숙인 사람의 형체가 밀로의 시야를 가렸다. 날카로운 바람이 짤막하게 일며 그 사람 주위의 눈이 소용돌이쳤다. 밀로의 엄마나 아빠는 아니었다. 눈과 반짝거리는 불빛 사이에서 밀로는 어느 손님인지 제대로 알아낼 수 없었다.

그 사람은 시야에서 사라졌다가 정자를 한 바퀴 돌아 다시 나타났다. 그런 다음 선로를 껑충껑충 뛰어 내려갔다. 철로 사이 돌들을 밟는 발소리가 저벅저벅 들렸다.

남자인지 여자인지 모르지만 그 사람은 밀로가 방금 발견한 가죽 지갑을 찾고 있는 것이 분명했다. 그렇다면 밖으로 나가 자신이 발견했다고 알리는 것이 사리에 맞았다. 결국 그것은 한 손님의 소유물이었고, 언젠가는 돌려주어야 할 것이었다. 그러나 어두운 그림자가 다시 선로에서 몸을 돌릴 때 밀로는 할 수 있는 한 헛간 구석으로 깊이 들어가 윈치 뒤에서 멀리 몸을 숨겼다.

밀로는 숨을 죽이고 기다렸다. 밖에서 아무 소리도 들리지 않은지 한참이 지나자 마침내 밀로는 발끝으로 살금살금 문 쪽으로 돌아와 다시 틈 사이로 눈을 댔다. 미지의 인물은 사라지고 없었다.

밀로는 할 수 있는 한 조용히 지도를 다시 접어 가죽 지갑에 끼워 넣었다. 그리고 코트가 가려 줄 것을 확신하며 뒷주머니에 지갑을 집어넣었다. 그런 다음 정자에 완전히 혼자 있다는 확신이 들 때, 헛간을 빠져나왔다. 만약 누가 왔다면 발자국이 남겠지만 이미 소용돌이치는 눈들이 바삐 발자국을 지우고 있었다.

여관 안은 밀로가 떠났을 때와 달라진 것이 없었다. 엄마는 식당 탁자 옆에, 거실에는 조지 모셀이 시가 박스를 갖고 소파에, 클렘 캔들러는 테이프를 붙인 다리를 뻗고 래그러그 위에 앉아 있었다.

파인 부인이 책에서 눈을 떼고 바라보았다.

"밀로, 어디 갔다 온 거야?"

밀로는 모자를 홱 벗어던지고 주위를 둘러보며 목도리를 풀었다. 분명히 누군가를 놓치고 있다는 확신이 들었다.

"제 뒤로 밖으로 나온 사람이 있던데, 누구였어요?"

이제 조지와 클렘도 고개를 들어 바라보았다.

"이 방을 지난 사람은 없는데. 아무도 못 봤어."
조지가 말했다.
"맞죠? 아니면 내가 주의 깊게 보지 않아서일까?"
조지가 클렘을 보며 물었다.
"누가 나가는 걸 알아차리지 못했어. 어쨌건 여기를 통과하지는 않았어."
빨강 머리 여자가 일어서며 기지개를 켰다.
"그럼 저는 이만 물러가겠습니다. 아침에 뵈어요."
그러고는 조용히 한 번에 두 계단씩 뛰어 올라갔다.
"아빠는요? 아빠가 밖에 나오신 거 맞죠?"
밀로는 자기가 본 사람이 누구든 아버지는 아니었음을 확신했지만 그렇게 물었다.
"아빠는 네가 나간 다음 바로 들어오셨다. 지금은 위층에 계셔."
파인 부인이 얼굴을 찌푸리며 물었다.
"왜 그래?"
밀로는 입을 열었다가 다시 닫았다.
"아무것도 아네요."
결국 밀로는 그렇게 말하며 엄마의 맞은편 벤치에 미끄러지듯 앉았다.
"누군가 밖에서 걷고 있었어요. 그것뿐이에요. 이 길로 들어왔을 거라 생각했거든요."
"맙소사. 밖에서 추위에 떠는 사람이 없는지 확인하는 게 좋을 것 같구나."

밀로의 엄마가 벤치에서 일어나 조용히 로비로 가서 방한복을 입었다.

"추위에 떠는 사람은 없어요."

밀로가 말렸다.

"엄마가 나가 보실 일은 아닌 것 같아요."

그러나 이미 파인 부인의 뒤에서 문이 닫혔다. 밀로는 조지 모셀과 단둘이 남았다.

잠시 두 사람은 서로를 못 본 척했다. 조지는 시가 박스와 검은색 테이프를 만지작거렸고, 밀로는 뒷주머니에 들어 있는 조지의 책을 강하게 의식하며 핫 초콜릿을 홀짝였다.

"저, 클렘 씨, 뭘 좀 갖다드릴까요? 핫 초콜릿 더 드실래요?"

머그잔을 비운 밀로가 마침내 어색하게 물었다.

"아니, 괜찮아. 나 신경 쓰지 마. 그리고 원한다면 날 조지라고 불러도 돼."

조지가 대답했다. 밀로는 부엌으로 가던 발걸음을 멈추고 조지가 만지작거리며 시간을 보내고 있는 시가 박스를 바라보며 물었다.

"그런데 그건 뭐예요?"

조지는 상자를 들어올렸다.

"핀홀 카메라야."

카메라? 시가 박스로 카메라를? 손에 든 빈 머그잔과 주머니에 들어 있는 책에서 신경을 다른 곳으로 돌리기에 충분했다.

"핀홀 카메라가 뭐예요?"

"어떤 것으로도 카메라를 만들 수 있단다."

조지가 상자를 밀로에게 건네주며 말했다.

"빛이 들어올 구멍과 그 빛을 잡아 이미지로 바꿀 수 있는 표면이 있으면 말이야. 사진에 대해 아니?"

"아뇨."

밀로는 손 안에서 상자를 뒤집어 보았다. 조지는 가장자리에 전부 테이프를 붙여 놓았지만 정면에 구멍이 하나 있었다. 안을 들여다보려고 했지만 보이는 것이라고는 어둠뿐이었다.

"지금 당장은 아무것도 안 보여. 빛이 샐 만한 곳을 전부 막았다는 확신이 들 때 인화지를 넣을 거야. 그 구멍이 조리개가 될 거란다."

조지는 상자를 돌려받고 미소 지으며 바라보았다.

"난 언제나 카메라를 하나 만들고 싶었어. 처음 시도해 보는 거야. 물론 아직 완성된 건 아니야. 하지만… 그래, 작동할 거라고 생각해. 그래도 이름은 필요하지."

밀로가 웃었다.

"이름이요? 카메라에?"

"그럼. 멋진 카메라는 모두 훌륭한 이름을 갖고 있어. 핫셀블라드, 롤라이, 보이그랜더, 라이카…."

조지는 손바닥이 받침대인 것처럼 상자를 붙들고 있다가 선언하듯 말했다.

"난 이걸 랜스디가운이라고 부를 거야."

조지는 짐짓 비난하는 듯한 날카로운 눈으로 밀로를 바라보았다.

"네가 이 상자가 이름을 가질 만한 자격이 있다고 생각한다면 말이지. 그리고 너의 폭넓은 시가 박스 카메라에 대한 지혜로 미루어

볼 때 그 이름이 별로라고 생각하지 않는 한 말이야."

"아뇨, 아뇨. 충분히 자격이 있어요."

밀로는 진지한 눈으로 상자를 바라보지 않을 수 없었다.

"랜스디가운이라고요. 그런데 뜻이 뭐예요?"

"랜스디가운?"

조지가 고개를 갸웃했다.

"몰라?"

밀로는 열심히 생각해 보았다.

"네, 모르겠어요."

조지가 살짝 웃으며 말했다.

"장담하건대 넌 알고 있어. 금방 생각이 나지 않아서 그렇지. 랜스디가운이 무슨 뜻인지 생각나면 내 카메라에 적당한 이름인지 아닌지 알 수 있을 거야."

밀로는 주머니에 손을 넣어 책을 꺼냈다. 조지는 분명히 화를 내지 않을 거다. 그저 실수라고 이해할 거다.

"아까 짐을 치울 때 이걸 집었는데요, 손에 들고 있는지 몰랐어요. 더 일찍 돌려드릴 생각이었는데, 그만 잊어버렸어요. 정말 죄송합니다."

밀로가 말했다.

"아! 난 안 갖고 왔나 보다고 생각했는데."

조지가 미소 지었다.

"괜찮아. 그 책 읽어 봤니?"

이상한 일이었다. 이 책을 갖고 내내 돌아다녔으면서 제목이 무엇인지도 알아차리지 못했다. 표지는 평범했다. 무거운 붉은 종이에 회색 글씨로 제목이 박혀 있었다.

"〈재담가의 비망록〉이네요."

밀로는 낯선 단어를 조심스레 발음하며 책 제목을 읽었다.

"안 읽어 본 것 같아요. 재담가가 뭐예요?"

"이야기꾼을 일컫는 고풍스런 단어야. 이 근처 민담들을 모은 책인데, 아마 너도 아는 이야기가 있을 거야."

조지는 책을 잡고 휙휙 넘겨 본 다음 다시 제2장을 펼쳐 도로 건네주었다.

"이 이야기 아니?"

"'지도 게임'?"

밀로는 다시 고개를 저었다.

"모르는 것 같아요."

밀로는 책을 다시 내밀었다. 하지만 파랑 머리 조지는 손을 젓기만 했다.

"조금 읽어 보고 무슨 생각이 드는지 한번 볼래? 별 재미없다고 결론을 내려도 난 기분 상하지 않을 거야."

조지는 다시 미소 지었다.

"하지만 끝까지 읽을 이유가 있을지도 모르지."

"어떤 이유요?"

조지는 어깨를 으쓱했다.

"모르지. 읽어 보고 말해 줘. 적어도 이야기의 첫 부분은 좋아할 것 같은걸."

밀로는 조지가 골라 준 이야기를 내려다보며 첫 줄을 훑어보았다.

지도로 그릴 수 없는 어느 도시에 그림으로 그릴 수 없는 집이 있었다.

밀로는 자기도 모르게 한 페이지를 다 읽었다. 밀로가 눈을 들어 보니 조지 모셀이 활짝 웃고 있었다.

"재밌지, 응?"

"그런 것 같아요."

밀로는 부엌에서 핫 초콜릿을 채워 갖고 올 때 빼고는 손에서 책을 내려놓지 않았다. 그다음 밀로는 여관에 손님들이 있을 때 가 있곤 하는 장소에 쪼그리고 앉았다. 등받이가 높은 커플 소파였다. 집 정면 포치 쪽에는 그 너머로 땅바닥이 내다보이는, 불룩하게 튀어나온 아주 커다란 내닫이창들이 있었는데, 커플 소파는 그 가운데 하나와 마주보고 있었다. 거기 앉아 있을 때는 소파 등받이가 일종의 벽이 되어 등 뒤에서 일어나는 일들을 가려 주었으므로 약간의 사생활을 되찾는 듯한 느낌이 들었다. 밀로는 소파 한쪽 구석에 웅크리고 앉아 책을 읽기 시작했다. 이번에는 책 맨 첫 장부터 시작했다.

비가 일주일 동안 그치지 않고 내렸고, 여관으로 가는 길들은 가축의 분뇨가 흐르는 강보다 더 나을 게 없었다. 적어도 이 말은 프로스트 선장이 실내로 저벅저벅 걸어 들어와 그 지역 특유의 노란 진흙을 뒤집어쓰고 아침 식사를 달라고 고함을 쳤을 때 했던 이야기다. 나머지 손님들은 한숨을 쉬었다. 아마 오늘은, 아마 오늘만큼은, 강제로 비에 갇힌 상태가 끝날지도 모른다고 생각했기 때문이다. 그러나 달걀과 바싹 구운 토스트를 요구하며 고함치는 남자의 말에 따르면, 그들 열다섯 사람은 스키드랙강과 한때는 길이었던 새로 생긴 강과 내리는 비에 적어도 하루 더 붙잡혀 있어야 할 것이었다.

밀로가 이 책을 좋아할 거라는 조지의 생각은 어찌 보면 당연했다. '비'를 '눈'으로 바꾸고 사람 수를 줄이면 이 이야기는 그린글라스 하우스의 이야기나 다름없었다. 책 속의 손님들 역시 여러 모르는 사람들과 함께 집 안에 갇혀 있었다. 그런데 책에서는 핀이라는 이름의 손님이 이야기를 하며 시간을 보내자고 제안했다.

"더 문명화된 곳에서는 여행자들이 난로와 포도주를 서로 나누며 때로는 자신의 이야기도 함께 나누기도 합니다."

핀이 그들에게 말했다.

"그러면 기적 중의 기적이 일어납니다. 이방인이 하나도 없게 되고, 오로지 난로와 술병을 나누는 친구들만 남게 됩니다."

바람과 비가 창유리를 덜컹덜컹 흔들었다. 응접실에 모인 사람들은 다른 사람들을 한 사람 한 사람 바라보았다. 수놓인 비단 스톨을 걸친 젊은 여자, 얼굴에 문신한 쌍둥이 신사, 장갑 낀 손을 신경질적으로 끊임없이 움직이는 깡마른 여자, 그 여자보다 더 말랐지만 두 겹의 두툼한 숄 아래 깡마른 몸을 숨기고 있는, 그러나 감싸고 있는 숄이 몸에서 헛돌 때 작은 불빛 속에서 불그스름한 갈색 피부가 내보이는 또 다른 여자.

"여러분이 들으시겠다면 제가 첫 번째로 이야기를 하지요."

핀이 유리잔을 빙글빙글 돌리며 말했다.

"혹시 주고받을 가치가 있는 이야기라고 여겨지면 여러분 가운데 한 분이 또 이야기를 들려주시면 됩니다. 자, 시작합니다."

물론 책 속의 손님들은 동의했고, 다음 장에서 핀은 밀로가 아까 얼핏 시작 부분을 읽었던 이야기를 시작했다.

지도로 그릴 수 없는 어느 도시에 그림으로 그릴 수 없는 집이 있었다.

세 편의 이야기를 읽었을 때 문이 활짝 열리며 눈으로 뒤덮인 파인 부인이 저벅저벅 걸어 들어왔고, 그 뒤를 눈사람 모습의 사람들이 더 따라 들어왔다. 캐러웨이 부인과 딸 리지였다. 밀로는 커플 소파 속으로 더 깊이 몸을 웅크리고, 책을 읽는 데 몰두한 나머지 그들이 식탁에 식료품이 가득 든 갈색 종이 가방을 쌓아 놓고 코트와 부츠를 벗는 것을 알아차리지 못한 척했다. 밀로는 소파 옆 협탁에 놓인 작은 시계를 흘낏 보았다. 거의 자정이었다. 조지 모셀이 앉아 있던 소파는 비어 있었다. 밀로가 '지도로 그릴 수 없는 집'과 '성유물함의 제작자'를 읽던 지난 한 시간 반 사이에 사라져 버렸다. 밀로는 이야기를 읽는 데 정신이 팔린 나머지 조지가 잠을 자러 올라가는 소리도, 엄마가 추위 속에서 돌아왔다가 다시 밖으로 나가는 소리도 듣지 못했다.

"밀로!"

이제 한동안 이렇게 한가로이 책을 읽을 수 없을 것 같다는 슬픈 예감이 들었다.

밀로는 책을 내려놓고 한숨을 쉬면서 소파에서 몸을 들어 올렸다.

"네, 엄마?"

"즐거운 성탄절이라고 해도 되겠지?"

캐러웨이 부인은 양말 바람으로 가방들을 모아 들다가 잠시 멈추고는 밀로에게 짧게 손을 흔들고 부엌으로 향했다. 이십 대의 딸 리지가 나머지 식료품들을 들고 캐러웨이 부인의 뒤를 따라가다 밀로에게 미소를 지으며 고개를 끄덕여 보였다.

파인 부인이 캐러웨이 부인의 뒤를 이어 부엌으로 달려갔다.

"오데트, 내가 물건들을 치울 테니 가서 좀 쉬세요. 벤이 방을 준비해 놓았을 거예요. 밀로, 여행 가방을 좀 챙겨 줄래?"

"물론이죠."

밀로는 엄마의 뒤에 대고 외쳤다. 그런데 자리에서 채 일어나기 전에 누군가 자신을 보고 있다는 것을 알아차렸다.

전에는 한 번도 본 적이 없는 밀로 또래의 소녀가 소파 등받이 너머에서 호기심 어린 눈으로 가만히 밀로를 응시하고 있었다. 리지의 여동생 메디인 게 분명했다. 밀로는 메디 이야기를 무척 많이 들었지만, 만난 적은 없었다.

"안녕."

밀로는 자신만의 특별한 장소에 있는데 누군가 자신을 그렇게 가까이서 바라보고 있는 것에 화가 났지만 화를 누르려고 애쓰며 조용히 말했다.

"네가 메디인가 보구나? 난 밀로야."

메디 캐러웨이는 밀로만큼 이런 식의 정리가 만족스러운 듯 보였다.

"안녕."

메디가 털실 모자를 홱 잡아당기며 말했다. 정전기 때문에 붉은 빛이 도는 짧은 금발이 빨간 얼굴 주위에서 삐죽삐죽한 후광처럼 솟구쳤다.

휴, 내 방학.

"네가 바로 입양된 아이구나?"

팔 가득 여행 가방을 든 밀로는 두 번째 층계참에서 걸음을 멈추고 몸을 돌려 메디를 노려보았다.

"뭐라고?"

메디는 밀로를 호기심 어린 눈으로 바라보며 말했다.

"네가 있다는 소리를 들었거든."

밀로는 무슨 어리석은 질문을 하느냐는 투로 들리기를 바라면서 코웃음을 쳤지만 얼굴은 이미 빨개지고 있었다. 내가 있다는 소리를 들었다고? 물론, 밀로와 엄마 아빠를 보기만 해도 밀로가 생물학적 자식이 아닌 것은 뻔히 짐작이 된다. 그렇지만 메디는 밀로가 입양되었다는 이야기를 누군가에게서 특별히 들었다는 말을 하는 것 같았다. 그 말은 캐러웨이 부인과 리지가 자신에 대해 이야기를 했다는 뜻이다. 배신감이 들었다. 믿고 신뢰했던 사람들이 내 가족과 내 과거에 대해 뒷담화를 하고 있다니….

"왜 대답 안 해?"

메디는 별일 아닌 것을 묻는 듯한 표정으로 밀로를 빤히 바라보았다. 이건 경우가 아니었다.

"네 방은 이쪽이야."

밀로는 걸어가는 내내 메디가 눈치 없이 또 물으면 어떻게 대답해야 할지 마음을 정하는 데 시간을 다 썼다.

2층에는 친구나 가족이 방문했을 때만 쓰는 특별 손님방이 두 개 있었다. 밀로는 트윈 베드가 있는 동쪽 방향 손님방의 문을 열었다. 밀로는 리지가 늘상 쓰는 침대 발치에 리지의 가방을 내려놓았다.

"너, 여행 가방 가져왔어?"

메디가 말끄러미 밀로를 바라보더니 고개를 저었다.

"내 물건은 리지 가방에 있어."

"좋아, 그럼 이만."

밀로는 팔을 약간 흔들어 애매한 환영의 몸짓을 하고 메디를 편하게 쉬도록 남겨 두었다. 그리고 캐러웨이 부인의 여행 가방을 복도 건너편 방에 내려놓았다.

밀로가 다시 방에서 나왔을 때 메디는 팔짱을 끼고 자신의 방 문간에 서 있었다.

"너, 대답 안 해 줬잖아."

"맞아. 나 입양아야."

밀로는 화가 나서 대답했다.

"네가 상관할 일은 아니잖아."

메디는 눈을 부라렸다.

"그게 무슨 비밀이라고 그래? 아주 분명한데. 네 엄마 아빠는 중국인이 아니잖아."

"내 생김새야 내가 정확히 알아! 그건 개인적인 일이야."

밀로가 쏘아붙였다.

메디는 어깨를 으쓱하고 돌아서서 리지의 가방을 열었다.

"너, 어디서 왔어?"

메디는 가방 안을 들여다보며 물었다.

"어디서 오긴. 늘 여기 있었어."

밀로가 차분히 말했다.

"난 평생 넥스피크에서 살았어. 아기였을 때 입양되었거든."

"그래. 하지만 그 전, 입양되기 전에 말이야."

정말이지 뭐래. 조금 전에 개인적인 일이라고 한 말 못 들었나?

"난 여기서 입양되었어."

밀로가 쌀쌀맞게 말했다.

"이 도시의 입양 기관에서."

밀로는 자신이 버려진 아이였다는 말은 하지 않았다. 그거야말로 정말 메디가 상관할 일이 아니었다.

"그래, 하지만 넌 중국…"

"그래, 맞아. 그리고 그건 개인적인 일이라고 말했지!"

밀로가 화난 어조로 낮게 말했다.

밀로는 몸을 돌려 자리를 떴다. 메디가 뒤에서 그를 말끄러미 바라보았다. 밀로는 성큼성큼 계단을 내려가 조지의 책을 두고 온 창가 커플 소파로 돌아갔다. 그리고 일부러 부엌에 있는 어른들을 무시하고 할 수 있는 한 깊이 쿠션 속에 잠겨 그들의 도착 때문에 중단했던 이야기 속으로 들어가려고 애썼다.

몇 분 뒤 파인 부인이 밀로 옆자리에 쪼그리고 앉았다.

“괜찮니?”

“네. 좋아요.”

“무슨 이야기 소리를 들은 것 같아서.”

“아무것도 아니에요.”

파인 부인이 천천히 고개를 끄덕이며 물었다.

“뭘 읽고 있니?”

밀로는 파인 부인이 제목을 읽을 수 있도록 책을 내밀었다.

“파랑 머리 조지가 빌려주었어요. 낵스피크에 대한 민담이에요.”

“어렸을 때 나도 이 책을 읽은 기억이 나는구나. 무척 좋아했었지.”

파인 부인이 말했다.

“네, 꽤 재미있어요.”

“정말 하고 싶은 이야기가 없니?”

밀로는 세 번 정도 다시 읽은 구절을 응시했다.

“정말이에요. 밤늦게까지 이야기를 다 읽으려고 해요.”

밀로 엄마는 고개를 끄덕이며 밀로의 손을 한 번 꽉 쥐었다가 일어나서 부엌으로 돌아갔다. 밀로는 자세를 바꾸다가 주머니에서 가죽 지갑이 움직이는 것을 느꼈다.

“엄마?”

“왜?”

"엄마가 다시 나갔을 때 산책 나온 사람 못 보셨어요? 제가 보았다고 했었죠? 엄마가 안 계시는 동안 여기서는 아무도 나가지 않았거든요."

밀로 엄마는 고개를 저였다.

"단 한 사람도 없던걸. 누가 되었든, 다시 들어왔어도 특별히 주의를 기울이지는 않았을 거야."

조지의 책에서는 여관 창문 위로 비가 퍼붓는 동안 네그렛이라고 불리는 문신한 쌍둥이가 이야기를 시작했다.

"여러분이 악마를 이긴다면 마음의 욕망을 이길 수 있습니다. 누구나 그것을 알고 있고, 어떤 어리석은 사람들은 아마 자기들도 그렇게 할 수 있을 거라고 생각하지요. 하지만 악마는 도박의 대가이기에 그런 종류의 바보들에 빌붙어 살아갑니다. 악마에게 도전하겠다는 꿈을 꾸는 데는 오만함이 필요하지만, 오만함은 승리에는 거의 도움이 안 됩니다. 악마는 보통 오만하지 않기에 지는 법이 거의 없습니다.

그렇긴 해도, 그런 일은 간혹 일어납니다. 매우 드물고 특이한 경우이긴 하지만요. 이번 이야기는 악마가 혼쭐이 난 거래를 했을 때 일어난 일들 가운데 하나입니다.

땅거미가 질 무렵, 악마는 두 외딴 마을 사이의 길에서 혼자 걷고 있다가 그 길을 건너게 되었습니다. 그런데 그곳 표지판 아래에 스캐빈저의 수레가 멈춰 있었습니다. 아시다시피 스캐빈저는 주로 죽은 동물을 먹고 살지만 때로는 다른 동물의 먹잇감을 빼앗는 일종의 청소부지요. 악마는 다가가면서 이 스캐빈저가 조금 작은 편이라는 생각이 들었습니다. 악마가 스캐빈저 앞쪽 바닥에 그림자를 드리워 자신의 존재를 알리자 작은 형체가 몸을 돌렸고, 악마는 두 가지를 알아차렸습니다. 첫째, 이 스캐빈저는 50센트짜리 은회색 동전이랄까 완전히 둥근 보름달이랄까 그런 눈을 갖고 있었습니다. 둘째, 청소부가 작았던 것은 아이였기 때문입니다. 그것도 여자아이였습니다."

밀로는 거의 새벽 두 시까지 거실에서 책을 읽었는데, 이렇게 늦게까지 잠을 자지 않아도 되는 건 정말이지 상상도 할 수 없었다. 불은 다 타고 이글거리는 숯이 되어 있었고, 핫 초콜릿은 차가워졌으며, 앞에 보이는 창밖의 세상은 온통 그늘진 눈과 짙고 깊은 어둠뿐이었다. 〈재담가의 비망록〉은 밀로의 무릎에 펼쳐진 채 놓여 있었다. 위층의 이곳저곳에서 이방인들이 내는 소음들 때문에 집은 낯설기 짝이 없었고, 밀로가 흠뻑 빠져든 이야기는 어찌나 소름 끼치던지 이제 그만 자러 갈 시간이 되었다고 결정할 수밖에 없었다.

밀로는 몸을 떨며 네 번째로 잠에서 깨었고, 책 속에서 제멋대로 헤엄치는 단어들이 이해할 수 있는 문장과 절이 되게 하려고 애썼다. 소용이 없었다. 밀로는 기지개를 켜며 하품을 했다. 그때 바깥 눈 속에서 검은 점을 발견했다. 더 어두운 그림자였는데, 사람 크기의 그림자였다.

바람이 잔디밭을 가로질러 나무들 속으로 마구 쏟아져 들어갔다.

바람이 걷혔을 때 그곳에는 아무도 없었다.

"너 여기 아래층에서 잤어?"

잠에서 깨어 보니 메디 캐러웨이가 커플 소파와 아직 어두운 창문 사이에 서서 믿지 못하겠다는 얼굴로 서 있었다. 밀로는 놀란 비명을 억누르며 일어나려고 애썼다. 밤새 접혀 있던 다리에 감각이 없어지며 곧장 소파에서 바닥으로 고꾸라지고 말았다.

고개를 돌리자 분홍색 폭신한 양말로 싸인 메디의 왼쪽 발끝이 보였다. 밀로는 한숨을 푹 쉬었다. 그리고 가까스로 무릎에서 떨어졌던 책을 움직여서 뺨 아래에 놓았다. 종이를 씹지 않고 말할 수 있을 정도의 거리는 두었다.

"지금 몇 시야?"

목소리가 꺽꺽 쉰 듯 나왔다.

메디는 왼손을 뻗쳐 손목에 감긴 커다란 시계가 소매 밑에서 나오도록 했다.

"여섯 시. 여기서 뭐 하고 있는 거야?"

"넌 여기서 뭐 하는데?"

밀로가 대꾸했다.

메디는 고개를 돌려 어깨 너머를 보면서 상을 찡그렸다.

"이상한 소리가 들렸어."

메디의 눈길을 순간 따라가던 밀로는 깜박 잠들기 전 밖에서 보았던 그림자가 기억났다. 밀로는 간신히 두 발로 일어나 창밖을 내다보았다. 하지만 여전히 내리는 눈 말고는 아무것도 보이지 않았다.

"무슨 소리를 들었는데?"

밀로가 물었다.

"내가 아는 소리라면 이상하다고 하지 않았을 거야. 하지만 이건 말할 수 있어. 여관 안에서 나는 소리였어. 밖에서 나는 소리가 아니라."

메디가 참을성 있게 말했다.

"오래된 건물이라 이런저런 소리가 나. 나도 밤에 잠이 깨곤 했어."

밀로는 아까 소파에서 떨어질 때부터 아픈 손목을 문지르며 말했다. 그리고 메디를 어깨 너머로 힐끗 보며 덧붙였다.

"어렸을 때 그랬다고."

메디의 눈썹이 떨구어졌다.

"아, 그래."

메디는 발길을 돌려 계단 쪽으로 향했다. 그러더니 걸음을 멈추고 몸을 구부려 밀로 발 근처에서 뭔가를 주워 올렸다. 밀로는 어정쩡하게 한 손으로 뒷주머니를 탁 쳤다. 당연히 파란색 가죽 지갑은 거기 없었다. 그것은 메디의 손에 있었다.

"잠깐…."

하지만 메디는 접힌 지도를 꺼냈다.

"조심해. 찢어지기 쉬워."

메디가 종이를 펼치자 밀로가 항의했다. 밀로는 종이가 찢어지는 소리가 들리는 것만 같았다.

"이게 뭐야?"

"이리 줘."

밀로는 손을 내밀고 손가락을 까딱까딱 움직였다.

메디는 무시했다.

"잠깐만. 이게 뭐야?"

밀로는 더 끈질기게 손가락을 까딱거리며 달라고 했다. 메디는 손짓으로 거절하고 종이를 위에서 아래로 돌리더니 상을 찌푸리며 바라보았다.

"아, 알겠다. 해도로구나."

화가 나면서도 메디가 그렇게 빨리 해도를 알아본 것에 조금 놀라서 밀로는 팔짱을 꼈다.

"그래. 점들은 아마도 수심이고 갈매기는 나침도일 거야."

"나도 알아. 하지만 이건 갈매기가 아니라 알바트로스야."

메디는 경건한 태도로 새에게 손가락을 대었다.

밀로는 자신이 틀렸다는 말을 듣는 게 달갑지 않았지만 알바트로스가 어떻게 생겼는지 정확히 알지 못했으므로 논쟁을 벌이지 않기로 했다.

메디는 분명 준비가 될 때까지 해도를 돌려주지 않을 것이고 밀로도 잡아챔으로써 찢을 마음은 없었다.

"제발 조심해 줄래? 아는지 모르지만 아주 오래된 거야. 찢지 마."

"찢지 않아."

메디가 중얼거렸다.

"이거 진짜 훌륭하다. 그런데 무슨 지도지? 아니, 어디 지도일까? 스키드랙강이나 마고시만 같아 보이지는 않아."

"내 생각도 그래. 어디 수로를 그린 건지 모르겠어."

밀로는 마지못해 인정했다.

"뭐랄까, 그건 일종의 발견을 한 것이거든."

"일종의 발견이라니, 무슨 뜻이야?"

"어떤 손님이 떨어뜨린 것 같아. 어서 돌려줘."

밀로는 짜증이 나서 다시 손을 내밀었다. 메디는 다시 한 번 종이를 한참 바라보더니 조심스레 접어서 건네주었다.

"궁금하지 않냐? 더 알아보는 건 어때?"

메디가 물었다.

솔직히 말해 밀로가 정말로 해야 할 일은 그것이 누구 것인지 알아내서 바로 돌려주는 것이었다. 그러나….

"어떻게?"

좀 도전적으로 들리는 말투였지만 메디는 밀로의 어조에 신경 쓰지 않는 것 같았다. 메디는 고개를 갸웃하며 잠시 허공을 바라보더니 천천히 고개를 돌려 1층의 빈방들을 둘러보았다. 거실, 로비, 부엌, 식당. 메디는 거실 반대편 끝에 있는 포치 칸막이로 가는 닫힌 문을 자세히 바라보았고, 넓은 계단을 훑어보았다. 그러고는 보일락 말락 이상한 미소를 지으며 밀로를 돌아보았다.

"작전을 수행하는 거야."

"뭐, 뭐라고?"

"일단 들어 봐. 우린 여기 갇혀 있어, 그렇지?"

"우리라니? 난 여기 살아!"

메디가 밀로를 날카로운 눈초리로 바라보았다.

"그럼 넌 이런 게 마음에 든다는 거야? 이게 네가 바라던 겨울 방학이야? 낯선 사람들이랑 눈에 갇혀 있는 게?"

"그건 아니지만…."

"좋아. 난 너에 대해 모르지만 내가 너라면 뭔가 할 일을 찾아볼 거야. 예를 들어 이 지도가 어디로 이끄는지 찾아보는 거야."

밀로는 열이 오르는 것을 느꼈다. 낯선 사람들과 있는 것과 메디와 있는 것은 별개의 일이었다. 메디가 불쑥 끼어들어, 그것도 밀로가 발견한 것을 가지고 뭘 해라, 뭘 찾아라, 하고 말하는 것은 전혀 온당치 않았다.

"우리가 한다고 누가 그래?"

밀로가 퉁명스레 말했다.

메디는 팔짱을 꼈다.

"너, 문제가 뭐야?"

"문제는 네 말이 옳다는 거야. 난 이런 식으로 방학을 보내고 싶지 않아. 너까지 포함해서 말이야!"

"내가 문제인 건 알겠어."

메디가 참을성 있게 말했다.

"하지만 내 제안의 문제는 뭐야? 생각해 봐. 우린 지금 여기 함께 있잖아. 그러니 함께 재미있는 일을 할 수도 있지."

약 오르게도 반대할 적당한 이유가 없는 것 같았다. 밀로 역시 팔짱을 꼈다.

"그래, 그렇다면, 어떻게 할 건데? 내가 동의한다면, 우린 어떻게 시작해야 해?"

메디는 밀로가 손에 들고 있는 종이를 향해 고개를 까딱했다.

"우선, 다들 내려오기 전에 네가 아는 걸 모두 말해 줘. 그럼 우리가 하는 일을 다른 사람들에게 알리지 않고도 지도에 대해 이야기할 방법을 찾을 수 있을 거야."

"왜?"

"왜냐하면 지도가 누구 것인지 알 때까지 넌지시 물어보고 다니는 게 가장 쉬운 방법이니까."

"분명히 그래."

"그래, 분명히 그렇지. 네가 아직 그렇게 하지 않았다는 것만 빼면. 어째서야?"

밀로는 지도를 발견한 직후 정자에 있던 사람 생각을 하며 망설였다. 왜 돌려주지 않고 본능적으로 감추었을까.

"모르겠어."

메디가 씩 웃었다.

"나도 모르지만 흥미로운 일이라고 생각해."

밀로는 입을 벌렸다가 다시 다물었다. 메디가 제안한 게임을 해 보지 않을 이유는 정말 없었다. 밀로는 궁금했다.

"좋아."

둘은 커플 소파에 나란히 앉았다. 밀로는 어떻게 지도를 발견했는지를 이야기했고, 그러다 어떻게 조지 모셀의 책을 읽게 되었는지 설명했다. 그러자 메디는 여관에 온 모든 손님에 대해 밀로가 말할 수 있는 것을 모두 알려달라고 요구했다.

계단에서 발소리가 들리자 밀로는 말을 멈추었다. 메디는 '입 다물라'는 몸짓을 했고, 밀로는 노려보며 '알아'라는 입 모양을 지어 보이는 것으로 응수했다.

"우리 층에서 나오는 사람들이야."

밀로는 조용히 덧붙였다.

"손님은 아니야. 그랬다면 벌써 계단 소리가 들렸을 거야."

사실이었다. 특히 4층 계단의 소리는 유별났다.

아니나 다를까, 맨 먼저 보인 발의 주인공은 캐러웨이 부인이었다. 부인은 커피를 포트에 끓이려고 내려왔다. 부인은 잠이 덜 깬 눈을 깜박거리며 밀로와 메디를 바라보았다.

"일찍 일어났구나. 핫 초콜릿 마실래?"

"전 됐어요. 다시 자러 가야 할 것 같아요."

밀로는 지도가 들어 있는 가죽 지갑과 조지의 책을 모아 들고 몸을 끌듯 층계를 올라갔다.

밀로의 방은 2층에 있었다. 밀로 방에 이어 밀로 엄마 아빠의 방과 캐러웨이 가족들이 묵고 있는 손님방 두 개가 있었다. 아래층에 있는 것보다는 훨씬 작았지만 이곳에도 거실과 부엌, 식당이 있어서 밀로 가족은 원할 때 개인적인 생활을 누릴 수 있었다. 밀로는 소리 안 나게 거실 저쪽 끝까지 걸어가 건물에서 가장 큰 스테인드글라스 창문들을 지났다. 구리색, 와인색, 적갈색, 녹청색, 네이비블루로 된 사각형 판은 마루에서 천장까지 닿는 아주 거대한 크기였다. 그다음 아주 짧은 복도를 지나 그 끝에 있는 파란색 문에 이르렀다. 밀로가 들어가려고 문손잡이를 돌리면 넓은 체크무늬 리본으로 묶여 있는 커다랗고 둥근 황동 종이 댕그랑하고 환영의 소리를 냈다. 문을 닫을 때도 그 소리가 또 한 번 울렸다. 밀로가 전등 스위치에 손을 뻗자 문 옆에 걸려 있는 황동 랜턴과 중국 글자가 수놓인 양파 모양 붉은 비단 랜턴들에서 불이 켜졌다. 황동 랜턴은 옛날에 할아버지가 일했던 배에 매달려 있던 것이었고, 황금색 술이 달린 양파 모양 랜턴들은 천장 반대쪽 구석부터 대각선으로 비스듬히 가로지른 줄에 매달려 있었다.

밀로는 눈을 감고 책과 지도를 들고 있던 손을 뻗어 허공에다 툭 떨어뜨렸다. 책상 한가운데 깔끔하게 제대로 떨어질 것을 잘 알고 있었기 때문이다. 과연 그것들은 책상 위 한가운데 있는 가죽 패드와 부딪치며 짧고 깔끔한 소리를 냈다. 밀로는 여전히 눈을 감은 채 90도로 몸을 돌려 오른쪽으로 두 걸음 걸어가서는 뒤로 몸을 기울여 자유낙하를 했다. 그리고 늘 그랬듯 침대 한가운데에 안착했다.

천천히, 천천히, 편안해지는 게 느껴졌다. 밀로는 발을 휘둘러 담요 밑으로 비집고 들어갔다. 오래전, 엄마와 아빠가 아기와 만나기를 기다리는 동안 엄마가 뜨개로 떠서 만들었던 조각보 담요였다. 밀로는 몇 분도 안 되어 잠이 들었다.

제 3 장

블랙잭

밀로의 방은 다락방으로 집 전체에서 가장 전망이 좋았다. 지붕창에서는 스키드랙강으로 내려가는 특히 가파른 지점의 숲이 내려다보였고, 날씨가 괜찮을 때는 저 아래 강철의 청회색 물을 볼 수 있었다. 창문에는 비상계단도 있었는데, 그곳은 특히 해가 언덕 뒤로 지고 있을 때 밀로가 앉아 있기 좋아하는 곳 가운데 하나였다. 엄격하게 말해서 어른의 감독 없이 혼자 있을 수는 없었지만 말이다.

때는 아침이었지만, 하늘은 전혀 보이지 않고 두꺼운 회색 구름에 덮여 있었다. 오후든 저녁이든, 하루 중 어느 때라고 해도 될 것 같았다. 밀로는 여전히 잠이 덜 깬 눈으로 성에가 낀 창을 바라보다가 눈을 돌려 자명종에 손을 뻗었다. 오전 열 시였다.

눈은 이제 내리지 않았으나 나무에 덮인 눈의 두께로 미루어 밤새 내린 것 같았다. 그 광경을 보고 있노라면 밖으로 나가 한 시간 동안 수북이 쌓인 눈으로 요새 같은 것을 짓고, 무기고에 완벽하게 둥글고 단단한 눈덩이를 가득 채워 둔 다음, 집 안으로 들어와 불을 쬐며 몸을 녹이고 싶어졌다.

밀로는 옷을 갈아입고 책상 패드 위의 책과 지갑을 가지런히 놓은 다음 방을 떠났다. 그리고 잠시 걸음을 멈추고 문손잡이와 황동 종을 묶은 나비매듭의 고리가 평평해지도록 매만져 놓고 1층으로 내려갔다.

식당에서는 아침 식사가 거의 끝나가고 있었지만 밀로는 잘 알아차리지 못했다.

'음, 모두 같은 장소에 있으니 기분이 이상하네.'

그런 생각을 하느라 바빴기 때문이다.

빈지 씨가 접시 위에 마지막 남은 메이플 시럽을 포크로 돌리는 모습은 특별할 것이 없었다. 빈지 씨는 한쪽 발목을 무릎 위에 교차시킨 채 식탁 구석 가까이에 앉아 있었는데, 오늘 아침에는 조지 모셀의 머리 색깔과 비슷한 파란색 물방울무늬가 있는 노란색 양말을 신고 있었다. 에글란타인 히어워드는 리지 캐러웨이가 물을 끓이려고 주전자를 올려놓는 동안 살짝 못마땅하게 지켜보고 있었다. 웰버 고워바인은 식탁 끝에 앉아 있었는데, 마찬가지로 리지를 미심쩍은 눈으로 바라보고 있었다. 고워바인 박사와 히어워드 부인은 다른 사람이 차를 만들어 오는 것도 똑같이 못 미더워하는 게 분명했다. 리지를 흘낏 보는 사이사이에 고워바인은 식탁 위로 길게 녹색 빛을 퍼붓는 창문을 유심히 살펴보았다. 클렘 캔들러는 아직도 발목에 테이프를 감고 있었는데, 식당 창가에 있는 작은 아침 식사용 탁자에 앉아 팬케이크를 조금씩 먹으며 꿈꾸듯이 바깥에 쌓인 눈을 바라보았다. 밀로가 서 있는 계단 맨 아래쪽에서는 로비 반대편 창가에 있는, 밤에 밀로가 잠깐 눈을 붙였던 커플 소파 등받이 너머로 조지의 파란색 머리만 보였다. 밀로가 그렇게 사람들을 훑어보고 있을 때 파인 씨가 새 땔나무를 한 아름 안고 현관문으로 쿵쿵거리며 들어오더니 어설프게 부츠를 벗어던지고는 거실로 향했다.

"저 일어났어요."

밀로는 설거지를 시작한 캐러웨이 부인을 도와주고 있는 엄마에게 중얼거렸다.

"오븐에 팬케이크 있단다."

파인 부인이 말했다.

"당신 것도 몇 번 더 먹을 수 있을 만큼 많아요."

파인 씨가 부엌으로 들어와 손을 씻으려고 수도꼭지 아래에 손을 집어넣자 파인 부인이 덧붙였다.

밀로는 접시에 팬케이크를 잔뜩 쌓아 올리고 그 위에 메이플 시럽을 들이부은 다음 거실로 향했다. 본격적으로 하루를 시작하기 전에 혼자 있는 시간을 조금 갖고 싶었다.

메디는 밀로가 좋아하는 또 다른 곳을 차지하고 있었다. 바로 구석에 있는 크리스마스트리 뒤의 공간이었다. 그곳은 일종의 반짝거리는 동굴과 같았다.

"안녕."

좋아하는 또 다른 장소를 선점당해 못마땅한 밀로는 퉁명스레 인사하고 크리스마스트리 옆 난롯가에 앉았다.

"안녕. 우리 작전 시작할 준비됐니?"

메디가 종이 한 뭉치와 커다란 하드커버 책들로 이루어진 더 큰 무더기로부터 눈을 들며 물었다.

밀로는 놀라서 말끄러미 바라보았다. 종이는 학교에서 내준 숙제처럼 보였고, 책들은 화려한 그림의 표지에도 불구하고 교과서처럼 느껴져서 언짢았다. 밀로는 신중하게 팬케이크를 한 입 베어 물었다.

"정확히 무슨 작전인데?"

"게임 세계 안에서의 모험이지. 우리의 게임 세계는 너의 집이고, 우리의 모험은, 그러니까 우리 작전은 지도 뒤에 숨은 미스터리를 알아내는 거야."

"좋아…. 어떻게?"

메디가 가까이 오라고 밀로에게 손짓했다. 밀로는 난롯가를 떠나 크리스마스트리 뒤 메디 옆으로 기어들어 갔다.

"우린 집을 탐험하고 손님들을 조사할 거야. 그 과정에서 단서를 찾아갈 거야. 하지만 먼저, 네가 맡을 캐릭터가 필요해."

"왜?"

메디가 고개를 갸웃했다.

"게임의 일부니까. 캐릭터를 정해서 그 사람 역할을 수행하는 거야. 너 롤플레잉 게임 알아?"

밀로가 얼굴을 찌푸렸다.

"몰라. 괴물이랑 지하 감옥이 나오고 주사위 면이 백만 개나 되는 그런 게임? 그게 우리가 하려는 거야?"

"응. 하지만 진짜 게임을 하려면 사람들이 더 있어야 하고, 게임 마스터와 온갖 아이템이 필요해. 우린 우리만의 게임을 만들 거야."

"그런데, 왜 내가 다른 사람 노릇을 해야 해?"

밀로가 항의했다.

"뭐랄까, 좀 바보 같잖아."

또한 조금 죄스러운 느낌이 들기도 했다. 밀로 자신이 남몰래 행했던, 전적으로 자랑스럽지 않은, 어떤 행동에 위험할 정도로 가까이 다가가고 있는 것 같았기 때문이다.

태어난 가족에 대해 아무것도 모를 때 생기는 문제 하나는 궁금증이 절대 멈추지 않는다는 거다. 적어도 밀로는 그랬다. 밀로는 친부모가 누구인지, 어디에 사는지, 어떤 일을 하는지 궁금했다. 심지어는 아직 살아 있는지도 궁금했다. 만약 친부모에게서 자랐더라면 삶이 어떻게 달라졌을지도 궁금했고, 자신이 부모와 닮아서 사람들이 서로 가족임을 즉각 알아본다면 기분이 얼마나 다를까 정말 궁금했다. 이따금 그런 궁금증이 들 때면 완전히 다른 자신을 상상했는데, 그것은 게임 속 캐릭터가 된 자신의 모습을 상상하는 것과 같은 느낌일 거다.

때로는, 이 모든 것이 궁금하면서도 엄마 아빠, 즉 노라와 벤 파인에게 부당한 생각을 한다는 느낌을 받았다. 두 사람은 자신을 낳아 준 부모와 마찬가지로 진짜 엄마 아빠였다.

그러나 메디가 이야기하는 것은, 게임을 위한 것이니까 어쩌면… 어쩌면 죄책감을 느낄 필요가 없을지도 몰랐다.

"그게 왜 바보 같아?"

메디가 참을성 있게 말했다. 메디의 얼굴이 크리스마스트리에서 반짝이는 빛을 받아 처음에는 녹색으로 물들었다가 파란색으로 물들었다.

"우선 첫째, 그건 게임을 하는 방식이야. 둘째, 넌 원하는 캐릭터는 뭐든 다 될 수 있어. 재밌잖아? 너는 무엇이든, 어떤 사람이든, 다 될 수 있는 거야."

메디는 밀로에게 보이도록 집게손가락으로 원목 마루 위에 여러 장의 종이를 소용돌이 모양으로 맵시 있게 늘어놓았다. 연습하는 데 시간을 꽤 들였을 것 같은 동작이었다.

"이게 하나하나 너의 캐릭터들이야."

메디는 맨 위에 펜을 올려놓았다.

"네가 누군지 우리가 알아내는 방법이야."

'네가 누군지.'

밀로는 마음이 언짢아 자세를 바꾸고는, 무릎 위에 올려 둔 접시에서 팬케이크를 또 한 입 베어 물었다.

"그럼 네가 생각하기에 내 캐릭터는 누구인 것 같아?"

밀로가 중얼거렸다.

메디가 어깨를 으쓱했다.

"게임에서는 네가 너의 캐릭터지."

다시 한 번, 밀로는 남몰래 생물학적 가족에 대해, 또는 연결이 되었을지도 모르는 다른 가족들에 대해 (또다시 남몰래) 상상해 볼 때마다 느꼈던 작은 죄책감을 생각했다. 하지만 이것은 다르다고 자신에게 상기시켰다. 이것은 '게임'이었다.

"좋아."

밀로는 음식을 옆에 치워 놓고 펜을 집어 들었다.

"어떻게 하는지 알려 줘."

"그럼 네가 어디서부터 시작하고 싶은지 말해 봐. 사실…."

메디는 손가락 하나를 들어올렸다. 그리고 먼지투성이인 낡은 공책에서 네모 칸 줄이 그어진 깨끗한 페이지를 펼쳤다.

"간단하게 해 보자. 훌륭한 모험단은 적어도 네 가지 캐릭터를 갖고 있어야 해. 우선 캡틴이 있어. 리더십과 전술 능력이 뛰어난 사람이야. 그리고 공격적인 와더가 있지. 이 사람은 한 번에 한 무리의 사람들을 때려눕히는 중요한 파이터야. 보통 마법사이거나 마법을 사용해. 또 워리어가 있는데, 이 사람은 최고의 파이터야. 그리고 속임수에 능한 캐릭터 블랙잭이 있어. 우린 둘밖에 없으니까 우리 작전은 달라질 거야. 대충 생각하기에 넌 어떤 캐릭터가 가장 흥미 있어?"

"난…"

솔직히 그들 중 어떤 캐릭터도 자신 같지 않았다. 다들 사물을 통제하는 사람들이 맡는 캐릭터 같았다.

"아마도 캡틴. 나이가 더 많으니까."

마침내 밀로는 대답했다. 목표는 높이 잡는 게 좋을 거다.

"내가 너보다 더 나이가 많지 싶다."

메디는 팔을 괴고 턱을 손바닥으로 받치더니 손가락 마디 너머로 쌀쌀맞게 밀로를 바라보았다.

"바보같이 굴지 마. 나이가 더 많다고 해서 지도자가 되는 건 아니야. 현실 세계에서조차 먼저 태어났다는 이유로 책임자가 되지는 않아."

밀로는 반박을 하려고 입을 열었지만 메디는 고개를 저었다.

"너는 잘못 생각하고 있어. 첫째, 넌 나이가 더 많지 않아. 게임에서 그렇다는 말이야. 둘째, 반드시 그럴 필요도 없어. 내가 수백 살 먹은 난쟁이 종족 드워프나 죽지 않는 현자 세이지 같은 역할을 하겠다고 결정하면 어떡할래?"

"그건 좀 웃긴다."

밀로가 항의했다.

"아니, 웃기지 않아!"

메디가 외쳤다.

"그게 중요한 점이야. 게임에서는 원하는 뭐든 될 수 있어. 그런 식으로 생각해 봐. 내 말은, 그런 규칙이 있다는 뜻이야. 그래, 밀로, 넌 뭐가 되고 싶어?"

뭐가 되고 싶으냐고?

글쎄, 우선… 남들 눈에 튀지 않는 것이 좋을 거야. 밀로는 생각했다. 남달라 보여서 사람들이 빤히 쳐다보는 일이 없도록 하는 게 좋겠지. 예기치 않은 일들이 일어날 때마다 자신을 통제하는 느낌을 갖는 것도 좋을 거야. 운동을 잘하는 것도 근사할 거고.

"좋은 시작이야."

메디의 목소리가 정신이 번쩍 들게 했다. 메디가 생각에 잠긴 얼굴로 고개를 끄덕이며 공책에 적고 있었다. 밀로는 자신이 큰 소리로 말했다는 것에 깜짝 놀랐다.

'남들 눈에 튀지 않는다, 예기치 않은 상황에서 자신을 통제한다, 운동을 잘한다.'

그렇게 페이지 한쪽에 밑으로 쭉 적혀 있었다. 메디는 화살표를 그리고 여백에 메모를 했다.

"남들 눈에 튀지 않는다는 항목은 일종의 블랙잭처럼 들려. 모습을 사라지게 할 수 있거든. 블랙잭은 여러 종류가 있어. 어쩌면 무단으로 낙서해 놓고 사라지는 그래피티스트일지도 모르고, 에스칼라되르처럼 일종의 도둑일 수도 있어. 에스칼라되르는 벽을 넘거나 방어 시설을 통과하거나 성과 요새 같은 것들을 몰래 돌아다니는 데 대가야. 그들은 정찰 전문가로, 정보를 얻고 싶을 때 보내는 유형의 캐릭터야."

메디는 첫 번째 화살표의 뾰족한 끝에 무언가를 적었다.

"두 번째 항목은 캡틴같이 들려. 공격을 받아도 품위 있게, 맞지? 난 널 군 지도자인 워로드나 채찍의 전사 휩으로 보지 않아. 어쩌면 책략을 쓰거나 술법을 부리는 팡시로 볼지도 모르지…. 아니면 제비뽑기로 점을 치는 소틸레저. 소틸레저는 와더인데, 그들이 갖고 있는 신성한 예언의 물건은 예측할 수 없는 것에서 의미를 도출하는 데 바탕을 두고 있어."

밀로는 눈을 깜박거렸다.

"무슨 소리인지 하나도 모르겠다."

메디는 열심히 글씨를 휘갈기고, 도처에 화살표를 그렸다.

"상관없어. 때가 되면 내가 설명해 줄게. 이제 스킬에 대해 생각해 보자. 우리의 작전 장소가 이 집이라면, 어떤 스킬이 특히 유용할 거라고 생각해? 자물쇠 따기?"

"아니, 자물쇠를 따고 방에 들어간다고?"

밀로가 조심스레 물었다. 자물쇠가 잠겨 있을 법한 방은 객실들뿐인데, 밀로가 손님이 쓰는 방을 뒤지려고 들어간다면 엄마 아빠는 죽이려 들 것이다.

"밀로, 게임 세계에서 말이야. 현실 세계가 아니라."

"아, 그러네. 그럼 맞아, 아마도. 그리고… 조용히 움직이는 것도 분명히 필요해. 사람들이 안에 있을 때는 특히 집에서 시끄러운 소리가 나거든."

"좋아. 이게 모두 다 블랙잭 방식이야. 이 정도면 에스칼라되르가 되기에 완벽해. 너의 캐릭터를 알아내는 데 한층 더 가까워진 것 같아."

"잠깐."

밀로는 메디가 빠르게 공책을 메모로 뒤덮는 것을 보며 눈살을 찌푸렸다.

"넌? 네 캐릭터도 알아낼 필요가 있지 않아?"

메디는 고개를 저었다.

"난 너에게 맞춰 캐릭터를 만들 거야. 우리 모험단을 완성하는 데 필요한 것이면 무엇이든."

"그건 네게 별로 재미없을 것 같은데."

"캐릭터 결정은 게임의 일부에 지나지 않아. 우린 한 팀이 될 거야. 나는 우리 팀의 나머지 반쪽 역할을 하는 게 좋아. 자, 이제 네 이야기로 돌아가 보자."

메디가 싱긋 웃으며 힐끗 쳐다보았다.

"그 밖에 또 뭐가 있을까?"

밀로는 지난밤 읽었던 이야기 하나가 생각났다. '지도 게임'이라는 제목의 이야기였다. 유령이 나온다는 집에서 밤샘 내기를 한 아이가 그 집에서 길을 잃었다. 다시 나가는 길을 찾기 위해 지나온 방들을 지도로 그려 보려고 애쓰지만 번번이 실패한다. 또는 (이야기가 암시한 바에 따르면) 집이 아이 주위를 움직인다. 집이 움직이면서 내는 소리를 듣는 방법을 알아냈을 때, 아이는 비로소 주변을 파악할 수 있었다.

"집이 내는 소리를 들을 수 있었으면 좋겠어."

밀로가 천천히 말했다.

메디가 입술을 오므렸다.

"무슨 소리야?"

"우리가 예를 들어 숲속에 있다면, 숲과 나무들과 바람 소리를 듣고 상황을 파악할 수 있잖아. 우리가 쫓기고 있는지 강이 있는지, 또는 누가 어디서 불을 피웠는지… 그런 것들."

"추적 기술?"

"맞아. 건물 안에서 그런 기술을 쓰는 사람을 넌 어떻게 불러?"

"오오."

메디는 흥분했다. 메디는 커다란 책 하나를 집더니 페이지들을 휙휙 넘기기 시작했다.

"그건 로머일 거야. 로머는 수백 년 동안 여러 다른 장소를 방랑하면서 얻은 온갖 종류의 이상한 지식을 갖고 있어. 로머가 되면 집에서 나는 소리를 듣고 읽는 방법을 이해할 수 있어. 긴 세월 동안 여행하면서 그 방법을 배우는 데 많은 시간을 들였으니까. 아니면 어떤 특정 분야에 비범한 능력을 보이는 서번트가 될 수도 있어. 집에서 늘 소리가 나니까 넌 그 소리를 알아듣는 것과 같아."

"아니, 이게 다 뭐니?"

메디는 연필을 떨어뜨렸다. 조지 모셀은 난롯가 모서리에 앉으며 손을 뻗어 메디의 공책을 집어 올렸다. 밀로는 어찌할 바를 모르고 메디를 흘낏 쳐다보았다.

"게임을 위한 거예요."

밀로는 어색하게 말했다.

"도둑의 기술을 적어 놓은 것 같은데."

조지의 목소리는 너무 크고 너무 무심한 말투여서 밀로의 귀에는 부자연스럽게 들렸다.

방 안이 조용해지며 엄마와 캐러웨이 부인이 부엌에서 설거지하는 소리가 갑자기 우스꽝스럽게 크게 들렸다. 밀로는 크리스마스트리 뒤에서 내다보며 얼굴이 빨개졌다. 자신과 메디가 메모를 적는 동안 손님들은 거실로 옮겨 오기 시작했고, 지금은 보이는 사람마다 모두 밀로를 응시하고 있었다.

조지가 아는 척을 했다면 그들은 못 본 척했다.

"남들 눈에 튀지 않는다, 자물쇠 따기, 운동 잘하기. 이런 기술은 건물 외벽을 타고 들어오는 도둑 캣 버글러에게 필요한 기술들 같은데."

메디가 밀로를 쿡 찌르며 속삭였다.

"예기치 않은 상황에서 자신을 통제한다. 잊지 마."

많은 사람들이 쳐다보고 있을 때 자신을 통제하기는 어려웠다.

"사실은 일종의 블랙잭이에요. 이름이…"

"에스칼라되르."

메디가 거들었다.

"에스칼라되르예요. 정찰 전문가죠."

파인 씨가 가까스로 타고 있는 불에 통나무 두어 개를 더 넣기 위해 조지를 지나 몸을 기울였다.

"'이상한 길' 게임을 하는 거냐?"

파인 씨는 눈썹을 치켜올리며 물었다.

"'이상한 길' 게임이 뭐예요?"

"이 모든 것들이 나오는 게임이야."

밀로의 다른 편에서 메디의 속삭이는 대답이 들려왔다.

"아, 아뇨, 모, 몰라요. 학교 아이들 중에는 하는 애들이 있지만요."

밀로가 더듬거리며 말했다.

"있잖아, 난 어렸을 때 이 게임을 하곤 했단다."

파인 씨가 기뻐하며 말했다.

"정말요?"

"그럼! 난 '티어서 신호수'를 하곤 했지. 정찰을 나갔다가 와서 보고하는 역할이었어. 사실 일종의 에스칼라되르였지. 상황이 어려워지면 난 검을 기막히게 잘 썼단다. 티어서는 보통 양날 검을 들고 다니는데, 정찰하기에는 칼날이 너무 길어서 보통은 나비 검을 쓰곤 했지."

반짝이는 동굴 깊은 곳에서 메디가 조용하지만 감탄하는 것이 분명한 소리를 냈다.

"우리, 언제 이 게임을 해 보자."

파인 씨는 일어나 먼지를 털며 말했다. 그리고 벽난로 같은 냄새가 나는 손으로 밀로의 머리를 헝클어뜨리고는 부엌으로 향했다.

그러는 사이에 방 안에 맴돌던 긴장감은 줄어들었다. 밀로가 주위를 둘러보니 손님들 대부분이 이미 관심을 잃어버린 듯했다. 오직 빈지 씨만 조용히 크리스마스트리 반대편 의자에서 밀로 쪽을 흘낏흘낏 쳐다보고 있었다.

조지는 공책을 돌려주었다.

"깔끔하게 정리했네. 방해해서 미안."

조지가 일어서자 클렘 캔들러가 손에 커피 잔을 들고 걸어와 난롯가에 쭈그리고 앉았다.

"있잖니, 만약 네가 캣 버글러가 되고 싶다면 내가 몇 가지 조언을 해 줄 수 있을 거야."

클렘이 명랑하게 말했다.

"클렘도 그 게임 하세요?"

밀로가 놀라서 물었다.

"아니."

클렘이 싱긋 웃었다.

"하지만 내가 캣 버글러야."

클렘이 밀로에게 윙크를 했다. '농담이야'라는 뜻이었다. 클렘이 다시 일어서자 밀로는 클렘이 자신의 머리 너머로 조지 모셀을 슬쩍 바라보는 것을 보았다. 클렘이 덧붙였다.

"아니면 저기 파랑 머리한테 물어보든지. 분명히 무슨 생각이 있을 거야."

클렘은 발자국 소리 없이 자리를 뜨며 물었다.

"커피 더 있어요?"

이게 다 무슨 소리람?

"아, 재미없어."

메디가 밀로 곁으로 다가와 앉으면서 손가락으로 노트를 휙휙 넘겼다.

"우리가 하던 일로 돌아가자. 이제 능력치에 대해 말해 볼까? 손재주와 지능과 카리스마가 있으면 너는 꽤 높이 평가받게 될 거야. 그런 능력이 네게 가장 유용할 것 같아."

조금 뒤 두 사람은 메디의 휘갈겨 쓴 글씨와 밀로의 꼼꼼한 글씨로 적힌 메모들을 만족스럽게 바라보며 뒤로 기대앉았다.

"괜찮네. 사실, 꽤 멋진 캐릭터처럼 보이는걸. 이름은 뭐라고 할 거야?"

메디가 물었다.

"이름? 그건, 나, 나 아니었어?"

밀로가 되물었다.

"너 맞아. 하지만 캐릭터의 이름도 골라야 해."

메디가 말했다.

"어쨌든 그건 캐릭터잖아. 너의 다른 버전. 다른 이름을 가지면 현실 세계의 너와 다르다고 생각하는 데 도움이 되거든."

"하지만 우리 게임은 현실 세계에서 하잖아."

"그래, 하지만…."

메디는 짜증 섞인 한숨을 쉬었다. 그리고 종이를 톡톡 두드렸다.

"여기 우리가 적은 것들을 봐. 솔직히, 읽어 봤을 때 너 같아?"

"물론 아냐."

밀로가 쏘아붙였다. 그게 요점 아니었나?

"그러니까 이름을 붙여야지."

메디가 참을성 있게 말했다.

"밀로는 스스로 이런 자질이 있다고 생각하지 않지만, 이 인물은…."

메디가 페이지를 다시 톡톡 쳤다.

"이 인물은 그런 자질을 갖추고 있어. 아니, 그런 자질이 필요해. 내 캐릭터는 그 인물에게 의지할 필요가 있거든. 밀로가 혼란스러워한다는 이유로 그 인물을 오지 못하게 할 수는 없어. 그러니 이제 말해. 그 사람 이름은 뭐야?"

밀로는 머리를 두 손에 떨구고 메모들을 응시했다. 메디가 옳았다. 여기 종이에 적힌 것은 어떤 것도 자신과 같지 않았다. 그는 동화에나 나오는 캐릭터이지 실제 삶에 존재하는 캐릭터는 아니었다.

밀로는 〈재담가의 비망록〉에 나오는 이름들을 생각해 보았다.

"리버."

밀로는 시험적으로 말해 보았다.

"아니면 네그렛."

리버와 네그렛은 책에서 본 여관에 갇힌 문신한 쌍둥이의 이름이었다.

"네그렛으로 할게."

밀로는 결정했다.

"네그렛이란 말이지."

메디가 페이지 가장자리에 새 이름을 쓰면서 말했다. 메디는 연필을 내려놓고 기지개를 켰다.

"아침에 할 일을 훌륭하게 끝냈네."

메디는 공책에서 종이를 뜯어 다른 종이 몇 장과 함께 밀로에게 건네주었다.

"날 위해 해 줘야 할 일이 있어. 집의 평면도를 그려 줘."

메디는 연필을 내밀었다.

"집 전체?"

"응. 각각 층별로. 그것부터 시작하자. 우린 평면도가 필요할 거야."

메디는 나머지 종이를 가지런히 정리해서 구석에 밀어 넣고 크리스마스트리 밑에서 기어나가 계단으로 향했다.

밀로는 몸을 뒤로 기대고 벽난로 위 선반에 있는 시계를 보았다. 낮 열두 시가 되기 직전이었다. 밀로는 종이들을 접어 메디의 연필과 함께 주머니에 넣었다.

"네그렛."

밀로는 조용히 이름을 발음해 보았다.

"네그렛."

확실히 열두 살 소년의 이름이라기보다는 블랙잭의 이름처럼 들렸다. 밀로는 허둥지둥 일어나 메디를 뒤쫓아 계단을 올라갔다.

"메디?"

메디는 2층 층계참 난간 뒤에서 빼꼼 얼굴을 내밀었다.

"왜?"

"이 게임으로 또 뭘 할 수 있어?"

메디는 실망스럽다는 눈으로 바라보았다.

"그 지도를 누가 잃어버렸는지, 어디 지도인지 알아내도록 해야지. 당연하잖아."

"아, 그러네."

밀로는 머리를 긁적였다. 영웅적이고 환상적인 인물 이야기를 하다 보니 왜 이 게임을 시작했는지 완전히 잊고 있었다.

"밀로."

"왜?"

"너 아직 갖고 있는 거 맞지?"

"지도?"

"응. 밀로, 아직 갖고 있지?"

"물론."

밀로가 대답했다. 메디가 손을 내밀었다.

"지금은 안 갖고 있어."

"아니, 왜? 어디 놓아두었어?"

메디는 밀로가 여태 본 어떤 아이보다 빠르게 계단을 내려와 밀로의 얼굴을 쏘아보았다.

"어디 둔 거야?"

밀로는 메디를 밀치고 지나가 2층으로 쿵쿵거리며 올라갔다. 밀로는 침실까지 쿵쿵대며 걸었고 메디가 바짝 뒤를 따랐다.

밀로는 걸음을 멈추고 문을 응시했다.

"왜 그래?"

메디는 까치발을 하고 밀로의 어깨 너머를 보며 물었다.

"열려 있어?"

"아니, 닫혀 있어."

밀로가 천천히 말했다.

"내가 떠날 때하고 똑같아."

하지만 그건 사실이 아니었다. 황동 종과 문을 묶고 있는 체크무늬 실크 리본이 똑같지 않았다. 아침에 방을 떠날 때 깔끔하게 묶어 놓았던 나비 모양이 일그러져 있었다. 누군가 문손잡이를 돌린 것이었다. 밀로는 문을 잠그는 습관이 없으므로 그 말은 누군가 방에 들어갔다 나왔다는 뜻이었다.

가죽 지갑과 〈재담가의 비망록〉은 밀로가 두고 떠난 그대로 책상 위에 있었다. 그런데 자세히 보니 뭔가가 달랐다. 밀로는 빨간 책을 맨 위에 놓아두고, 책 가장자리와 그 아래 지갑의 바늘땀 한 줄을 조심스레 맞춰 놓았다. 그런데 지금은 책의 맨 아래 가장자리는 지갑의 가장자리와 평행을 이루고 있었지만, 맨 위 바늘땀과 딱 맞춰져 있지는 않았다.

밀로는 책을 옆으로 밀고 지갑을 들어 휙 젖혀 열었다. 왼쪽 포켓에 접힌 채 들어 있는 종이는 낡고 녹색을 띠고 있었으나, 같은 종이가 아님을 당장 알아차렸다. 밀로는 메디가 지켜보는 것을 느끼며 조심스레 손가락 두 개로 종이를 꺼내 펼쳤다.

빈 종이였다. 파란색으로 칠해진 부분도, 초록색 점도, 아무것도 없었다.

"누가 훔쳐 갔을까?"

밀로는 당황했다. 공포감이 목구멍으로 올라왔다. 하지만 그것은 기대했던 대로 일이 일어나지 않을 때 보통 느끼던, 익숙한 불안감이 아니었다. 어떤 임의의 놀라움도 아니었다. 이번 일은 진정 좋지 않은 사건이었다. 그 때문에 뭔가 상황이 달라져 버렸다.

"글쎄, 도둑맞았다고 해도 될까 모르겠다."

밀로가 손가락으로 잡고 있는 것도 잊은 녹색 종이에 메디가 손을 뻗으며 말했다.

"원래 주인이 가져갔다면 그 사람이 발견해서 도로 가져간 걸 테니까."

밀로가 고개를 저으며 멍하게 말했다.

"누군가 내 방에 침입했어."

당연히 침입했다는 게 중요한 문제였다. 밀로가 평생 그린글라스 하우스에 사는 동안, 밀수업자를 비롯해 수상한 냄새를 풍기는 많은 손님들이 거쳐 갔지만 밀로의 공간을 침범한 사람은 없었다. 전혀, 한 번도, 없었다.

"방문은 잠갔어?"

"그게 문제가 아냐!"

밀로는 떨리는 손으로 호주머니를 꽉 움켜쥐고 꼼짝도 하지 않고 서 있었다. 다만 두 눈만이 뭔가 어질러진 것이 있는지 방 안 구석구석을 살폈다.

"잠글 필요가 뭐 있어! 내 방인데!"

"알았어, 알았어."

메디가 더 부드럽게 말했다.

'누군가 방에 왔다 갔다.'

밀로의 엄마 아빠가 무슨 이유에선가 들어왔을 수도 있다. 아니면 캐러웨이 부인이. 하지만 예기치 않게 투숙한 다섯 손님들을 접대하기 전에 이 방에 머물려면 무척 서둘러야 했을 거다. 그 생각을 하면 그들이 과연 밀로에 대해 신경 쓸 시간이 있었을지 의심이 들었다. 물론 그들은 아무것도 가져가지 않았을 거다.

아무 상관도 없는 누군가가 왔었다. 괴짜 손님들 가운데 누군가가 실제로 도둑이고 어떤 이유에서인지 지도를 쫓고 있었다면, 밀로와 메디가 시작하려고 하는 게임은 더 심각한 것이 될 거다.

'누군가가 방에 왔다 갔다. 누군가가 방에 왔다 갔다.'

밀로는 공황 발작을 일으키지 않도록 애써서 숨을 고르게 쉬어야 했다.

밀로는 전에 공황 발작을 일으킨 적이 있었다. 그럴 때면 엄마는 보통 그것을 마음에 두지 말고 뭔가 다른 것을 생각하라고 말했다.

예를 들어 게임 같은 것.

"네 이름은 뭐야?"

밀로는 메디에게 물었다.

"뭐?"

"작전에서."

"아. 그러네. 나, 나 시린으로 할래."

"그건 누구야? 넌 아직 아무 이야기도 해 주지 않았어."

메디가 머리를 긁적였다.

"음, 내가 언젠가 해 보고 싶었던 종류의 캐릭터가 있어. 스콜리아스트라고 해. 친밀하게 천사 주위를 따라다니는 날개 달린 존재들인데, 앞에 나서서 사건의 방향을 바꾸는 행동은 하지 않아. 모험을 사랑하지만 직접 모험을 하지는 않는다는 말이야. 넌 모험을 해도 말이지. 스콜리아스트는 보통 논플레이어 캐릭터야. 넌 그들을 만나 정보나 단서나 도구 같은 것들을 얻을 수 있고, 도와달라고 설득할 수 있어. 하지만 난 왜 스콜리아스트는 플레이어가 될 수 없는지 모르겠어. 스콜리아스트는 원래 모험을 하지 않는 캐릭터지만, 난 모험을 결심한 스콜리아스트라는 발상이 너무 좋아. 내가 그런 역할을 해도 돼?"

밀로는 어깨를 으쓱했다. 궁금한 역할이었다.

"괜찮지 않을 게 뭐 있어?"

"그럼 우선, 시린은 모든 논플레이어 캐릭터의 눈에 보이지 않을 거야. 너 말고는 아무도 볼 수 없다는 뜻이야."

밀로가 싱긋 웃었다.

"난 네가 보이지 않는 척해야 하는구나?"

"밀로."

메디가 단호하게 말했다.

"시린은 천사가 명령하지 않는 한 서로 교류해서는 안 되는 상상의 존재야. 시린은 네그렛을 제외하고 누구 눈에도 보이지 않아야 해. 그 때문에 네그렛은 우리 작전의 캡틴이 되는 거야. 시린은 지휘하는 것을 불편해할 거고, 그저 모험에 함께하는 것으로 무척 기뻐할 거야. 하지만 네그렛이 볼 수 없는 것을 시린은 볼 수 있다는 면에서 매우 유용하겠지. 그리고 신비로운 힘을 쓸 수도 있어."

"예를 들어 어떤 힘?"

"모르지. 그건 우리가 알아내야 할 듯싶어."

메디는 불안해 보였다. 밀로가 거절할지도 몰라 걱정하는 것 같았다. 밀로는 다시 어깨를 으쓱했다.

"난 좋아. 시린은 그런 캐릭터구나. 네가 시린이란 말이지. 우리 작전에 온 것을 환영해."

밀로는 손을 내밀었고, 두 사람은 새로운 신분으로 경건하게 악수했다.

"시작하기 전에 또 알아야 할 것이 있어?"

메디는 후, 하고 크게 한숨을 내뿜었다.

"어디 보자…. 늘 함정이 있는지 점검해야 해. 가운데가 아닌 한 왼쪽은 언제나 바른쪽이야. 늘 치유자인 힐러에게 가장 좋은 갑옷을 입히고, 마법의 반지는 손가락이 아닌 발가락에 껴야 해…. 또 뭐가 있더라…? 언제나 밧줄을 갖고 다니고…."

밀로가 귀를 기울이는 동안 메디는 손가락을 꼽으며 알아야 할 것들을 열거했지만, 이 중 밀로가 이해하는 게 있을지 궁금했다.

"걱정 마. 하다 보면 알게 될 거야."

메디는 마침내 밀로의 당황하는 표정을 알아차리고 말했다.

"그래, 알았어."

밀로-네그렛은 창가 벽에 몸을 기대고 엄지손톱을 씹으며, 게임에 대한 생각이 불안의 파도를 가라앉히는 데 도움이 된다는 것을 발견하고 기뻤다. 밀로는 말했다.

"내 생각에 지도의 주인이 가져간 것 같진 않아. 그랬다면 그 사람은 지갑을 전부 가져갔겠지. 지갑에 손대지 않은 것처럼 보이게 하거나 지도를 비슷한 것으로 바꿔 놓을 이유도 없었을 거고. 만약 도둑이 지도를 가져간 걸 가능한 한 오래 알아채지 못하기를 바랐다면 말이 되는 거지."

도둑은 지도의 진짜 주인을 속이려 한 걸까, 아니면 밀로를 속이려 한 걸까. 그건 모를 일이었다.

밀로는 메디, 아니 시린에게서 가짜 지도를 돌려받고, 책상 전등을 켜고 종이를 불빛에 비춰 보았다. 원래 지도에서 보았던 것과 똑같은, 비틀린 철문이 보였다.

"같은 종이야. 워터마크가 있어."

"그렇다면 도둑이 똑같은 종이를 갖고 있었다는 말이잖아? 이상한 일이네. 그럴 가능성이 얼마나 될까?"

시린이 말했다.

"이런 일이 어떻게 우연일 수 있어? 그러니까 종이가 중요한 거야. 어쩌면 거기 그려져 있는 것만큼 중요할지도 몰라."

"그렇다면 답해야 할 질문이 세 개가 되네."

시린이 머리를 긁적이며 말했다.

"무슨 지도일까? 누구의 것일까? 누가 가져갔을까? 어쩌면 '무슨 지도일까'라는 물음에 이 종이가 도움이 될지도 몰라."

그리고 밀로는 질문 하나가 더 있음을 깨달았다. 낯선 사람들이 뜻밖의 시간에 같은 장소에 모습을 나타낸다는 것 자체도 믿기 어려운 일인데, 이제는 손님 중 적어도 두 사람이 이 지도와 관련이 있다는 게 분명해졌다.

"만약 손님들이 모두 같은 이유로 이곳에 왔다면? 그리고 지도가 그 이유의 하나라면? 지도가 뭔가… 그린글라스 하우스와 관계가 있다는 뜻이라면?"

시린이 이상한 표정을 짓고 밀로를 바라보았다. 승리의 표정 같기도 했다.

"네그렛, 만약 집에, 난 뭔지 모르지만, 일종의 보물이나 비밀 같은 것이 숨겨져 있다면? 어젯밤, 우리 손에 있던 지도가 그곳을 나타낸다면?"

보물? 그린글라스 하우스에? 밀로는 비웃고 싶었다. 그저 별난 손님들일 뿐이었다. 설마. 그린글라스 하우스는 밀로가 평생 살아온 똑같은 볼품없고 변변치 않은 집이었다. 뭔가 비밀이 숨어 있으리라고는 상상도 할 수 없었다. 하지만 네그렛으로서는 그린글라스 하우스에 숨겨진 보물이 있을지도 모른다는 생각이 들었다. 아주 조금이지만, 그런 생각이 들었다. 밀로는 잠깐 동안 이상한 행복감으로 얼굴이 상기되는 것을 느꼈다. 밀로는 자신의 캐릭터처럼 생각하는 법을 배우고 있었다.

"지금 누군가 지도를 갖고 있어. 그런데 지도를 훔쳐 간 사람은 읽는 법을 알고 있을까? 어쩌면 이 모든 걸 우리가 먼저 알아낼 수 있을지도 몰라."

"있잖아, 아까 클렘이 말한 거 기억나? 클렘은 자기가 캣 버글러라고 했지. 생각나?"

"농담이라고 생각했어."

밀로가 말했다.

"그때 조지 모셀에 대해서도 뭐라고 말했지. 조지 모셀도 도둑임을 암시하는 것 같았어."

밀로는 고개를 저으며 말을 이었다.

"진짜 캣 버글러라면 그런 실수를 저지르지 않았을 거야."

밀로는 〈재담가의 비망록〉이 놓여 있는 책상을 가리켰다.

"진짜 캣 버글러라면 내가 책상에 놓아둔 대로 정확히 똑같이 해 놓고 갔을 거야. 문손잡이의 나비 리본도 그래. 종을 봤다면 누구라도 방에 들어올 때 울리지 않게 조심했겠지만, 전문가라면 나비 리본까지도 내가 해 놓은 모양 그대로 해 두었을 거야."

그렇게 말하며 밀로는 도둑이 누구든 어수룩한 행동을 한 것에 조금 경멸감이 들었다.

"미끼용 종이를 갖다 놓고 도둑은 자기가 영리하다고 생각했겠지만, 우린 지갑을 열기도 전에 도둑이 다녀갔다는 걸 알아챘어. 도둑이 놓친 거지."

밀로는 게임과 캐릭터에 완전히 빠져서 눈을 부라렸다.

"아마추어야."

"맞아. 그 사람은 자기가 유명한 정찰 전문가 에스칼라되르인 네그렛의 방에 침입한다는 걸 깨닫지 못했을 거야."

시린이 살짝 미소 지으며 말했다.

"맞아. 그랬을 거야."

네그렛이 말했다.

둘은 종이를 책상 위에 놓고 접힌 곳을 매만져서 폈다. 네그렛은 워터마크가 있는 종이 표면이 미묘하게 다른 것을 느끼며 손가락으로 철문을 따라갔다.

“무슨 의미인 것 같아?”

시린이 물었다.

“이런 철문은 없어. 내가 아는 한, 그린글라스 하우스의 땅에는 없어.”

네그렛은 말을 하다가 무슨 생각이 들어 멈추었다.

“그린글라스 하우스의 땅에는… 아, 잠깐. 비슷한 걸 전에 본 적이 있어!”

네그렛은 종이를 접어 게임 종이와 함께 조심스레 뒷주머니에 넣고 서둘러 복도로 나갔다. 시린이 뒤를 따랐다. 계단에서 네그렛은 잠시 걸음을 멈추고 귀를 기울였다. 아래층에서는 사람 목소리가 들렸지만 위층은 조용했다. 좋았다.

네그렛과 시린은 계단을 올라갔다. 에스칼라되르의 발이 본능적으로 가장 조용한 경로를 찾아냈다. 세 번째 계단에서는 오른쪽으로 멀리 갔고, 다섯 번째 계단에서는 가능한 한 무게를 줄였으며, 여섯 번째 계단은 모두 건너뛰었다. 이 작은 요령들은 수년간 그린글라스 하우스의 계단을 오르내리며 얻은 것이지만, 실제로 필요한 적은 없었다. 지금까지는 그랬다.

둘은 3층에 이르렀고 네그렛은 방향을 틀어 4층으로 올라가기 전 잠깐 걸음을 멈추고 복도를 훑어보았다. 3층은 빈지 씨, 히어워드 부인, 고워바인 박사가 묵고 있었지만, 아무도 보이지 않았다.

다음 층계참까지 스콜리아스트인 시린은 조심스레 에스칼라되르인 네그렛의 발자국을 따라갔다. 꼭대기에 이르기 직전, 네그렛은 시린에게 기다리라는 몸짓을 했다. 그리고 4층도 3층처럼 사람이 없는지 확인하기 위해 살금살금 앞장을 섰다. 조지의 향수 냄새가 아직 희미하게 남아 있었고, 복도를 따라 이어져 있는 방들은 맨 끝 방을 제외하면 모두 열려 있었다. 네그렛은 각각의 방을 잠깐씩 살펴보며 조지의 방에 이르러서는 문에 귀를 대고 귀를 기울였다. 아무 소리도 들리지 않았다.

네그렛은 계단통으로 돌아와 시린에게 가자는 몸짓을 했다. 그런 다음 몸을 돌려 드문드문 녹색이 섞인 파란색의 차가운 겨울빛을 마루에 던지고 있는 거대한 스테인드글라스 창을 의기양양하게 올려다보았다.

"와…, 지금껏 난 전혀 알아차리지 못했어."

시린이 감탄했다.

"나도 그랬어."

네그렛이 인정했다. 자신의 짐작이 맞았다는 걸 확인하기 위해 네그렛은 종이를 꺼내 다시 펴고 높이 쳐들어 비교해 보았다. 창문의 역광을 받아 워터마크가 선명하게 드러났다.

"저거야. 잘못 본 거 아니지?"

밀로에게는 늘 교회의 모자이크처럼 보이던 것이 네그렛에게는 질문을 표현한 것으로 정체를 드러냈다. 유리 자체를 보는 게 아니라 유리 조각들을 고정하고 있는 금속을 보아야 그 모양이 보이긴 했지만, 어쨌든 거기 있었다. 창문과 워터마크는 동일한 것이었다.

"그런데 저게 무슨 뜻이지? 옛날에 저런 질문이 여기 있었던 걸까?"

시린이 궁금해했다.

"정말 오래된 집이잖아."

네그렛은 돌아서서 주위를 둘러보며 밀로가 평생을 함께한 세세한 것들을 눈여겨보았다. 네그렛에게는 모든 게 다 새로웠다. 적어도 밀로가 보던 것과는 달랐다. 짙은 초콜릿 색깔의 거칠고 오래된 기둥, 크림색으로 칠해진 복도의 판금 가공 주석 천장, 초 대신 전구를 받치도록 개조된 벽기둥에 돌출해 있는 촛대, 이따금 밀로와 파인 씨가 돌아다니며 벽에서 벗겨진 것처럼 보이는 모서리마다 찐득찐득한 접착제를 다시 발라야 할 만큼 오래된, 아이보리색과 금빛의 돋을새김 벽지. 그리고 이제는 네그렛의 눈에 보이게 된, 예전에는 숨겨져 있던 철문이 있는 창문.

"계단의 창문들은 모두 조금씩 다르지만, 한 세트가 분명해. 창문마다 철문이 있을지 궁금해."

네그렛은 파란색 유리를 바라보며 조용히 말했다.

시린은 팔짱을 끼고 네그렛을 관찰했다.

"아는 거 있어? 집에 대해서 말이야."

"엄마가 어렸을 때 엄마의 부모님이 집을 사셨대. 그전에는 비어 있었고. 아니, 빈집이라기보다는 전 주인이 한동안 본집으로 사용하지 않은 것 같아."

"그럼 그 전 주인은…?"

"밀수업자. 아주 옛날에 유명한 밀수업자였대. 젠틀맨 맥스웰처럼. 다만 맥스웰은 아니었고. 누군지는 기억나지 않아."

시린이 콧방귀를 뀌었다.

"젠틀맨 맥스웰은 옛날 사람이 아니야. 아마 네가 태어나기 바로 전 사람일걸."

"그것도 옛날이잖아. 주인은 맥스웰 시대 이전 사람이었어."

"혹시 독 홀리스톤?"

네그렛이 손가락을 탁 튕겼다.

"맞아, 바로 그 사람이야."

"농담이지! 이 집이 독 홀리스톤 집이었다고?"

"아마도. 할아버지가 독 홀리스톤이 체포되어 죽은 뒤 그 사람 동생으로부터 사들였대. 그게 이 집이 온갖 종류의 사람들이 묵고 가는 여관이 된 사연이야. 처음에는 묵을 곳이 필요한 독 홀리스톤의 친구들과 선원들이 왔었는데, 그러다가 밀수업자들 사이에서 잠깐 육지에 머물러야 할 때 안전하게 묵을 만한 곳이라고 소문이 난 거지. 엄마와 아빠도 사실 그렇게 만났고. 아빠의 아버지는 에드 피커링의 선원이었는데, 이곳에서 몇 번 머물렀대."

네그렛은 목소리에 자랑스러움을 담지 않으려고 애썼다.

"에드 피커링은 홀리스톤이나 젠틀맨만큼 유명하지는 않았어도 꽤 큰손이었대."

"대단하다."

시린은 감명을 받고 주위를 둘러보았다.

"그렇다면 여기에 뭔가가 숨겨져 있을 거라고 생각하는 것도 놀랄 일은 아니겠어. 뭔가가 없는 게 더 이상할 것 같아."

"그렇게 보면, 해도도 설명이 될 거야."

네그렛이 덧붙였다.

시린이 머리를 긁적이며 말했다.

"난 수로를 알아보지 못한 것만 기억나. 어쩌면 수로가 전혀 아닐 수도 있지 않을까? 그냥 해도처럼 보이는 지도일 수도 있잖아."

"가능해."

네그렛이 고개를 끄덕였다.

"밀수업자나 배에서 사는 사람이면 누구든 그런 식의 표시를 쓰는 편이 자연스러웠을 거야. 아니면 자신이 만든 게 어떤 지도인지 숨기려고 애썼거나."

네그렛은 창밖을 온통 두껍게 덮은 하늘색 눈을 바라보았다.

"깊이를 표시한 것이 그만큼 파내야 한다는 뜻은 아니었으면 좋겠어. 저 눈 아래 땅은 꽁꽁 얼어 있을 테니까."

그러자 실망스러운 생각이 떠올랐다.

"아니면 그 해도는 집하고 아무 상관 없을 수도 있어. 그 종이는 거기 그려진 것을 의미하는 게 아닌 듯 보이기도 하니까."

시린은 자신 있게 고개를 저었다.

"아냐, 관련이 있어. 워터마크 외에도 어떤 손님이 일부러 이곳으로 가져왔잖아. 여행을 갈 때 네가 쓸 것 같지도 않은 물건을 가져간 적 있어?"

"그러게."

시린이 뭔가를 말하려고 입을 벌렸지만 네그렛은 굳은 표정으로 한 손을 들어 막았다. 누군가 막 삐걱거리는 계단 중간쯤에서 3층으로 올라오고 있었다.

"손님 중 하나야."

네그렛이 속삭였다.

"손님이 아니라면 저 계단을 건너뛰는 법을 알거든. 가자. 어쨌든 난 위층 창문을 보고 싶어."

다음 계단은 네 개의 시끄러운 계단과 두 개의 낮게 삐걱거리는 계단이 잇달아 있었다. 네그렛은 시린에게 난간 밑동의 턱을 밟고 감으로써 시끄러운 계단을 피하는 법을 알려 주었다. 네그렛과 시린은 소리를 내지 않고 5층 층계참에 이르렀고, 문이 열려 있는 빈방 세 개와 문이 닫혀 있는 클렘의 방 하나가 있는 복도를 또 한 번 재빨리 훑어본 뒤 커다란 스테인드글라스 유리판 앞에 섰다.

이번 것은 노란색과 황금색, 그리고 비취색, 파인 그린, 헌터 그린, 에메랄드그린과 같은 짙은 녹색 계열이었다. 각 창의 패턴은 서로 달랐는데, 이 창은 늘 밀로에게 국화를 떠올리게 했지만, 네그렛의 새로운 눈에는 별 모양의 광채로 보였다. 꽃은 아니야. 네그렛은 생각했다. 그 대신 '폭발', '대포 발사' 같은 말이 생각났다. 아마 밀수업자들의 이야기 때문이었을 거다.

"저기 철문이 있어."

시린이 중얼거렸다. 네그렛은 시린의 손가락이 가리키는 곳을 따라가 보았다. 훨씬 작은 철문이 왼쪽 구석에, 눈에 띄지 않지만, 거기 있었다. 네그렛에게는 이제 별 모양이 오직 불꽃으로만 보였다. 창문은 마치 불가사의한 철문 위 하늘에서 폭죽이 터지는 광경을 그린 것 같았다.

또 계단이 삐걱거리는 소리가 들렸다. 이번에는 더 가까웠다. 아주 가까이 들리는 것으로 미루어 클렘이 틀림없었다. 5층에 머무는 사람은 클렘뿐이었으니까.

밀로로서는 객실에 몰래 들어간 것이 아니라면 여관 어디에 있든 안절부절못할 이유가 없었다. 하지만 네그렛은 들키고 싶지 않았다. 아직은 아니었다. 시린을 제외하고는 아무하고도 공유할 준비가 되지 않은, 어떤 단서를 찾으려고 애쓰는 모습을 들키고 싶지 않았다. 두 모험가는 서로 바라보았다.

"이제 어쩌지?"

시린이 속삭였다.

계단이 한 층 더 위로 뻗어 있었다. 밀로가 알기로 그 계단은 마지막 스테인드글라스 창을 돌아서 다락으로 가는 문에서 끝났다. 또한 그 문이 잠겨 있을지라도, 네그렛이 원하면 언제든 열 수 있다는 걸 밀로는 알고 있었다. 네그렛이 제안했다.

"클렘이 갈 때까지 다락 계단에서 기다려도 돼. 아니면 다락에서 기다리거나. 난 문을 열 수 있어."

시린이 고개를 끄덕였다.

"좋은 생각이야. 이 집에 비밀이 숨겨져 있다면 집 전부를 더 알 필요가 있으니까. 꼭대기부터 시작하는 거야."

다락 계단은 덜 익숙했으므로 첫 번째 층계참까지 가는 내내 두 손으로 번갈아 잡으며 난간의 턱을 올라갔다. 그리고 잠시 쉬며 창문을 바라본 뒤 네그렛은 마지막 계단에 올라서서 문으로 갔다. 네그렛은 클렘이 5층으로 올라오기 전에 얼른 다락으로 들어가고 싶었다. 유리의 그림(세피아 사진처럼 다양한 갈색과 여러 녹색으로 이루어져 있었다)은 돌아갈 때 더 자세히 봐도 되었다.

세월이 흐르면서 여관의 많은 부분이 수리되거나 개조되었고, 어떤 부분은 완전히 대체되었다. 하지만 네그렛은 조각이 새겨진 다락문이 거의 집만큼 오래된 것이 틀림없다고 판단했다. 나무가 팽창하는 여름에는 빡빡하게 들러붙어 문을 열려면 두 사람이 있어야 했지만, 겨울에는 틈이 생겨 찬바람을 통과시켰다. 그 바람은 휘파람 소리를 내며 계단을 내려가 유령처럼 아래층 다른 문들을 흔들리게 했다. 문손잡이는 옥색 유리였고, 잘못 보면 문에 달린 경첩이 끽끽 소리를 낼 것처럼 보였다. 하지만 밀로는 파인 씨가 경첩에 기름칠을 해 두었음을 알고 있었다. 문에 관한 한 파인 씨가 어떻게 해 볼 수 있는 유일한 것은 경첩이었기 때문이다.

자물쇠가 있었으나 블랙잭인 네그렛에게는 아무런 문제가 아니었다. 열쇠가 어디 있는지 아는 것을 고려하면 특히 그랬다.

아래 계단의 발자국 소리는 마침내 5층에 이르렀다.

"시간을 딱 맞췄네."

시린이 속삭였다.

네그렛은 고개를 끄덕이다가 멈추었다. 그들 뒤를 바로 이어 계단을 올라온 사람은 자기 방에서 뭘 찾으러 온 클렘이라고 생각했는데, 기억하는 한 클렘은 여기 도착한 이래 실내에서 걸을 때는 1층에서 2층으로 계단을 뛰어오를 때조차 소음을 낸 적이 없다는 사실이 떠올랐다.

소리 없이 움직이려고 노력해 본 지금에서야 네그렛은 클렘이 하듯 겉보기에 힘들이지 않고 소리 없이 움직이는 게 쉬운 일이 아니란 걸 깨달았다. 그건 전등을 끄는 일과 달리, 노력과 연습과 자각이 필요했다.

네그렛은 자신에게나 시린에게나 계단 소리가 크다고 여기지는 않았다. 소리 없이 움직일 줄 아는 누군가에게는 너무 컸겠지만, 자기가 내는 소음에 신경 쓰지 않고 올라오는 누군가에게는 시끄럽지 않을 것이다. 따라서 5층에 도착한 사람은 조용히 하려고 애썼지만 그다지 잘 해내지는 못한 셈이었다.

달리 말하면, 그 사람은 클렘이 아니었다. 그렇다면 누굴까? 왜 한 층 또는 두 층을 더 올라오려는 걸까? 왜 몰래 (비록 형편없는 실력이지만) 들어가려고 할까? 네그렛이 더 귀를 기울이자, 뭔가 다른 소리가 들렸다. 가볍게 쌕쌕거리는 소리였다. 오고 있는 사람이 누구든 숨을 헐떡이고 있었다.

"잠깐."

네그렛은 속삭였다. 그리고 에스칼라되르만이 할 수 있는 조심스럽고 조용한 발걸음으로 계단을 다시 내려가서 녹색과 세피아색 창문 아래 층계참에서 난간 주위를 엿보았다. 바로 그때 고워바인 박사의 작달막하고 둥글둥글한 모습이 복도 끝 클렘의 방으로 사라졌다.

고워바인 박사?

제4장
엠포리움

"왜?"

시린이 층계참 저 위에서 속삭였다. 네그렛은 손가락을 입술에 대고 열려 있는 문을 응시했다. 조금 뒤에 고워바인 박사가 다시 나타났다. 네그렛은 보이지 않게 몸을 수그리고 부드러운 찰칵 소리와 함께 문이 다시 닫힐 때까지 기다렸다. 조용하지만 소리가 아주 없지는 않은 고워바인 박사가 네그렛이 보이지 않게 웅크리고 있는 계단통으로 서둘러 돌아오더니 아래로 내려갔다. 고워바인 박사는 여전히 조금 쌕쌕대고 있었다.

'몰래 들어가려면 담배를 줄이시죠.'

네그렛은 생각했다.

“고워바인 박사가 클렘의 방에 몰래 들어갔어.”

뭔가 음흉한 고워바인 박사의 소리가 완전히 들리지 않게 되자 네그렛은 숨을 죽이고 대답했다.

“이상도 해라! 뭘 가져갔어?”

네그렛은 눈을 깜박였다.

“나, 난 알아차리지 못했어.”

‘그걸 눈여겨보지 않다니 바보 아냐.’

네그렛은 생각했다. 기억을 짜내 보았지만 고워바인 박사의 손에 무엇이 있었는지는 떠오르지 않았다. 네그렛은 당황했다. 이거야 원, 대단한 블랙잭이었다.

시린이 계단을 내려와 네그렛의 어깨를 탁 하고 쳤다.

“자책하지 마. 우린 다락을 탐험해야 해. 그리고 박사가 어디 갈 것 같지는 않고.”

“박사가 내 방에도 들어왔을 거야. 해도를 가져간 것도 박사일 거야. 대체 무슨 일을 꾸미고 있는 걸까?”

네그렛이 씩씩댔다.

“박사가 해도를 훔쳐 갔다고 해도 될지는 모르겠어. 우리가 아는 것이라고는 박사가 클렘의 방에 들어갔다는 것뿐이야. 박사가 뭘 가져갔는지 아닌지조차 우리는 몰라. 네그렛, 요점은 우리가 사람들에 대해 아무것도 모른다는 거야. 우린 그 사람들이 누구며 왜 여기에 왔는지 알아낼 방법을 찾아야 해.”

시린은 다락문을 올려다보았다.

“지금 당장은 우리가 있는 곳에 좀 더 주의를 집중하자.”

"맞는 말이야."

네그렛은 창턱에 놓인 화분에 손을 뻗었다. 모조 식물이었다. 줄기는 철사에 종이를 씌워 만들었고 꽃은 분홍색 유리였다. 그 화분 밑에 다락 열쇠가 있었다.

"자, 시작해 보자."

자물쇠는 쉽게 돌아갔고 문이 활짝 열렸다. 네그렛은 눈을 가늘게 뜨고 어두컴컴한 방 안을 보았다.

"여기 있어. 어딘가 전등이 있어. 당기는 줄만 찾으면 돼."

"잠깐!"

시린이 네그렛의 팔을 움켜잡았다.

"먼저 함정이 있는지 확인해야지. 기억해."

네그렛은 문지방에서 걸음을 딱 멈췄다.

"무슨 함정?"

시린은 네그렛을 지나 몸을 기울이고 어둠 속을 살펴보았다.

"모르지. 하지만 낯선 방에 곧바로 들어가는 건 절대 좋은 생각이 아니야. 언제나 함정이 있는지 확인해야 해. 누군가 숨어서 기다릴 수도 있고, 아니면 첫 번째로 걸어 들어오는 사람의 목을 자르는 장치가 있을 수도 있어. 아니면 문에 저주가 걸려 있어서 문을 통과하면…."

"여긴 내 집이거든? 무슨 웃기는 말을 하는 거야? 여기엔 저주도 없고, 목도 잘리지 않아. 우리 다락에 그런 장치는 없어."

네그렛은 발끈했다.

시린이 어깨를 으쓱했다.

"좋아, 상상력 부족 아저씨. 헐거운 마룻장이나 거미줄이 있을 수도 있어. 내 말은, 들어가기 전에 확인해 보라는 거야."

네그렛은 투덜거리며 문틀을 살펴보았고, 실제로 거미집을 발견했다. 그런 다음 안으로 들어가 전등에 달린 줄을 발견했다. 더 정확히 말하면, 안으로 들어가다가 줄 맨 끝에 묶인 작고 둥근 매듭에 두 눈 사이를 부딪혔다. 네그렛이 매듭을 잡아당기자 문간 바로 안 천장에서 유리 전구의 푸르스름한 회색 필라멘트가 쉬익 소리를 내며 살아났다. 전구가 만드는 평범한 원형 조명 덕분에 네그렛은 다락 더 안쪽에 아직 켜지지 않은 또 하나의 전구에서 늘어진 줄을 볼 수 있었다. 네그렛은 그 줄도 잡아당겼고, 또 다른 전구의 줄도, 그리고 그 다음 전구의 줄도 잡아당겼다. 이렇게 네 개의 전구가 각각 자신의 구역을 밝히는데도 다락은 여전히 대부분 어슴푸레하고 불분명했다.

그린글라스 하우스의 다락은 경사진 커다란 지붕 때문에 아래층들보다 살짝 작았다. 아마도 한때는 하나로 트인 공간이었겠지만, 건물이 존재하고부터 오랜 세월을 거쳐 서서히 작은 구획으로 나뉘었다. 벽으로 나뉜 것이 아니라 물건들 더미 때문이었다. 철 밴드로 묶인 티크 목재 궤짝들이 거인이 버린 화물처럼 쌓여 있는가 하면, 온갖 종류의 의자들이 위태롭게 층층이 포개어져 있었다. 저쪽에는 짝이 안 맞는 양복 가방과 좀먹은 모피 코트, 시간이 흐르면서 종잇장처럼 얇아져 자수들이 떨어져 나오기 직전의 수놓인 실크 파자마 등등이 잔뜩 들어찬 선반들이 한 줄로 늘어서 있었다. 이런 임시변통의 칸막이들 사이 공간은 해마다 잠깐 쓰고 버리는 물건들로 차츰차츰 채워졌다. 여기에는 온갖 것이 다 있었다. 찌그러진 황동 악기들과 태엽 꼭지가 없어진 장난감, 낡을 대로 낡은 식탁보, 스웨터, 아무렇게나 쌓여 있는 한 무더기의 먼지 낀 책들. 이 책들은 책등이 없어져 두꺼운 검은색 실로 수선되어 있었다. 게다가 바람이 울부짖으며 지붕이 끼익거렸고, 여기저기 숨어 있는 금과 틈 사이로 차가운 샛바람이 길을 찾아들었다.

"숨길 것이 있다면 난 여기다 두겠어. 그런데 어떻게 이걸 다 살펴보지?"

시린이 말했다.

"몰라. 내가 보기엔 보나마나 뻔한 것 같아."

다락과 지하실의 물건은 모두 한때는 누군가의 소중한 보물이었다. 그렇지 않으면 보관할 이유가 없었을 것이다. 만약 해도의 비밀이 이 잡화점 같은 방에 숨겨져 있다면 그건 천 가지 비밀 가운데 하나에 불과할 것 같았다. 왜인지는 모르지만, 이곳은… 그리 특별한 곳 같지 않았다.

그러나 다락은 다락이었고, 시린의 주장에 따르면 방들을 탐험하는 것은 작전의 중요한 부분이었다.

"꼭 단서만 찾는 게 아니야."

시린은 설명했다.

"언젠가 유용할지도 모르는 도구들을 찾는 것이기도 해. 지도가 알려 주는 것이 여기 없더라도, 집의 소리에 귀를 기울이는 에스칼라되르에게는 유용한 것들이 있을 거야."

"그래. 뭔가 멋진 게 있겠지."

"네그렛! 우리는 이곳을 전부 찾아봐야 해. 대충 훑어보지 말고."

"알았어."

네그렛과 시린은 체계적으로 다락을 뒤지기 시작했다.

"유용한 물건은 어떻게 알아봐?"

네그렛은 등꼬리가 늘어져 있고 어깨에는 고리 모양 금빛 술이 달린 화려한 녹색 코트의 주머니에 머뭇머뭇 손을 집어넣으며 물었다. 주머니 안에는 종이 한 장이 들어 있었는데, 네그렛이 꺼내자 조각조각 찢어졌다. 다른 주머니는 좀약 한 알을 내놓았다.

"때로는 잘 모를 수도 있어."

시린이 선반의 다른 쪽 끝에서 대답했다.

"종이 위에서 게임을 하고 있을 때, 게임 마스터가 말해 줄 만큼 중요하게 여긴다면, 아마 유용한 거겠지. 우린 그냥 직감만 있으면 될 것 같아."

시린은 걸려 있는 옷들 가운데 얇은 실크 로브의 팔을 잡아 꺼내 들었다.

"혹시 투명 망토?"

네그렛은 시린이 노란색 로브를 옷걸이에서 벗겨 어깨에 휙 두르며 기뻐하는 것을 보자 캐릭터에 충실하려고 최선을 다했는데도 불구하고 웃기다는 생각이 들었다.

"그, 그게, 뭐더라, 네 캐릭터⋯."

"스콜리아스트."

"스콜리아스트에게 왜 투명 망토가 필요해? 이미 나 말고는 아무한테도 보이지 않잖아?"

네그렛이 물었다.

"맘에 들어서."

시린은 자수에 감탄하며 간단하게 대답했다.

"게다가 주머니도 있어! 작전에 쓸 아이템을 운반할 방법이 생긴 거야. 난 이걸 황금 투명 망토라고 부를 거야."

시린은 허리를 굽혀 선반 맨 아래 칸에 놓인 작은 상자들을 훑어볼 때에도 로브를 계속 입고 있었다.

"야, 이거 신어 볼래? 너한테 맞을 것 같지 않아?"

낮게 걸린 코트들에 상반신이 가려진 시린이 한쪽 팔을 뻗어 검은색 면 슬리퍼 한 켤레를 내밀었다.

"뭐 하러?"

비록 그렇게 묻긴 했지만 네그렛은 슬리퍼가 에스칼라되르에게 필요할 수도 있음을 깨달았다. 슬리퍼는 밑창이 두꺼운 직물로 되어 있어서 보통 신발과 달리 찍찍 소리를 내지 않는 매우 조용한 신발이 될 것이다. 게다가 반질반질한 목재 바닥이나 타일 바닥에서도 양말로 다닐 때처럼 미끄러지는 일이 없을 것이다. 간신히 소리를 죽여 살금살금 이곳에 올라오긴 했지만, 이 신발을 신으면 클렘 만큼 거의 소리 없이 걸을 수 있을 거다.

네그렛은 스니커즈를 벗고 슬리퍼를 신었다. 양말을 신어서 꽉 조였지만, 양말을 벗으니 완벽하게 딱 맞았다. 네그렛은 시험 삼아 몇 걸음 걸어 보았다.

"완벽해. 고마워, 시린."

"천만에. 여기 멋진 코트들은?"

"아니."

그 신발은 눈에 띄지 않을 정도로 별 특징이 없어 보였다. 에스칼라되르는 튀어서는 안 되었다.

"난 눈에 띄고 싶지 않아."

네그렛은 서성이다 나무 상자 무더기에 이르렀고 가장 가까운 상자의 뚜껑을 들어 올렸다. 상자 안은 린넨 조각으로 싸인 옛날 병들로 가득 차 있었다. 병 하나를 더 자세히 보려고 막 손을 뻗는데, 뭔가 다른 것이 눈길을 사로잡았다.

상자들과 벽 사이에 문 하나가 끼어 있었다. 아주 옛날에는 모르지만, 지금은 그 어떤 곳으로 통하는 문은 아니었다. 벽에 비스듬히 기대어 있는 문은 변색되고 경첩들이 풀려 있어 슬퍼 보였다. 육중하고 오래된 다락문과 녹색 유리 손잡이까지 거의 같아 보였다.

"어디서 온 걸까?"

네그렛은 그린글라스 하우스에서 문이 없는 방이 있는지 생각해 보려고 애쓰며 중얼거렸다. 어떤 방의 문이었다가 언젠가 새 문으로 교체된 것일까? 그렇다면 왜 여기 보관해 두었을까?

네그렛은 유리 손잡이의 이가 빠진 면을 만져 보려고 상자들 위로 몸을 숙이고 손을 뻗었다. 손가락이 닿았을 때 뭔가가 달칵하고 바닥에 떨어졌다. 조금 더 몸을 뻗으니 칙칙한 검은색 물체가 문 아랫부분과 상자들 사이에 비스듬히 박혀 있는 것이 보였다.

네그렛은 조심조심 뒷걸음을 쳐서 슬리퍼 신은 발을 가볍게 딛고 섰다. 그런 다음 옆에 있는 비교적 새로운 판지 상자들 사이를 비집고 들어갔다. 그리고 편하지 않은 자세로 몸을 구부리고 문 가장자리를 손가락으로 더듬어 나아가다가 마침내 떨어뜨린 물건을 발견했다. 손가락 사이로 삐죽삐죽 튀어나오고 짤랑거리는 가죽끈을 집어 들었을 때, 보지 않아도 무엇인지 알 수 있었다. 열쇠고리였다. 네그렛의 손과 부딪칠 때 손잡이 아래쪽 자물쇠에서 떨어졌던 게 틀림없었다.

매듭진 가죽고리에는 열쇠가 다섯 개 있었다. 해골 열쇠라고 불리는 옛날 열쇠였다. 다락을 제외하면 이제는 그린글라스 하우스의 어떤 문도 그런 열쇠를 쓰지 않았다. 또한 고리 위에는 작게 두들겨 편 원반이 붙어 있었다. 원반은 모양이 일그러지고 살짝 볼록하게 튀어나와 있고, 가죽끈이 들어가도록 고르지 않은 구멍이 뚫려 있었다. 네그렛의 심장이 조금 뛰어올랐다. 중국 글자처럼 보이는 네 개의 무늬는 표면 한쪽이 잘려져 있었다. 네그렛은 더 자세히 보기 위해 원반을 들어 올렸다. 글자의 조합이 보였다. 파인 가족은 천천히 중국어를 공부하고 있었다. 하지만 아직 공부를 많이 하지 못해서인지 네그렛이 아는 글자는 없었다. 원반을 돌려 보니 왕관처럼 생긴 거칠고 뾰족뾰족한 무늬가 있었다. 손톱으로 긁어 보니 왕관에 붙어 있던 파랑색 에나멜이 아주 조금 벗겨졌다.

물론 밀로는 설령 중국 글자가 쓰여 있다고 해도 그린글라스 하우스의 어떤 골동품 장식품이 자신의 조상과 연관될 가능성은 없다는 걸 알고 있었다. 하지만 네그렛은 달랐다. 네그렛이라면 정반대로 생각할지도 몰랐다. 그런 생각이 들자 밀로는 조금 전율했다.

예를 들면 이랬다. 네그렛은 이 열쇠들이 몇 세기 동안 자신의 가문 대대로 전해 내려왔음을 알았고, 심지어 세계적으로 유명한 블랙잭인 아버지가 아들인 네그렛에게 열쇠를 전해 준 그날을 기억했다.

'난 언제나 네가 내 발자국을 따르리라는 걸 알고 있었다. 우리 모두, 가문 전체가 알고 있었지. 넌 나와 너무도 닮았으니 말이다. 생김새조차 비슷하지.'

아버지는 그렇게 말했을 것이다. 네그렛은 그 말에 수긍하며, 자신과 똑같은 코와 똑같은 입, 똑같이 곧게 뻗은 검은색 머리를 보려고 블랙잭 아버지와 함께 거울을 들여다본 일을 떠올려 보는 자신을 상상했다.

이상한 기쁨이 마음속으로 살금살금 기어들어 왔다. 그 기쁨은 삼십 초 동안 지속되다가 익히 잘 알고 있는 자책의 물결에 휩쓸려 사라져 버렸다.

네그렛은 열쇠를 내려다보았다. 이 열쇠들을 다락문에 시험해 보자고 마음먹었지만, 집에서 열 수 있는 자물쇠는 남아 있지 않을 것이었다. 그러나 분명 자존심 강한 블랙잭이라면 이토록 완벽하게 훌륭한 열쇠 한 벌을 그냥 내버려두지 않을 거다. 네그렛은 열쇠 꾸러미를 호주머니에 넣고 예상보다 오래 지속되는 양심의 가책을 무시했다. 조용한 신발과 수수께끼의 열쇠들. 소득이 나쁘지 않았다.

"뭘 발견했니?"

네그렛은 돌아보고 새 신발 밖으로 거의 뛰어오를 뻔했다. 시린은 노란색 투명 망토에다 귀덮개가 젖혀진, 가장자리에 털을 두른 모자를 쓰고, 파란색 렌즈의 철테 선글라스를 쓰고 있었다. 선글라스 테 한쪽 귀 부분에는 두꺼운 빨간 실에 노란 꼬리표가 달려 있었다.

시린이 모자를 가리키며 아무 표정 없이 말했다.

"이건 계시의 투구야."

"이건 고통스러울 정도로 명료하고 진실한 눈이야."

시린이 안경을 가리키며 덧붙였다. 그리고 바지 주머니에서 갈색 가죽 장갑 한 켤레를 꺼냈다.

"이건 네 거야. 와일드손의 멋진 장갑이야. 창문으로 기어들어 가거나 자물쇠를 따는 사람에겐 날렵하고 여우 같은 손가락이 필요하지. 자, 한번 껴 봐."

시린은 겨울의 무게에 눌려 삐걱거리는 머리 위 천장을 바라보며 말했다.

"추울 때도 확실히 유용할 거야."

네그렛은 웃으며 장갑을 받았다.

"고마워, 시린."

네그렛은 장갑을 꼈다. 신발과 마찬가지로 완벽하게 맞았다. 손가락 끝이 따뜻해지면서 네그렛은 다락이 얼마나 추운지 새삼 깨달았다.

두 사람은 계속 상자들을 뒤지고 책을 휙휙 넘겨보면서 움직였다. 시린은 의상에다 몇 가지를 더 추가했고 이따금 네그렛에게 뭔가를 권하기도 했다. 작동하지 않는 듯 보이는 호루라기, 밧줄을 갖고 있는 것은 늘 좋은 생각이라며 건네준 노끈 뭉치, 첫 페이지에 적힌 식료품 목록을 제외하고는 빈 먼지 낀 스프링 노트.

"시린."

네그렛의 눈길이 '롤플레잉 게임-AW'라고 검은색 마커로 쓴 라벨이 붙은 판지 상자에 머물렀다.

"저것 좀 봐. 롤플레잉 게임이야. 저거 우리가 하는 게임 아냐? 틀림없이 아빠 물건일 거야. 이것도 유용하지 않을까?"

"우린 우리만의 작전을 짰잖아."

서둘러 상자로 가는 네그렛의 뒤를 따르며 시린이 말했다.

"우린 제대로 된 롤플레잉 게임을 하는 건 아니니까, 별로 유용할 것 같지 않아."

네그렛은 상자를 열고 안을 들여다보았다. 그날 아침 나무 뒤에서 메디가 갖고 있던 것과 같은 커다란 하드커버 책들과 소책자들로 가득했다. 그 밖에 정교한 코스튬을 차려입은 여러 모험가와 그것을 나타내는 라벨이 붙은 더 작은 박스도 몇 개 있었다. 시린은 네그렛 옆에 쭈그리고 앉아 소책자 하나를 꺼냈다.

"이것들은 이미 작전을 짜 놓은 거야. 몇몇 사람들이 게임 마스터와 함께 탁자에서 하는 게임들이야."

네그렛은 상자에서 모눈종이 낱장 하나를 꺼냈다.

"누군가 게임의 지도로 썼을까?"

"그래 보이네."

시린은 전혀 흥미가 없는 듯 보였다.

"여기에 우리 아빠가 했던 게임도 있을 것 같지 않아? 이상한 길이라고 했지?"

"아마도. 그런데, 우린 우리 게임으로 돌아가는 게 어때?"

조금 더 훑어보던 네그렛은 마침내 발견했다. '도보 여행 갤러리아'라는 글씨가 수레 옆쪽에 새겨져 있고 수레 옆에 사악하게 보이는 한 여행자가 그려진 책을 발견했던 것이다. 그림 위쪽을 가로질러 책 제목이 있었다. 〈이상한 길. 도보 여행 세계의 스캐빈저, 행상인, 사냥꾼. 상급자용 입문서〉

"근사하다!"

네그렛이 말했다. 시린이 한숨을 쉬었다.

"이런 것에 신경 쓸 거면 왜 블랙잭에 대한 건 안 보는 거야? 그럼 완전히 시간 낭비는 아닐 텐데."

네그렛은 그 책을 한쪽에다 놓았다.

"여기 블랙잭에 대한 책이 있는지 넌 어떻게 알아?"

"보이니까 알지. 난 여기 있는 안내서들을 모두 알거든."

시린은 몸을 숙여 또 다른 책을 상자에서 빼냈다.

"봐, 여기 있잖아. 하지만 우린 우리만의 게임을 한다는 걸 잊지 마. 네그렛은 너의 캐릭터야. 네그렛에게 이건 할 수 있느니 없느니 간섭할 수 있는 사람은 아무도 없어."

책 표지에는 한 소녀가 옛날 장터 공중에 걸린 철삿줄 위를 걷고 있었다. 〈길 위의 블랙잭들. 하이웨이맨, 사기꾼, 협잡꾼. 상급자용 입문서〉라는 제목의 책이었다.

"끝내준다."

"그래. 하지만 이건 단서는 아니야, 네그렛."

시린이 볼멘소리로 말했다.

"우리가 해야 할 일로 돌아가자."

네그렛은 마지못해 계속 움직였고, 유용한 물건들을 몇 개 더 발견했다. 구석을 둘러보는 데 쓸모 있어 보이는 유리 아래에 얼룩이 낀 작고 둥근 거울, 부싯돌 한 알이 들어 있는 옛날 부싯깃 통, 그리고 삽 모양의 금속 덩어리. 이 덩어리에는 처음에 잠금 장치라고 생각했던 이상하게 생긴 손잡이가 잇대어 있었다. 하지만 앞쪽 구멍에서 새

까맣게 탄 두꺼운 심지 조각을 발견하고는 잠금 장치가 아니라고 결론을 내렸다. 그건 일종의 구식 랜턴이었다.

네그렛은 발견한 것들을 옮기려고 빨간 줄무늬 캔버스 배낭을 찾아냈다. 그리고 더러운 창문 아래에 쌓인 거대한 돛천 더미 위로 올라가서는 앉아서 보물들을 정리했다. 시린은 뒤에서 따라오는 투명 망토를 펄럭이며 손에 뭔가를 들고 다가왔다.

"이건 너를 위한 거야. 이걸 발견하다니, 믿기지 않을 거야, 네그렛."

시린이 네그렛이 있는 곳으로 올라왔다.

"뭔데?"

"이거. 지도랑 같은 종이."

시린이 감격해서 말했다.

종이라기보다는 작은 조각에 더 가까웠다. 아니, 귀퉁이의 일부분이라고 하는 편이 더 정확했다. 네그렛은 시린의 손바닥에서 종잇조각을 집어 머리 위에서 깜박거리는 전구 사이로 들어 올렸다. 호주머니에 들어 있는 종이와 재빨리 비교해 보니 시린 말이 정말 맞았다. 워터마크는 보이지 않았지만, 종이의 감촉과 무게, 결, 모든 것이 똑같았다.

"어디서 찾은 거야?"

"저기, 커다란 거 뒤에서."

시린은 두껍고 오래된 밧줄이 감긴 거대한 기계 덩어리 뒤, 가장 동쪽의 벽에 거북하게 쌓여 있는 상자 세 개를 가리켰다.

"내 생각에 저건 승강기를 작동시키던 기계 같아."

네그렛은 앉아 있던 돛천 더미에서 미끄러져 내려가 기계에 다가

가서는 불편한 자세로 비집고 지나갔다. 그리고 기계를 어떻게 해 보려다가 손가락 끝에 먼지와 엉긴 기름이 묻고 말았다.

"야, 시린. 경고해 줄 수도 있었잖아."

네그렛은 파인 부인이 빨래할 때 무슨 얼룩인지 묻지 않기를 바라며 손을 무릎에 닦았다.

"그게 뭐든 고장 난 거야."

시린이 엔진 너머를 바라보며 말했다. 네그렛은 맨 꼭대기 상자를 열고 까치발로 안을 들여다보았다. 말이 안 되긴 하지만 처음에는 보석이라고 생각했다. 한 조각을 꺼내 희미한 빛에 비춰 보니 먼지 낀 사파이어빛으로 빛나는, 딱히 직사각형이 아닌 유리 조각이었다.

네그렛은 조심스레 조각들을 집어 살펴보았다. 상상할 수 있는 온갖 녹색의 조각들이 다 있었다. 상자를 한쪽으로 조심조심 치우니 그 아래 상자를 열 수 있었다. 상자에는 금빛과 노을빛의 조각들이 가득했다. 세 번째 상자에는 갖가지 토스트 색깔을 떠올리게 하는 적갈색과 세피아색의 조각들이 있었다.

네그렛은 각 상자에서 하나씩 유리 조각을 골랐다.

"그것들을 궁극의 힘을 지닌 보석이라 부르자."

시린이 제안했다.

"그건 또 뭐야?"

"게이머들은 파워를 지닌 물건을 많이 갖거든."

시린은 안경을 이마 위로 올리고 네그렛이 고른 조각들을 눈을 가늘게 뜨고 지그시 바라보았다.

"2층에 엄청나게 커다란 창이 있지? 그걸 만들 때 쓰고 남겨 둔

게 확실해."

네그렛은 나머지 발견한 물건들과 함께 유리 조각들을 가방 속에 밀어 넣으며 말했다.

"엄마 말로는 다 완성해서 언덕 위로 끌어올리기에는 너무 커서 여기서 만들었대."

"완벽해! 이 보석들은 집 자체가 지닌 힘을 단편적으로 갖고 있을 거야."

시린은 하필 그 순간 왼쪽 눈에 뭔가를 떨어뜨린 지붕을 향해 주먹을 들어 올리며 의기양양하게 선언했다.

"잠깐, 시린. 종이는 어디 있었어?"

네그렛이 머리를 긁적이며 물었다.

시린은 맨 밑 상자에서 삐져나온 갈색 포장지를 가리켰다.

"저기에 붙어 있었어."

네그렛은 손으로 쓴 희미한 글씨들을 읽을 수 있도록 조심스레 포장지를 폈다.

"럭스미스 제지 상회, 낵스피크 인쇄 지구."

네그렛은 포장지를 잡아당겼지만 상자 아래 단단히 붙어 있었다.

"럭스미스라, 단서일 수도 있어."

네그렛과 시린은 십 분 동안 더 뒤졌다. 그동안 시린은 황금 투명 망토에 벨트를 추가했고, 네그렛은 좋아하는 종류의 펜을 발견했다. 마침내 둘은 문 근처 전구에 매달린 줄 아래 서서 방금 탐험한 공간을 죽 훑어보았다.

"이제부터는 네그렛, 이곳을 언급할 땐 엠포리움이라고 부르자."

시린이 말했다. 네그렛은 의심쩍은 눈으로 바라보았다. 아니, 그러려고 노력했다. 하지만 투구와 안경을 쓰고 망토를 두른 시린을 보니 의심쩍은 시선은 쉽게 웃음으로 바뀌고 말았다.

"재밌다."

네그렛은 여전히 웃으며 어깨에 휙 가방을 걸치고는 인정했다.

"훌륭한 아침 작업이었어, 친애하는 시린."

가방은 뒷주머니에 여전히 꽂혀 있는 종이와 연필을 툭 쳤다. 네그렛은 그것을 집으며 아래층 크리스마스트리 뒤에서 스콜리아스트가 주었던 과제를 기억해 냈다.

"잠깐. 아래층으로 가기 전에 엠포리움의 평면도를 그릴게."

네그렛은 낡은 상자 하나를 치워 공간을 만들고 그림을 그리기 시작했다. 시린은 네그렛의 어깨 너머로 몸을 구부리고 어떤 것을 수정하고 추가할지를 제안했다. 마침내 두 사람은 완성된 평면도에 만족해하면서 몸을 뒤로 젖혔다. 네그렛은 맨 위에 깔끔한 글씨로 '엠포리움'이라고 썼다.

"여기 있어."

"멋진 지도다."

시린이 감탄하며 말했다.

"고마워."

네그렛의 배에서 속이 텅 빈 꼬르륵 소리가 들렸다. 시린이 날카롭게 바라볼 만큼 커다란 소리였다

"점심시간 지나지 않았을까?"

네그렛이 얼굴을 붉히며 말했다. 그리고 문을 나서다가 주춤 걸음

을 멈췄다.

"시린? 우리가 뭐든 다 정하는 거라면… 네그렛이, 네그렛하고 함께, 뭘 할지가 다 내 마음대로라면…."

네그렛이 망설였다.

"내가 네그렛의 과거를 정할 수도 있는 거야? 가, 가족을 비롯해 모든 것을?"

마침내 그 말이 나왔다.

"할 수 있느냐고?"

시린이 되풀이했다.

"절대 그렇게 해야 해. 캐릭터에 이야기를 만들어 주는 건 캐릭터를 살리는 데 정말 도움이 될 거야."

네그렛은 안도하며 고개를 끄덕이고, 열쇠가 있는지 보려고 배낭 속에 손을 넣었다. 게임을 위한 것이니, 이번 한 번은 그렇게 상상해도 괜찮을 것이다.

사실, 점심시간은 꽤 지나 있었다.

"세상에, 대체 어디 갔다 왔니?"

파인 부인이 먼지투성이가 된 두 사람이 부엌으로 들어오는 것을 보고 물었다.

"다라… 아니, 엠프… 아니, 그냥 좀 빈둥대다 왔어요."

밀로는 메디를 째려보았다. 대답하는 밀로를 팔꿈치로 두 번 쿡쿡 찌르던 메디는 이제 고통스러울 정도로 명료하고 진실한 눈의 더러운 파란색 렌즈를 통해 파인 부인을 천진난만하게 쳐다보고 있었다. 밀로는 한숨을 쉬며 엄마가 그런 시린을 보고도 어떻게 계속 정색할 수 있는지 의아했다.

"점심은 언제예요?"

"점심?"

파인 부인이 한쪽 눈썹을 올렸다.

"글쎄, 네가 손을 씻으면, 정말로 깨끗이 씻으면…"

파인 부인은 미심쩍게 밀로의 손을 흘낏 바라보며 덧붙였다.

"직접 간단하게 먹을 걸 만들 수는 있겠다만, 다른 사람들은 몇 시간 전에 점심을 먹었다."

밀로 부인은 부엌 시계를 가리켰고 밀로는 놀라서 입을 딱 벌리고 바라보았다. 오후 네 시 삼십 분이 지나 있었다.

"저녁은 여섯 시 경에 먹을 테니 너무 많이 먹지는 마라."

"엠포리움에는 타임워프 같은 게 있나 봐."

밀로는 중얼거렸다.

밀로가 읽고 있던 네 번째 이야기에선 누군가 막 고양이를 죽이려 하고 있었다.

등장인물의 이름은 넬이었고, 그런 행동을 하는 데는 그럴 만한 이유가 있었다. 도시 곳곳에서 홍수 때문에 사람들이 죽어 갔고(그

가운데는 넬의 가족도 포함되어 있었다), 왜 그런지 모르겠지만 고양이가 홍수를 멈추게 하는 열쇠였다.

고양이에게서 남은 것이라고는 뼈뿐이었을 때 넬은 불어난 강물 가장자리로 가서 뼈를 지면에 놓았다. 거품이 이는 강물이 뼈 하나만 남기고 다 가져갔다. 남은 뼈는 가장 부드럽게 도는 소용돌이에 붙들린 듯 천천히 돌았다. 그러고는 거세게 내려가는 흐름과 반대로 상류 쪽으로 미끄러져 가더니 시야에서 사라졌다.

밀로는 책에 정신이 팔린 채 햄 샌드위치를 한 입 베어 먹으며 강 상류 쪽에서 낯선 남자가 소녀를 향해 오더니 왜 자신을 불렀느냐고 묻는 장면을 읽었다. 넬은 어떻게 하면 홍수를 멈추게 할 수 있는지 물었고, 낯선 남자의 대답이 시작되었다.

"고아 마법이라고 불리는 마법이 있다."

밀로는 똑바로 앉았다. 고아라는 단어를 무시하기가 어려웠다. 마법이라는 단어가 덧붙여졌을 때는 특히.

"그것은 남아 있는 것, 혼자 있는 것의 마법이란다. 여러 면에서 절망의 마법이기도 하지. 하지만 절대 기회의 마법은 아니야. 남아 있다는 건, 남아 있을 운명이라는 뜻이지. 그건 특별한 거야. 유일무이하기 때문에 귀중하지. 살아남았기 때문에 힘을 지니는 거야. 나를 부른 고양이의 뼈는 하나지만, 자신의 일을 하려면 다른 뼈들과 분리되어야 한단다. 남은 뼈들과 연결되었을 때는 잠재력만 있지만, 분리되면 그 잠재력은 힘이 되는 거야."

정말이지 흥미로운 이야기였다.

겨울에는 당연히 밤이 일찍 찾아온다. 집 뒤편의 커다란 언덕 너머로 지는 해는 이미 하얀 잔디밭을 가로질러 길숙이 그림자를 드리우고 있었다. 밀로는 창가 커플 소파에 책상다리를 하고 앉아서 달가닥거리는 창유리를 통해 눈 덮인 대지를 통제하려고 분투하는 저녁노을의 색과 그림자를 바라보기도 하고, 거실에 있는 사람들의 조용한 인기척과 벽난로의 불이 타닥거리는 소리를 듣기도 했다. 밀로는 〈재담가의 비망록〉을 무릎 위에 펼쳐 놓고, 한 손으로는 남은 샌드위치를 움켜잡고 있었다.

다시 손님들 틈에 있으니, 네그렛은 그냥 평범한 밀로로 돌아왔다. 네그렛은 고워바인 박사가 왜 클렘 캔들러의 방에 몰래 들어갔는지 무척 궁금했지만, 평범한 밀로는 누군가 자신의 방에 몰래 들어와 뭔가를 가져갔다는 사실에 여전히 화가 나 있었다.

밀로는 몸을 돌려 불가에 앉은 통통한 남자를 바라보았다. 고워바인 박사는 히어워드 부인에 대해 줄곧 투덜댔지만(두 사람은 계속해서 언쟁거리를 찾아냈다), 파랑 머리 조지와 빨강 머리 클렘, 그리고 특히 메디가 있는 방에서는 거의 눈길을 끌지 않는 존재였다.

마치 자신에 대한 생각을 듣기라도 한 듯, 메디가 크리스마스트리 뒤에서 머리를 쑥 내밀었다. '왜?' 메디의 입 모양이 물었다. 밀로는 고개를 젓고 시선을 돌렸다. 빈지 씨도 거기 있었다. 늘 앉는 의자 속에 몸을 접어 넣고 새 양말(밝은 녹색과 노란색 아가일 무늬)을 자랑스레 내보이고 있었다. 빈지 씨는 앞에 책을 펼쳐 놓았지만 두 눈은 감고 있었다. 일전에 시린은 말했다.

'우린 이 사람들에 대해 아무것도 몰라. 그들이 누구며 왜 여기 왔는지 알아낼 방법을 찾아야 해.'

밀로는 생각에 잠겨 샌드위치를 한 입 베어 먹고 〈재담가의 비망록〉을 다시 덮었다. 그리고 발치에 놓인 배낭에서 모눈종이를 꺼내 1층의 지도를 그리기 시작했다.

메디가 커플 소파 옆자리에 털썩 앉으며 밀로가 그린 포치 칸막이와 거실, 이어서 식당, 이어서 부엌을 나타내는 커다란 사각형들을 바라보았다.

"오, 좋아. 1층 지도를 그리기 시작했는지 물어보려고 했거든."

메디는 잠시 조용히 앉아 있었고, 그동안 밀로는 세부적으로 계단과 식료품 저장실, 벽난로, 로비를 추가했다.

"우리가 다락을 엠포리움이라고 부른다면, 1층의 비밀 이름은 뭐라고 할까?"

밀로가 속삭였다. 메디가 생각해 보더니 대답했다.

"음, 많은 게임 세계에서, 누구나 정보를 얻을 수 있는 장소는 술집이나 살롱 같은 곳이야. 낯선 사람들이 만나 먹고 마시며 대화를 나누는 곳."

〈재담가의 비망록〉에서 홍수 때문에 고립된 여관은 '블루 베인 태번'이라고 불렸다.

"그럼 태번이라고 부를까?"

"좋아."

밀로는 1층의 새 이름을 또박또박 써 넣은 다음, 몇 분 더 지도를 그리다가 한쪽으로 치워 놓았다. 다시 배낭 속에 손을 넣으니 손가락에 열쇠고리가 부딪혔고 다음에는 하드커버로 된 안내서 〈길 위의 블랙잭들〉을 찾아냈다. 밀로는 열쇠들을 가방에서 꺼내 잠시 살펴보고는 주머니에 넣었다. 네그렛의 아버지가 여기 있다면 아들에게 어떤 조언을 해 주었을까?

밀로는 나이 먹은 블랙잭이 해 주는 강의를 상상했다.

'우리가 조사해야 하는 것은 적들만이 아니란다. 우리는 또한 언제나 스스로를 더 잘 알기 위해 노력해야 해.'

다행히 밀로에게는 네그렛이라는 캐릭터를 더 잘 이해하도록 도와주는 커다란 지침서가 있었다. 밀로는 〈길 위의 블랙잭들〉에서 '개요'라는 제목의 페이지를 펴고 편히 기대어 읽기 시작했다.

그 길은 속임수를 매우 잘 부린다. 길은 넓은 땅을 가로질러 구불구불 나 있고, 여러 갈래로 갈라지고, 사라졌다가 다시 나타나면서 지도를 조롱하고 심지어는 그 길을 가장 잘 아는 사람조차 낯선 곳으로 데려간다. 블랙잭이 그 길의 진정한 자식이라는 것은 전혀 놀랄 일이 아니다. 이상한 길과 마찬가지로 블랙잭은 마음대로 사라지고 다시 나타난다. 어떤 잠금장치도, 벽도, 숨겨 놓은 물건도 블랙잭으로부터 안전하지 않다. 사람도 마찬가지다. 블랙잭의 직관, 설득력, 속임수, 그리고 완벽한 도둑질은 전설이다.

개요 가운데 많은 정보는 지금은 당장 알 필요가 없다는 생각이 들었다. 밀로와 메디는 네그렛이 어떤 기술을 원할지 토론했고, 메디는 능력치에 대해 조금 설명했다. 하지만 데미지와 레벨, 익스플로잇, 히트, 미스, 모디파이어 같은, 밀로에게는 여전히 이해되지 않는 말이 대단히 많았다. 블랙잭이 지닌 각각 다른 힘이나 재주로 보이는 많은 익스플로잇은 격투와 관련이 있었는데, 그런 것들은 밀로가 생각하기에 자신과 시린의 게임 세상에서 필요하지 않아 보였다. 시린과 네그렛을 제외한 다른 플레이어들은 모두 현실 세계의 사람이었기 때문이다.

비록 이상한 길에서의 구체적인 작동 방법은 이해하지 못했지만, 유용하게 보이는 것도 몇 가지 있었다.

미풍의 통로: 당신의 발은 당신을 바람처럼 신속하고 보이지 않게 이동시켜 준다.

거절할 수 없는 말솜씨: 당신은 아무리 주저하는 사람이라도 당신의 부탁을 들어주도록 유도할 수 있다.

문라이터의 재주: 당신은 열쇠로 열리든 자물쇠 번호로 열리든, 잠금장치로 보호되는 어떤 물건이든 훔칠 수 있다.

밖에서는 눈발이 느려지기 시작했다.

그날 밤 저녁 식사는 불편했다. 적어도 밀로에게는 불편하게 느껴졌다. 방학 동안에는 보통 오지 않는 낯선 사람들로 둘러싸여 있었고 게다가 어떤 사람은 여전히 밀로에게 큰 신세를 지고 있었다. 더 중요한 것은 그들 가운데 누군가는 자신의 방에 왔다 간 도둑이라는 점이었다. 그 사람이 윌버 고워바인이 아니라면 그린글라스 하우스에 도둑이 두 명이나 있다는 뜻이었다. 밀로는 클렘을 도둑이라고 생각하고 싶지 않았지만, 캣 버글러에 대한 농담을 들은 뒤에는 그럴 가능성도 고려해야 한다고 생각했다.

밀로 앞에서는 다르게 행동하면서 밀로의 방에 들어왔던 사람을 찾아내야 했다. 그 사람은 밀로가 도둑을 발견했는지 궁금해하고 있을 것이다. 고워바인 박사가 그 도둑은 아니더라도 슬쩍 남의 방에 들어갔던 사람이니 적어도 조금이나마 죄의식을 보이는 품위는 지녀야 했다.

캐러웨이 부인이 저녁 식사는 뷔페로 한다고 선언하지 않았더라면 일이 더 쉬웠을 것이다. 밀로 엄마가 좋아하는 옛날 영국 살인 미스터리 드라마에서처럼 모두 같은 식탁에 둘러앉아 먹는다면 의미심장한 시선, 강요된 대화, 떨어뜨린 스푼, 그리고 짐작건대 어딘가 있을 단서들이 서로 섞여 있을 테니 말이다. 그런데 그렇지 않았다. 캐러웨이 부인과 파인 부인은 뿌리채소와 계란 국수를 잔뜩 넣은 고기구이를 만들었다. 추운 밤에 어울리는 완벽한 저녁 식사였다. 게다가 모두들 자기가 좋아하는 장소에서 먹고 있었다. 아침 식사용 탁자에서, 거실에서…. 파인 씨를 제외하고는 실제로 식당 탁자에 앉아서 먹는 사람은 없었다.

밀로는 얼굴을 찌푸리고 접시에 음식을 담았다. 영국 미스터리 탐정들은 밀로보다 일하기가 더 쉬웠을 것이다.

"밀로, 여기 와서 앉으렴."

파인 씨의 목소리가 밀로의 짜증을 방해했다.

밀로는 식탁으로 갔다. 접시를 조금 세게 내려놓았을지도 모른다. 밀로는 아빠가 앉은 벤치에 미끄러지듯 앉았다.

"괜찮으냐?"

파인 씨가 물었다.

"엄마랑 아빠는 너하고 많은 시간을 보낼 수 없어서 마음이 안 좋구나."

"이해해요."

밀로는 반사적으로 말했다. 사실 이해했다. 엄마 아빠가 손님들을 가족 모임에 끌어들인 것은 아니었으니 말이다.

"괜찮으냐?"

파인 씨가 후추에 손을 뻗으며 다시 물었다.

밀로는 아빠를 바라보았다. 아빠는 평소에는 대화를 해야 한다고 생각하는 사람이 아니었다. 파인 씨는 음식을 살피며 대수로운 질문이 아닌 척 예사로운 목소리를 내려고 애썼지만, 두 번 물었다는 사실 자체가 중요한 질문임을 의미했다.

"괜찮아요, 아빠. 기쁘다고 할 수는 없지만, 모두 그런대로 좋은 사람들 같아요."

밀로가 말했다.

'하지만, 누군가 내 방에 침입했어요.'

밀로는 왜 그 말은 하지 않았는지 자신도 몰랐다.

파인 씨는 파스닙과 소고기를 포크로 찔렀다.

"밀로, 지금이 겨울방학이란 걸 엄마 아빠는 잊지 않고 있단다. 그

걸 알아주었으면 좋겠다. 아직 크리스마스잖니. 비가 오든 눈이 오든 말이다. 너도 알겠지만."

"지금은 눈이 오는 거죠?"

"바로 그거야."

"네, 아빠."

밀로는 접시를 내려다보며 미소 지었다.

"어쩌면 이상한 길 게임도 할 수 있을 거고요. 아빠가 게임했던 걸 알고 있으니까요. 다락에서 아빠의 옛날 롤플레잉 게임 몇 가지를 발견했어요."

"내 게임을 발견했다고? 이상하네. 오래전에 우리 집 마당에서 벼룩시장을 열었을 때 다 팔아 버렸다고 생각했는데."

"아뇨, 위에 있던걸요. 그러니 언젠가 같이 게임을 할 수 있어요."

"그거 좋지. 하지만 밀로, 내가 말하고 싶은 건 네가 엄마나 나와 함께 할 시간이 필요하면 그냥 말하면 된다는 거야. 꼭 말해야 할 필요는 없겠지만, 며칠 동안은 그래도 된다. 알겠지?"

"알았어요."

"좋아."

파인 씨는 또 한 번 음식을 담아 오려고 일어서며 밀로의 이마에 와락 입을 맞추었다.

메디는 스테인드글라스 창 앞에 놓인 탁자 끝의 의자로 기어 올라갔다.

"나 왔어."

"네 음식은 어디 있어?"

밀로는 음식을 커다랗게 한 입 베어 물며 물었다.

"벌써 다 먹었어. 있잖아, 네그렛, 여기 멍청한 사람들에게 이야기를 좀 시키자."

시린은 방 안을 둘러보았다.

"이렇게 다들 따로따로 있으면 우리가 원하는 정보는 절대 얻지 못할 거야. 우린 단서가 필요해."

"나도 알아. 생각하고 있어. 넌 좋은 생각 있어?"

시린은 고개를 저었다.

"내가 아는 건, 우리가 무엇을 하든, 네가 말을 해야 한다는 거야."

시린은 황금 투명 망토의 옷깃을 똑바로 하고 네그렛을 날카로운 눈으로 바라보았다. 그리고 파인 씨가 두 번째 고기구이 접시를 갖고 돌아오자 서둘러 자리를 떴다.

밀로가 음식을 씹으며 낮은 목소리로 조금 툴툴거렸다.

"그래, 읽고 있는 책은 어떠냐? 조지가 빌려준 책 말이다."

파인 씨가 물었다. 밀로는 음식을 꿀꺽 삼켰다.

"꽤 괜찮아요."

그때 좋은 생각이 떠올랐다.

"깜박 잊고 있었네요."

밀로는 벤치에서 고개를 홱 돌리고 주위를 둘러보았다. 조지 모셀이 등을 돌리고 아침 식사용 탁자에 앉아 있었다.

"저, 조지?"

조지가 입에 포크를 반쯤 가져간 채로 뒤를 돌아보았다.

"왜, 밀로?"

"랜스디가운은 어떻게 되어 가요?"

조지는 포크가 도자기 그릇에 부딪치며 날카로운 소리를 내자 움찔했다. 밀로는 거실을 훑어보았다. 대부분은 시야에서 벗어나 있었지만, 소파 끝에서 클렘이 포크를 떨어뜨릴 때 뺨에 튄 그레이비소스를 닦아 내는 것이 막 눈에 띄었다.

"대체 랜스디가운이 뭐야?"

클렘이 물었다.

"시가 박스 카메라 이름이에요."

밀로는 조지가 왜 지금 살짝 불편해 보이는지 이상하게 여기며 말했다.

"멋진 카메라는 모두 이름이 있거든요."

밀로는 조지가 혹시 카메라에 이름을 붙인 걸로 놀림받을까 봐 걱정이 되는지도 모르겠다고 생각하며 덧붙였다.

"조지, 다 완성했어요?"

"그럼."

조지가 밀로에게 고맙다는 미소를 보이며 대답했다.

"원한다면 나중에 가져올게."

"네. 그럼 좋죠."

"나도 보고 싶어요."

클렘이 상냥하게 말했다.

"나도요."

히어워드 부인이 덧붙였다. 조지와 클렘은 놀라서 부인을 바라보았다.

"난 사진을 매우 좋아해요."

노부인은 약간 방어하듯 말했다.

"참, 그 책 지금까지 정말 좋아요."

밀로는 일어나 반쯤 먹은 음식 접시를 거실로 가져가며 덧붙였다.

"저는 이야기 설정이 가장 마음에 들더라고요."

밀로는 난로 바닥에 앉으며 주위를 둘러보았다. 그 순간 진행되던 대화는 그것뿐이었으므로 모두들 적어도 절반은 듣고 있는 것 같았다. 밀로는 설명했다.

"여기처럼 여관에서 일어나는 일이에요. 손님들은 비와 홍수 때문에 모두 갇혀 있어요. 그래서 매일 밤, 손님 가운데 누군가가 이야기를 한다는 설정이에요."

"〈재담가의 비망록〉을 읽고 있니? 아니면 〈할리 트리 여관〉?"

히어워드 부인이 물었다.

"〈재담가의 비망록〉이에요."

밀로는 대답했다.

"그 책을 아세요? 말씀하신 다른 책은 뭐예요?"

"〈할리 트리 여관〉이야."

히어워드 부인이 되풀이했다.

"디킨스 작품이지. 적어도 부분적으로는 디킨스가 썼단다. 비슷한 구조의 작품이야. 어떤 사람들은 〈재담가의 비망록〉의 이야기들이 〈할리 트리 여관〉을 본뜬 것이라고 생각하지."

조지가 접시를 옆으로 치웠다.

"민담에 대해 많이 아시나요, 히어워드 부인?"

조지는 부인 옆자리에 앉으며 공손하게 물었다.

"조금 알아요."

히어워드 부인의 말에는 망설이는 기색이 기어들었다.

"아주 조금요. 난 나이가 먹었고 늘 독서를 좋아했어요."

사실일 수도 있다고 밀로는 생각했다. 하지만 히어워드 부인이 말하니 거짓말처럼 느껴지려고 했다. 밀로는 관찰한 것을 마음에 잘 간직해 두며 나중에 다시 생각해 보기로 했다.

'거절할 수 없는 말솜씨, 당신은 아무리 주저하는 사람이라도 당신의 부탁을 들어주도록 유도할 수 있다.'

밀로는 아직 주머니 속에 들어 있는 네그렛의 블랙잭 열쇠를 만졌다. 분명 네그렛의 아버지는 아들이 그것을 활용할 수 있다고 확신했을 거다.

"재미있는 게 뭔지 아세요?"

밀로는 방금 생각난 것처럼 보이도록 애쓰면서 물었다.

"우리 모두 이야기를 하나씩 해 보면 어떨까요? 우리는 서로 모르는 사이인데, 한 여관에 함께 있잖아요. 꼭 이 책에 있는 것처럼요."

'여러분이 어떻게 여기 오게 되었는지 각자 이야기하는 거예요.'

밀로는 그렇게 덧붙일까 생각했지만, 너무 구체적인 제안일 것 같았다. 마음속 뭔가가 여기에 있는 모든 사람이 그 질문에 기꺼이 정직하게 답하지는 않을 거라고 말했다. 누가 어떤 이야기를 고른다면 모두 같이 듣게 될 거다. 그리고 각각 어떤 이야기를 고르든, 밀로는 적어도 그 이야기를 하는 손님에 대해 뭔가를 알 기회를 갖게 될 것이었다.

아무튼 시도해 볼 가치는 있었다.

"좋은 생각이구나, 밀로."

파인 부인이 말했다.

"여러분이 식사를 마치는 동안 캐러웨이 부인하고 제가 펀치를 좀 만들 테니, 그 뒤에 이야기를 들으면 어떨까요? 독한 술에 설탕과 뜨거운 물을 넣은 토디를 원하는 분이 있으면 위스키가 있답니다."

밀로는 환하게 웃었다.

"설거지는 제가 도와드릴게요."

밀로는 아버지의 충격받은 표정을 무시했다. 밀로는 설거지를 싫어했다. 하지만 네그렛에게는 계획이 있었다. 네그렛은 접시를 치우러 한 사람 한 사람을 지나다닐 때 손님들이 자신의 제안을 어떻게 받아들이는지 가늠해 볼 기회를 갖게 될 거다.

밀로는 방을 가로지르며 얼굴에 명랑한 미소를 띠고 접시와 포크, 나이프를 거두었다. 미소 뒤에는 에스칼라되르가 한 사람 한 사람 주의 깊게 살피고 있었다.

조지가 첫 번째였는데, 조지의 웃음은 진심 같았다.

"네가 그런 생각을 하다니 기쁘구나."

조지는 그렇게 말하며 나이프와 포크가 한쪽으로 깔끔하게 놓인 접시를 건네주었다.

"어쩌면 서로 낯선 느낌을 더는 데 도움이 될지도 모르겠어. 우리 모두가 함께 있으니 그 편이 더 낫겠지, 안 그래?"

히어워드 부인은 접시를 내주면서 조금 당황한 듯 보였다.

"할 이야기가 생각난다면야."

부인이 말했다.

"어떻게 이곳에 오시게 되었는지 이야기해도 되지요."

밀로는 부인이 어떻게 말하는지 보려고 제안했다.

"아, 아냐."

노부인은 즉시 대답하며 머리를 신경질적으로 쓸어 넘겼다.

"그건 재미없어. 난 겨울 연휴에 여행을 하고 싶었고, 이곳에 오게 된 거야. 재미있는 이야기는 없어."

민담에 대해 많이 아느냐는 조지의 질문에 답했을 때와 마찬가지로 거짓말이라는 느낌이 들었다. 정확히 말하면 거짓말은 아닐지도 몰라. 네그렛은 생각했다. 사실일지도 모르지만, 전부가 진실은 아니야.

고워바인 박사는 접시를 넘겨준 다음 조심스레 나이프와 포크를 그 위에 올려놓았다. 박사는 아무 말도 하지 않고 네그렛을 유심히 바라보며 스웨터 주머니에서 가죽 파우치를 꺼냈다. 그리고 고개를 한 번 까딱하고 파우치에서 파이프를 꺼내 들고 로비로 가서 코트를 입었다. 그런 다음 다시 거실을 가로질러 건물 옆에 있는 칸막이 흡연실로 통하는 문으로 사라졌다.

네그렛은 심장이 빨리 뛰는 것을 느끼고 마음을 가라앉히기 위해 심호흡을 했다. 박사는 분명 비밀이 있었다.

"책에서 사람들은 어떤 종류의 이야기를 하는데?"

클렘이 궁금해했다.

"몰라서 묻는 말인데, 이런 경우에 어울릴 만한 이야기라든가 그렇지 않은 이야기 같은 게 있어?"

클렘이 머리를 긁적였다.

"솔직히 난 전에 이야기를 해 본 적이 있는지 없는지도 모르겠어."

"이야기를 해 본 적이 없다고요? 한 번도? 아무에게도? 틀림없이 하셨을 거예요."

네그렛이 말했다.

"아무튼 이렇게는 안 해 봤어."

클렘이 말했다.

"그런 이야기는 하루를 어떻게 보냈는지 이야기하는 것과는 좀 다르잖아?"

네그렛은 클렘의 말이 맞는 것 같다고 말하려다가 멈추었다.

"하고 싶은 이야기는 뭐든 괜찮아요. 중요한 건 뭔가를 다른 모두와 나누는 거니까요. 재미있을 거예요. 말씀하신 뜻이 그거라면 퍽 잘하실 거예요."

"재미있을 것 같긴 해."

클렘이 생각에 잠겨 말했다.

"난 오늘 밤은 그냥 듣기만 하고 이야기는 내일 할게."

클렘은 조지에게 말머리를 돌렸다.

"어떻게 해서 카메라에 그런 흥미로운 이름을 지었는지 이야기해 줄 수도 있겠네요, 파랑 머리 친구."

조지가 조금 난처한 미소를 지었다.

"어떻게 이야기할지 그쪽에서 말해 주셔도 될 듯해요, 빨강 머리 친구."

"어쩌면."

클렘이 생각에 잠겨 말했다.

"어쩌면 그럴지도 모르죠."

"저도 그 이야기가 몹시 듣고 싶어요."

히어워드 부인이 아주 조금, 아주 이상하게 눈살을 찌푸리며 말했다.

왜 다들 카메라에 관심을 갖는지 기이했다.

빈지 씨가 마지막이었다. 빈지 씨는 여전히 구석 의자에 앉아 팔로 접시의 균형을 잡고 있었다. 빈지 씨는 접시를 넘겨주기 전에 네그렛을 매우 날카롭게 훑어보았다. 마치 네그렛의 속셈을 정확히 알고 있는 것 같았다. 또한 그것을 알면서도 만약 자신이 이야기에 동참한다면 나름의 이유가 있음을 알리고 싶은 듯했다.

그런 다음 빈지 씨는 눈을 깜박이며 한쪽 입가를 조금 비스듬히 들어 올리는 미소를 지으면서 커다란 거북딱지 안경을 고쳐 썼는데, 네그렛은 빈지 씨가 눈에 갇힌 채 따분해하는 손님들밖에 없기에 의미를 찾고 있었던 건 아닐까 하는 생각이 들었다.

캐러웨이 부인은 식당과 부엌이 통하는 곳에서 네그렛을 만나 접시 더미를 덜어 주었다.

"고맙다, 밀로. 도와주었으니 최고로 특별한 핫 초콜릿을 만들어 줄까?"

설거지가 끝나자 식후 커피와 편지, 그리고 리지 캐러웨이의 유명한 레드벨벳 케이크가 나왔다. 그린글라스 하우스에 묵는 열한 명의 사람이 거실에 모였다. 처음부터 특이한 집단이었지만, 함께 모여 서로 빤히 쳐다보고 있으니 전보다 더 특이해 보였다. 물론, 지금은 밀로가 네그렛의 눈을 통해 보고 있긴 했다. 그것은 차이가 있었다.

거실 분위기 역시 전보다 더 낯설었다. 이 집단은 전체적으로 초조함과 기대와 호기심과 의심이 조합된 팽팽한 긴장감을 발산하고 있었다.

"자, 누가 먼저 하실래요?"

네그렛이 마침내 할 수 있는 한 천진난만하고 명랑하게 물었다.

손님들은 서로 이 사람에게서 저 사람에게로 눈길을 돌렸다. 네그렛은 빈지 씨를 흘낏 바라보며 자신이 아가일 양말을 신은 남자가 목소리를 높여 주기를 진심으로 바라고 있음을 깨닫고 깜짝 놀랐다. 하지만 빈지 씨는 컵을 저으며 스푼을 부드럽게 그러나 날카롭게 내려다보고 있었다. 이야기를 하지 않을 것이 분명했다. 아무튼 아직은 아니었다. 밀로는 고워바인 박사를 바라보았지만, 그 역시 침묵을 지켰다.

마침내, 히어워드 부인이 머그잔 가장자리를 스푼으로 톡톡 두드렸다.

"제가 할 수 있을 것 같습니다."

부인은 점잔을 빼며 말했다. 모두의 눈이 부인에게 향했다.

"우리 집은 아주 오래되고 아주 존경받는 가문입니다."

노부인은 명상에 잠겨 차를 저었다.

"아마도 내 아버지가 들려주신 가문 대대로 전해 내려오는 이야기 하나가 적당할 것 같습니다. 그 가운데 아버지가 '바보만이 운명을 비웃는다'라고 불렀던 이야기를 해 드릴까 합니다. 자, 여러분, 들어 보십시오."

"듣고 있습니다."

고워바인 박사가 투덜댔다.

히어워드 부인이 쏘아붙이려고 입을 벌리는데, 조지가 먼저 대답했다.

"아니에요, 박사님. 그건 옛날 민담을 전승할 때 이야기를 시작하는 방식이에요. 이야기꾼은 그렇게 청중들에게 이야기의 시작을 알린답니다."

네그렛은 조지가 무엇을 말하는지 깨닫고 말했다.

"네. 〈재담가의 비망록〉에서도 몇몇 이야기들은 그런 식으로 시작해요."

히어워드 부인은 팔짱을 꼈다.

"다들 준비되셨다면."

고워바인 박사가 눈동자를 굴렸다.

"방해해서 죄송합니다."

"괜찮습니다. 이제 들어 보십시오."

노부인이 고상하게 말했다.

제 5 장

방랑자와 유령

"자, 시작합니다. 옛날에 만 옆 작은 도시에 한 젊은이가 살았습니다. 이름은 줄리안 로머였는데, 북쪽에 있는 아주 조금 더 큰 도시의 해안으로 일을 다녔습니다. 바다 옆에 난 길을 따라 약 9킬로미터를 하루에 두 번 걸어 다녔지요. 바다를 보며 걷노라면, 해초로 덮인 잔잔하게 물결치듯 이어지는 높은 모래 언덕이 나왔고, 그다음엔 포장이 잘 되어 있지 않아 작은 돌멩이들이 줄리안의 낡은 신발 속으로 들어와 발을 괴롭히는 길이 나왔습니다. 마치 돌멩이들이 길 상태에 당황해서 무슨 수를 써서라도 길에서 도망치고 싶어 하는 것 같았지요."

"로머라고요? 방랑자라는 뜻의 로머 말이지요?"

이번에는 조지가 말을 가로막았다.

“이제부터가 이야기의 시작입니다.”

히어워드 부인은 앙다문 입으로 말했다.

“방랑자요?”

네그렛이 물었다. 〈재담가의 비망록〉에도 ‘쐐기풀밭의 방랑자’라는 이야기가 있었지만, 아직 읽지는 못했다.

“로머는 어떤 사람들이에요?”

네그렛은 꼭 알아야 할 것이 있었으나 잘 기억나지 않았다. 메디는 네그렛의 캐릭터를 만들 때 로머를 언급했지만, 기억나는 것은 그것뿐이었다.

“민담에 나오는 방랑하는 사람들이야. 길에서 사는 떠돌이들이지. 보통은 특수한 길에서 살아.”

조지는 쏘아보는 히어워드 부인에게 즐겁게 미소 지었다.

“죄송해요.”

“부디 이야기를 망치지 말았으면 좋겠네요. 이야기를 계속하겠습니다. 어느 여름밤, 줄리안이 집으로 걸어가고 있었습니다. 하늘이 그토록 경이롭고 아름다운 건 오랜만이었지요. 완벽하게 맑았고, 하얀 페인트로 곱게 스프레이를 뿌려 놓은 듯 별들로 가득 뒤덮여 있었습니다. 밤이 아주 밝아서 줄리안은 램프를 끄기까지 했답니다. 이 멋진 분위기를 망치는 단 한 가지는 신발 속에 들어 있는 특별히 아픈 돌멩이였습니다.

줄리안은 걸음을 멈추고 신발을 벗어던지며 중얼거렸습니다. ‘돌멩이들이 날 좀 내버려 두었으면 좋겠어. 정말이지, 길을 고칠 수 있도록 이 도시의 시장이 되었으면 좋겠어.' 그건 별 생각이나 의미 없이 누구든 언제라도 말할 수 있는 것이었지요. 하지만 정확히 그때 마침 하늘에서 별똥별이 떨어지고 있었습니다.

별똥별에 소원을 빌 수 있다는 것은 누구나 알지요. 적어도 어렸을 때 들어 본 적 있을 겁니다. 소원이 확실하게 이루어지는 단 한 가지 방법은 별이 사라지기 전에 큰 소리로 말하는 것입니다. 하지만 누구나 그 사실을 아는 건 아니고 또 그렇게 하기는 거의 불가능하지요. 그런데 막 별이 떨어지기 전에 두 번째 소원이 입 밖으로 나왔기에 줄리안은 그렇게 할 수 있었습니다. 정작 줄리안 자신은 하늘에 소원을 빌 별똥별이 있는지조차 깨닫지 못했지만요.

줄리안이 자갈을 털어 내고 다시 신발 끈을 묶고 있는데, 모래 언덕에서 목소리가 들렸습니다.

'젊은이, 다시 한 번 말해 주겠나?'

목소리가 말했습니다.

줄리안이 돌아보니 모래 언덕을 넘어오는 이상한 형체가 보였습니다. 물에 흠뻑 젖은 모습이었지요.

'뭐라고 말씀하셨나요?'

줄리안은 남자가 다가오자 물었습니다. 낯선 남자는 은빛 연미복을 입고 있었는데, 팔꿈치와 옷깃에 천이 검게 탄 부분이 있었습니다. 바지는 좀 더 어두운 백랍빛이었는데, 역시 무릎 부분에 탄 자국이 있었습니다. 남자는 마치 방금 물에서 나온 것처럼 온통 젖어 있었습니다.

'소원을 다시 한 번 말해 달라고 부탁했네.'

남자가 귀 덮개가 달린 은빛 가죽 모자를 넓적다리에 탁탁 쳐서 물기를 털며 말했습니다.

'바람 때문에 잘 듣지 못했거든. 사실, 처음부터 다 귀 기울여 듣고 있었다고는 할 수 없네. 아무도 제때에 소원을 말하는 사람은 없거든. 하지만 난 고맙다는 말을 꼭 해야 하고, 또 딱히 그럴 의무는 없더라도 그대의 소원을 들어주고 싶네. 어쨌든 그대는 내 목숨을 구했으니까.'

그런 다음 낯선 남자는 손을 내밀었습니다.

'난 베틸러스라고 하네. 뻔한 말을 또 하는 셈이겠지만 난 별똥별일세. 자, 그대의 소원은 무엇이었지?'

줄리안은 눈을 동그랗게 뜨고 남자를 바라보았습니다. 하지만 자신이 금방 말한 소원을 베틸러스라는 이름의 낯선 남자가 들어주겠다고 제안하고 있다는 것 정도는 이해했지요. 줄리안은 방금 다시 신은 신발을 내려다보고 앞으로 가야 할 긴 길을 바라보았습니다.

'길을 고칠 수 있도록 시장이 되었으면 좋겠다고 한 것 같은데요.'

줄리안이 조심스레 말했습니다.

베틸러스는 상을 찌푸렸습니다.

'시장이 되고 싶다고? 정말로? 길을 고치는 것에 대해 아는 게 있는가?'

줄리안은 생각해 보았습니다.

'글쎄요, 시장이 되면 길 고치는 일을 직업으로 가진 사람이 저를 위해 일해 줄 거라고 생각했는데, 아닌가요?'

별똥별은 경멸하는 눈으로 그들이 서 있는 땅바닥을 보며 말했습니다.

‘솔직히 말하지만, 만약 그대의 시장이 그런 일을 원하는 사람이었다면 이 길은 벌써 그대가 만들려 했던 길의 모습을 하고 있을 걸세.’

별똥별은 모자에서 물을 조금 더 짠 다음 머리에 썼는데, 모자를 쓴 머리가 총알처럼 보였습니다.

‘이보게. 시장은 확실하게 될 걸세. 그 소원은 들어줄 수 있네. 하지만 좋은 시장이 되기를 원한다면, 그런 시장은 매우 소수인 것 같으니 말이네만, 그건 그대의 운명이 정해 주는 것이네. 운명을 거스르는 소원은… 언제나 좋지 않아. 바보만이 운명을 비웃는 법이지.’

‘제 생각에는 바보만이 운명에 의지하는 것 같습니다. 어떻게 행동하기도 전에 내가 무엇이 될지 운명이 결정할 수 있지요?’

줄리안은 볼멘소리를 했습니다.”

네그렛은 앉아 있던 난로 가장자리에서 자세를 바꾸었다. 운명이라는 것을 생각하니 갑자기 묘하게 불편했다. 아까 전에 시린이 ‘넌 뭐가 되고 싶은데?’라고 물었을 때 느꼈던 것과 비슷한 불편함이었다. 어쩔 수 없이 그런 생각은 자신의 인생이 조금 다르게 시작되었더라면 어땠을까 하는 궁금증으로 귀착되었다. 또는 어쩌면, 운명이란 것이 있다면, 그건 결국 중요하지 않을지도 몰랐다. 결국 파인 가족의 일원으로 여기 그린글라스 하우스에 오게 되었을 테니 말이다.

이런 생각의 사슬은 죄의식을 불러일으켰다. 만약 누가 네그렛의 생각을 읽을 수 있다면 그 사람은 밀로가 파인 부부에게 오지 않았기를 바란다고 생각할 것이기 때문이다. 그러나 그건 사실이 아니었다. 그냥 그것을 궁금해하지 않는 게 불가능했을 뿐….

네그렛은 다시 히어워드 부인에게 주의를 돌렸다. 부인은 이야기를 계속했다.

"별똥별은 비판적인 태도를 사과했습니다.

'그저 억겁의 세월 동안 관찰한 데서 나온 개인적인 의견일 뿐이니, 곧이곧대로 받아들이지 않기를 바라네. 그대가 정말 시장이 되고 싶다면 말만 하게. 내가 들어줄 테니.'

그러나 이때쯤 줄리안은 이미 소원을 다시 생각하고 있었지요. 아까 소원은 어쨌든 좀 충동적이었으니까요. 줄리안은 말했습니다.

'당신 말이 맞을지도 모르겠습니다. 솔직히, 아까 그 말을 한 이유는 신발에 돌멩이가 들어왔기 때문이거든요.'

베틸러스가 말했습니다.

'그렇다면 돌멩이 방지 신발은 어떤가. 그건 쉽게 할 수 있어.'

'그건 소원을 낭비하는 것 같습니다.'

'전혀 그렇지 않네. 절대 닳지 않는 돌멩이 방지 신발은 당장 쓸모가 있고 또 마법의 혜택이 없으면 완전히 불가능하지. 소원을 빌기에 딱 좋은 거야. 사실, 그건 너무 완벽한 소원이라 공짜로 들어주겠네. 그리고 다음번에 그대와 내가 마주칠 때 진짜 소원이 뭔지 말해 주게나. 어쨌든 그대는 내 목숨을 구했으니까.'

그러면서 별똥별은 주머니에 손을 넣더니 먼지를 한 줌 꺼내 줄리안의 발에 뿌렸습니다. 그 즉시 줄리안은 신발 밑창이 빳빳해지고 끈이 조여지는 것을 느꼈습니다. 심지어 신발 가죽과 피부 사이에 있는 양말도 두꺼워졌습니다. 은빛 코트를 입은 별난 사내는 허리를 굽혀 조약돌을 집어 줄리안에게 내밀었습니다.

'그게 절 괴롭히던 돌멩이인가요?'

줄리안이 물었습니다.

'이젠 괴롭히지 못하지.'

베틸러스가 돌멩이를 줄리안의 손바닥에 놓으며 말했습니다.

'자네가 말하려 했던 소원이 무엇인지 상기시켜 줄 걸세.'

별똥별 베틸러스는 줄리안과 악수를 하고는 돌아서서 가던 길을 갔습니다.

베틸러스가 시야에서 사라지자 줄리안은 손바닥의 돌을 흔들며 집으로 향하면서, 베틸러스를 다시 만나게 될 때 진짜 소원을 무엇으로 할까 생각했습니다.

'글쎄… 시장이 되기를 바라지는 않을 거야.'

줄리안은 돌멩이를 어깨 너머로 톡 던져 버리고는 큰 소리로 말했습니다.

'아마 내가 직접 길을 포장하기에 충분한 돈을 바랄 수도 있어.'

아시겠지만 줄리안의 행운이 얼마나 큰 것이었냐 하면, 부주의하게 던져 버린 조약돌이 잡초들에 뒤덮이고 오래된 데다, 사람들에게 잊힌 우물 속에 빠졌는데, 마침 성스러운 우물이었던 것입니다. 옛날이야기에서 소원을 들어주는 우물이라고 부르는 것 말이지요."

"그런 행운이 있는데 누가 소원이 필요해?"

시린이 크리스마스트리 뒤에서 물었다.

"쉿."

네그렛이 낮게 말했다. 모두가 돌아보자 네그렛은 얼굴이 빨개졌다.

"죄송합니다."

히어워드 부인은 살짝 못마땅한 듯 헛기침을 한 뒤 이야기를 계속했다.

"물론 줄리안은 그 사실을 알지 못했습니다. 작은 돌멩이가 어디에 떨어졌는지 알지 못한 채 그냥 별에게 빌 소원을 생각하면서 계속 걸어갔지요. 그런데 뒤에 있던 잊힌 우물로부터 검은 물이 콸콸 솟아오르며 이끼 낀 돌 위로 쏟아져 나오더니 길옆 육지 쪽에 서 있는, 바람에 뒤틀린 관목들 사이로 흐르는 것이었습니다. 물은 오르락내리락 계속 흘렀고, 점점 더 많아지면서, 곧바로 줄리안에게 향했습니다. 줄리안은 신발 뒤에서 물이 튀기기 전까지는 다행스럽게도 알아차리지 못했습니다. 바로 그때, 어떤 여자의 목소리가 관목 쪽에서 서쪽을 향해 외쳤습니다.

'이보게 젊은이, 다시 한 번 말해 주게나.'

줄리안은 개울로 변한 길옆의 바위로 올라가서 덤불 속을 자세히 들여다보았습니다. 바로 그때 목소리의 주인이 우물에서 간신히 몸을 끌어내어 줄리안을 향해 성큼성큼 걸어왔습니다. 여자는 충충한 회색 드레스를 입고 있었고, 머리는 베틸러스의 양복과 똑같은 은빛이었지만, 피부색은 검은 물처럼 어두운 색이었습니다. 그것은 빛이 부딪치는 각도에 따라 회색이나 검정, 갈색, 녹색, 또는 무슨 색이든 되었습니다.

'그 말을 다시 해 주겠나?'

여자가 물었습니다.

'잘 듣고 있지 않았거든. 나의 우물은 너무나 오래되었고, 누군가 우물을 발견해서 소원을 비는 일은 아주 드물어서 말이야. 귀 기울

여 들었어야 했는데 그러지 못했다는 걸 고백하네.'

여자는 줄리안이 던졌던 조약돌을 내밀었습니다.

'이거 그대 것 같은데.'

방금 전에 별똥별을 만났기 때문에 줄리안은 이 낯선 여자의 갑작스런 출현에도 용케 침착함을 회복했습니다. 줄리안은 자신을 소개했고 아름다운 드레스를 입은 여자는 손을 흔들며 말했습니다.

'내 이름은 윌이라고 하네. 그대가 원했던 것을 다시 한 번 말해주겠나?'

줄리안은 이번에도 별생각 없이 한 말이었습니다. 진짜로 뭔가를 원했기 때문은 아니었지요.

'돈을 원했습니다.'

줄리안은 시인하다가, 꽤 이기적으로 들려서 덧붙였습니다.

'길을 포장하려고요.'

윌은 비난하는 눈으로 줄리안을 바라보았습니다.

'그런 소원을 빌라고 해도 될지 모르겠구나.'

마침내 여자가 말했습니다.

'진정 그대가 원하는 것이라면 허락하지. 그대는 좋은 사람 같군. 내 경험상 그런 소원은 절대 결과가 좋지 않아. 인간이 돈을 요구하기 시작하면 문제가 생기더군. 돈은 사람 생각대로 움직이지 않지. 또 운명의 문제가 있어. 운명을 이기려 하면 좋은 결과가 생기지 않아. 바보만이 그런 짓을 하지.'

또 운명 이야기가 나오자 줄리안은 한숨을 쉬었습니다.

'제가 운명을 믿는지는 저도 잘 모르겠어요. 하지만 당신 말씀이

옳아요. 사실 누군가 들어주기를 바라면서 소원을 빈 건 아니고, 그저 생각을 큰 소리로 말했던 거예요.'

줄리안이 말했습니다.

'어쨌든 소원을 들어주지 않고는 돌아가지 않을 거야.'

여자가 말했습니다.

'내가 우물 밖으로 나오기까지 얼마나 오래 걸렸는지 아느냐? 내게 할 일을 다오, 부탁이다. 저 우물 속은 외로워. 더욱이 내가 소원을 들어주면 십 년 동안 우물 밖에 있어도 된단다.'

줄리안은 특별히 원하는 것이 없었습니다. 정말 없었습니다. 하지만 윌이 원하지 않는데 우물로 돌아가게 하고 싶지는 않았지요.

'글쎄요. 아까 소원을 말할 때는 길을 고칠 생각만 했습니다. 길에 깔린 부서진 돌멩이들만 없애도 개선될 거예요.'

윌은 곰곰 생각했습니다.

'나쁜 생각은 아니로군. 우선 길에 깔린 부서진 돌멩이들이 없어지기를 바라는 소원은 들어줄 수 있네. 진짜 소원은 다른 때 말해 주면 되네.'

순간 줄리안은 소원을 들어준다는 이상한 존재들이 왜 그토록 소원을 거저 들어주고 싶어 하는지, 왜 다시 마주칠 거라고 생각하는지 의아했습니다. 하지만 윌은 벌써 그를 향해 걸어오고 있었지요. 작은 홍수 위로 여자를 나르는 발걸음은 수면을 스치는 곤충처럼 가벼웠습니다. 여자는 줄리안의 손을 잡고 조약돌을 쥐어 주고는 줄리안의 입술에 입을 맞추었습니다. 여자가 뒤로 물러났을 때 물 밑의 깨진 포석은 사라지고 발을 찌르는 돌멩이는 단 한 개도 보이지 않았습니다.

'그럼 다시 만날 때까지!'

여자는 그렇게 외치고 역시 북쪽으로 사라졌습니다. 숨겨진 우물의 물이 길고 우아한 가운 자락에 끌리듯 끌려갔습니다.

줄리안은 손가락을 입술에 대고 여자가 사라지는 모습을 지켜보았지요. 늘 걷던 길에서 조금 벗어나 꿈속을 헤맨 것 같은 느낌이었어요. 줄리안은 다시 걷기 시작했습니다.

더러운 길은 깨진 포석보다 나았지만, 우물물이 빠졌어도 많은 진흙이 남겨져 있었습니다. 줄리안의 신발은 개선되어 진흙이 잘 들어오지 않았지만, 그렇다고 걷는 것이 쉽지는 않았습니다. 그래서 몇 미터를 더 걸어간 줄리안은 길에서 조금 벗어나 야생 자두나무 덤불을 발견하고 지팡이로 삼으려고 가지를 잘랐습니다. 그런 다음 가던 길로 돌아와서 계속 걸어갔습니다.

'소원이라, 소원, 소원.'

그렇게 중얼거리며 걸었습니다. 이제 만일의 경우를 위해 두 가지 소원을 모아 두었기에 줄리안은 베틸러스와 윌에게 어떤 종류의 소원을 말할지 생각해 내려고 애를 썼습니다. '바보만이 운명을 조롱한다'라고 베틸러스는 말했고, '운명을 이기려고 하면 일이 잘 풀리지 않는다'라고 윌이 충고했지요. 하지만 줄리안은 여전히 자기가 운명을 믿는지 알지 못했습니다.

'혹시 쓸모 있는 소원을 빌면 내게 정해진 운명이 있는지, 있다면 어떤 운명인지 알게 될 거야.'

줄리안은 골똘히 생각했습니다.

줄리안은 말없이 몇 미터를 걸어갔습니다. 그런데 새로운 목소리가 큰 소리로 말했습니다. 믿을 수 없을 정도로 가까이서 들렸습니다.

'제대로 말하시오, 제발! 그대가 제대로 말하지 않으면 난 아무것도 할 수 없소.'

깜짝 놀란 줄리안은 지팡이를 떨어뜨리고 한 바퀴 빙글 돌았지만 아무도 보이지 않았지요. 그는 혹시 무심코 또 다른 별에게 소원을 빌었나 싶어서 모래 언덕 쪽을 바라보았습니다. 엉덩이를 툭툭 털고 덤불 안을 자세히 들여다보았지만, 돌은 아직 주머니 안에 있었고, 이상한 물이 길로 몰려들지도 않았습니다. 그러다 뒤를 돌아다보니 어떤 깡마른 생물체가 진흙탕에서 벌떡 일어서는 것이 보였습니다. 줄리안의 지팡이에 팔다리와 좁다란 얼굴이 생겨나서는 나무껍질 색깔 양복에 묻은 진흙을 털고 있었습니다.

'대체 누구신지요?'

줄리안은 당황해서 물었습니다. 별똥별과 소원을 들어주는 우물은 적어도 전에 들어 본 적이 있었지만, 소원을 들어주는 지팡이 인간이라니…. 그건 또 다른 것이었지요.

'나는 소원을 들어주는 막대기다.'

깡마른 남자가 자존심에 상처를 입고 말했습니다.

'그대가 야생 자두나무에서 나를 꺾었을 때 생명을 얻은 내게 소원을 빌었지.'"

"소원을 들어주는 막대기요? 그런 건 들어 본 적도 없군요."

고워바인 박사가 비웃었다.

"부디 말을 가로막지 말아 주실래요?"

히어워드 부인이 요구했다.

고워바인 박사는 히어워드 부인에게서 조지에게로 눈길을 돌렸다. 박사는 조지를 민담의 권위자에 가장 가까운 사람이라 생각하기로 마음먹은 듯 보였다. 고워바인 박사가 조지에게 물었다.

"소원을 들어주는 막대기 같은 게 있나요?"

조지는 어깨를 으쓱했다.

"이야기에 나오는 것 같아요, 박사님. 소원을 들어주는 나무 이야기를 들은 적이 있으니, 소원을 들어주는 막대기가 아주 터무니없지는 않은 듯싶어요. 아무튼 이야기잖아요."

조지가 비난하듯 말했다. 히어워드 부인이 고워바인 박사에게 상을 찡그리며 큰 소리로 말했다.

"'전 줄리안이라고 합니다.'

줄리안이 말했습니다.

'난 슬로라고 하오.'

남자가 말했습니다. 슬로는 야생 자두란 뜻이지요.

'만나서 기쁩니다. 자, 줄리안, 소원을 제대로 표현해 주시겠소? 그렇다면 다음 단계로 갈 수 있을 테니까요.'

'만약 내게 운명이 있는지, 있다면 어떤 것인지 알고 싶다고 바랐던 것 같습니다.'"

네그렛은 조금 앞으로 다가가 앉았다.

'이건 그냥 이야기야. 아무 의미도 없어.'

네그렛은 스스로에게 상기시켰지만, 네그렛 자신의 운명을 거론하고 있기라도 한 듯이 무척 답을 듣고 싶었다.

“줄리안은 더 나은 부탁을 하려면 어떻게 해야 하는지 슬로의 설교를 들을 각오가 되어 있었지요. 소원을 들어주는 다른 두 존재와 만난 뒤부터 줄리안은 자기가 소원을 비는 요령이 없다고 생각하는 중이었으니까요. 하지만 정작 슬로는 이렇게 말했습니다.

‘그건 두 가지 소원이니 한 가지만 고르시오. 정말 알기를 원하는 것 말이오. 난 사람들이 이 모든 것을 운명에 투입하는 게 전혀 이해가 되지 않았소이다. 바보들만 운명에 의존하는 법이오.’

‘동의해요!’

줄리안이 외쳤습니다.

‘오늘 밤 운명을 거스르는 소원을 비는 건 바보라는 말을 두 번이나 들었습니다. 어떻게 운명에 대해 걱정하면서 무슨 일을 시작할 수 있겠습니까?’

‘그건 아닐 것 같소만. 게다가 만약 운명이 존재한다고 해도, 단 한 번의 소원으로 좌절시킬 수 있는 것이라면 운명이란 건 별로 쓸모 있어 보이진 않소이다. 하지만 전에 말했던 소원들이 무엇이었는지 들려주시겠소?’

슬로가 대답했습니다.

줄리안은 어떤 소원을 빌었는지 이야기했습니다. 야생 자두 남자는 귀를 기울이며 이따금 고개를 끄덕이고, 한두 가지 질문을 던지기도 했습니다. 그리고 마침내 조약돌을 보여 달라고 부탁했지요.

‘매우 흥미롭군.’

슬로는 가느다란 손가락으로 작은 돌멩이를 돌려 보며 조용히 말하고는 줄리안에게 돌려주었습니다.

'베틸러스와 윌이 소원을 다시 생각해 보라고 한 것은 건전한 충고를 해 준 듯 보입니다. 그건 운명 때문이 아니라, 그대 자신이 정말은 시장이 되고 싶다거나 돈을 원하는 건 아니라고 인정했기 때문이오. 그들이 운명을 언급한 이유는 다만 그대가 다시 생각해 보는 계기가 될 것 같았기 때문일 거요. 소원을 들어주는 존재들은 소원에 대해 이러쿵저러쿵하지 않기로 되어 있다오. 그렇다고 우리 의견이 없는 것은 아니지요.'

'그렇다면 당신 의견으로는 제가 어떤 소원을 갖는 것이 좋을까요?'

줄리안이 물었습니다.

슬로는 어깨를 으쓱했습니다.

'딱히 의견이 있는 건 아니오. 하지만 나를 자유롭게 만들어 준 데 대해 신세를 지고 있으니, 내가 조언해 주기를 바란다면, 뭔가 쓸모 있는 제안을 하도록 기꺼이 노력해 보겠소.'

'네, 제발 그렇게 해 주십시오.'

줄리안과 야생 자두 남자는 한때 모래 언덕을 떠받치고 있던 울타리 한 조각에 나란히 앉아 있었습니다. 슬로는 머리를 손바닥에 기대고 깡마른 손가락들로 각진 뺨을 톡톡 두드리다가 마침내 말했습니다.

'운명을 묻는 문제는, 운명을 알아도 그대에게 별 도움이 되지 않으리라는 뜻인 듯싶소이다. 운명을 알면 어떤 식으로든 행동이 바뀔 터인데, 그것이 그대의 목적에 도움이 될지 해가 될지 확신할 길이 없구려.'

남자는 줄리안에게 고개를 돌렸습니다.

'이걸 물어봅시다. 그대가 진정 원하는 것이 무엇이오?'

매우 좋은 질문이었지요. 줄리안은 자신이 정말로 원하는 것이 무엇인지 별로 생각해 보지 않았거든요. 물론 한 가지만 빼고요.

'제가 왔던 도시와 제가 가려는 도시 사이에 있는 이 길을 고쳐 주실 수 있나요?'

줄리안이 물었습니다.

'새로운 포석과 배수로를 비롯해 모든 것이 잘 갖추어진, 제대로 된 길로 고쳐졌으면 합니다. 이게 내가 가장 원하는 것입니다.'

슬로는 줄리안을 바라보았다가 더러운 진창길을 바라보더니 고개를 한 번 끄덕이며 다시 일어섰습니다.

'그대가 원하는 것보다 더 잘 만들 수 있소. 신발 한 짝을 줘 보시오.'

줄리안은 베틸러스가 수선해 준 신발 한 짝을 벗어 슬로에게 건넸습니다. 슬로는 가시가 달린 손톱으로 신발 밑창에 어떤 기호를 새겼습니다.

'여기 있소. 이제 그대가 이 신을 신고 걷는 곳마다 좋은 길이 따를 것이오.'

슬로가 만족스레 말했습니다.

줄리안은 다시 신을 신고 끈을 조였습니다. 뭔가 달라진 느낌은 없었지요. 하지만 모래 언덕을 벗어나 길로 들어서자 동그란 조약돌로 이루어진 깔끔한 표면이 번지듯 발밑에 펼쳐졌습니다. 시험 삼아 또 한 발을 떼어 보니 조약돌들이 쏟아지며 모래 언덕 가장자리까지 넓어지고는 거기서 멈추었습니다. 마치 자신들의 일이 끝난 것을 감지한 것처럼 말이지요. 첫걸음을 떼었을 때 발아래 나타났던 조약돌들은 원래 있던 곳에 그대로 있었습니다. 줄리안은 새로 포장된 길 표면을 말끄러미 바라보다가 다시 슬로를 바라보았습니다.

'자신의 길을 조심스럽게 고르시오.'

야생 자두 남자가 말했습니다.

'발아래에 풀이나 모래나 물을 느끼고 싶을 때는 신발을 벗으면 된다오. 하지만 새로운 길을 개척하고 싶으면 언제라도 그럴 수 있는 방법을 갖고 있는 거지. 내친김에 랜턴하고 칼도 이리 주시오. 나무를 잘라서 날 자유롭게 해 준 칼 말이오.'

줄리안은 칼과 함께 그날 일찍이 꺼 두었던 랜턴을 건넸습니다. 슬로는 줄리안의 신발에 새겼던 문양을 칼자루와 랜턴 아랫배 부분에 새겼습니다.

'이제 그대는 언제나 길을 낼 수 있을 것이고, 부싯돌이 있는 한 언제나 길을 밝힐 수 있을 걸세. 그대를 그토록 곤란하게 하던 그 돌이 잘 쓰일 거라고 생각하오.'

그러고 나서 남자는 새로 포장된 길로 뛰어내려 줄리안의 손을 잡았습니다.

'우리가 다시 만날 때까지 잘 다니시오.'

그 말을 남기고 슬로는 북쪽으로 터벅터벅 걸어 별이 후두둑 떨어지는 어둠 속으로 사라졌습니다. 그리고 줄리안은 걸을 때마다 올라오는 새 자갈의 느낌에 경탄하며 집으로 걸어갔습니다."

히어워드 부인은 말을 잠시 멈추었다.

"내 아버지와 할아버지, 할아버지의 어머니 증조할머니, 그 증조할머니의 아버지, 그분의 할머니, 그리고 더 거슬러 올라가는 선조들의 말씀에 따르면 줄리안은 이 나라 최초의 위대한 로머였습니다. 줄리안이 소원을 들어주는 마법의 신발로 포장한 길은 가장 성스러운 길이 되었고, 민담에서 이야기되는 '방랑의 세계'의 인간들이 이용했습니다. 줄리안은 언제나 신발과 칼, 랜턴과 부싯돌을 갖고 다녔지요. 그리고… 이야기는 끝났습니다."

히어워드 부인은 머그잔과 접시 위로 가볍게 절을 했다.

밀로의 어머니가 박수를 치기 시작했다.

"멋져요, 히어워드 부인!"

모두들 아주 재빨리 박수에 합류했다.

크리스마스트리 뒤에서 시린이 뒤로 물러나 앉으며 팔짱을 끼었다.

"그러게, 꽤 괜찮은 이야기였어. 저걸 창조 이야기라고 부르는 거야, 네그렛. 아마도 언젠가 작전에 이용할 수 있을 것 같아."

시린은 주머니를 뒤져서 종이와 펜을 찾아내어 끄적거리기 시작했다.

네그렛은 얼굴을 찡그리고 난로를 떠나 크리스마스트리 뒤로 들어갔다.

"하지만 그냥 옛날이야기잖아."

네그렛이 속삭였다.

"상관없어. 맘에 들어."

"하지만 부인이 왜 여기 왔는지에 대해선 전혀 알려 주지 않는걸."

그 말을 듣고 스콜리아스트는 종이에서 눈을 떼고 가늘게 뜬 눈으로 히어워드 부인을 바라보았다.

"그럴까? 줄리안 로머가 받은 마법의 물건들, 소원을 들어주는 물건들이 어떻게 되었느냐고 한번 물어봐. 네 생각이 틀렸다는 것에 내기할까?"

"그러지 뭐."

네그렛은 크리스마스트리 뒤에서 몸을 내밀고 불렀다.

"히어워드 부인, 신발과 조약돌을 비롯해 줄리안의 물건들은 어떻게 되었어요?"

부인은 이상하게 당황스런 눈으로 네그렛을 바라보았다.

"글쎄다, 잘 모르겠구나. 이런, 차가 식었네. 뜨거운 물이 좀 있는지 봐야겠다."

부인은 어색하게 일어서서 캐러웨이 부인이 커피 테이블 위에 놓아둔 차 쟁반을 향해 서둘러 갔다.

시린이 메모에서 고개를 들었다.

"봤지? 내가 말했잖아."

"뭘 봐? 무슨 일이 있었다고 그래?"

"저 논리적인 부인은 그건 그냥 이야기일 뿐 소원을 들어주는 물건들은 사실은 존재하지 않는다고 말하고 싶었을 거야. 하지만 부인이 했던 말은 그게 아니야."

시린이 싱긋 웃었다.

"짐작건대 히어워드 부인은 그게 그냥 이야기라고 생각하지 않는 것 같아. 그리고 이야기와 이 집에 어떤 연결점이 있다고 생각하는 것 같아."

"그렇구나."

시린과 네그렛은 히어워드 부인을 지켜보았다. 부인은 컵에 뜨거운 물을 다시 채웠지만 차를 더 넣는 것은 까맣게 잊었다.

네그렛은 다시 바깥으로 기어 나갔다.

"또 다른 분은요?"

네그렛은 기대를 갖고 다른 손님들에게 물으며 벽난로의 다른 쪽 빈 의자로 기어 올라갔다.

난로 앞 래그러그에 앉아 있던 클렘이 물었다.

"내가 부탁 하나 해도 될까?"

"그럼요."

"난 이 집에 대한 이야기를 듣고 싶어."

순간 네그렛은 만약 그 방에서 만약 누가 바늘을 떨어뜨렸더라면 틀림없이 심벌즈를 친 것처럼 시끄러운 소리가 났을 거라는 생각이 불쑥 들었다. 클렘은 네그렛이 이야기해 주기를 바라는 걸까? 위장이 거세게 뒤틀렸다. 다른 사람들에게 제안했을 때 네그렛 자신도 이야기를 해야 할지도 모른다는 생각을 왜 하지 못했던가? 책에서는 이야기를 제안한 사람이 가장 먼저 시작했는데.

하지만 클렘은 밀로의 엄마를 향해 싱긋 웃었다. 밀로 엄마는 거실과 부엌 사이의 벽에 세워진 할아버지 시계 옆에 기대고 있었다.

"그 이야기를 좀 해 주시겠어요?"

파인 씨와 파인 부인은 서로 바라보았다. 까다로운 질문이었다. 밀수는 낵스피크시의 사회 구조에서 큰 부분을 차지했고, 그린글라스 하우스가 내려다보고 있는 키사이드 하버스의 삶에서는 대단히 큰 부분을 차지했다. 그리고 엄격히 말해 밀수는 여전히 불법이었다.

“알고 있는 건 기꺼이 이야기하지요.”

파인 부인이 마침내 말했다.

“물론, 넥스피크의 기록에 따르면…”

파인 부인은 어깨를 으쓱했다.

“모두들 이곳이 대단한 도시가 아님을 알고 있지요. 저는 밀로의 나이쯤 되었을 때부터 이 집에서 살았습니다. 제 아버지는 위처라는 이름의 가족에게서 이 집을 샀습니다. 대부분 가구가 딸려 있었지요.”

파인 부인은 잠깐 말을 멈추었다. 아마도 그 이름을 아는 사람에게 ‘그게 독 홀리스톤의 본명 아니었나요?’라고 물을 기회를 주려고 그랬을 거라고 밀로는 생각했다. 하지만 아무도 묻지 않았다. 파인 부인이 말을 이었다.

“하지만 물으시니 말씀인데, 여러분이 좋아할 만한 이야기를 하나 알고 있어요. 유령 이야기인데, 여기서 일어난 일이에요. 이런 이야기가 마음에 안 드시는 분?”

방을 둘러보니 손님들은 고개를 저으며 이야기를 기다렸다.

“좋습니다. 그 일은… 보자, 밀로가 아기였으니 십 년 전인가 십일 년 전인가? 전에 우리 집에 머물곤 했던 단골손님 한 분이 아침 식사를 하러 내려와서는 창문에서 죽은 사람을 보았다고 했습니다.”

밀로는 거의 머그잔을 떨어뜨릴 뻔했다.

“네?”

“들었잖니.”

파인 부인은 눈썹을 찡그렸다.

“그리고 다들 독 홀리스톤에 대해선 분명히 들으셨을 텐데요.”

부인이 말을 이었다.

"젠틀맨 맥스웰, 에드 피커링, 바이올렛 크로스와 함께 지난 오십 년 동안 활약한 대단한 러너였죠. 러너는 밀수업자가 자신들을 일컫는 말이랍니다. 독 홀리스톤은 아마 제가 어렸을 때 붙잡혀서 죽임을 당한 것으로 짐작돼요. 하지만 전 키사이드 하버스 출신이라 그 사람의 위업에 대해 들으며 자랐지요. 어떤 사람은 그 사람이 바로 이 집 때문에 잡혔다고 합니다. 어떤 사람은 그 당시 여기 있던 아들이 그 일을 목격했다고 하고요."

파인 부인은 말을 계속했다.

"물론 제 아버님이 이곳을 샀을 때는 아무도 그 말을 해 주지 않았어요. 나중에, 뭔가 아주 잘못되었다는 것이 분명해졌는데도 아버지는 이 집을 여관으로 열었는데, 그 무렵이 되어서야 사람들은 이야기하기 시작했지요. 홀리스톤은 사라졌고 살아남은 가족과 일당들도 이 집이 처분되기도 전에 재빨리 잠적해 버렸습니다. 몇 년이 지나고 벤과 저는 여관을 상속받았습니다. 단골손님도 함께요. 그리고 밀로가 아주 어렸을 때 어느 여름날 밤이었어요. 단골손님 중 한 사람이…."

파인 부인은 말을 멈추고 남편을 바라보았다.

"펜스터였지요?"

"내 기억으로는 그래요. 펜스터로서는 좀 늦게 온 셈이지요. 펜스터는 보통 이른 봄에 우리 여관에 왔으니까."

밀수업자들은 시즌이 있다고 밀로는 생각했다. 밀로는 엄마와 아빠가 누구에 대해 이야기하는지 알았다. 펜스터는 봄 시즌의 러너였다. 보통 불법 묘목을 거래했기 때문이다.

"맞아요. 아마 여름이었을 거예요. 그래서 우리는 보통 때와는 다른 방을 주었어요. 시원한 쪽에 있는 방이었어요."

파인 부인의 눈이 히어워드 부인 쪽으로 휙 움직이는 것으로 미루어 펜스터는 틀림없이 3N호에 머물렀을 거다. 밀로의 엄마는 자신이 이야기하려는 사건들이 노부인이 묵는 방에서 일어난 일이란 걸 말할지 말지 고민하고 있는 것 같았다.

'말하지 마세요.'

밀로는 생각했다. 히어워드 부인은 자신이 유령 나오는 방에 묵고 있다는 이야기를 들으면 십중팔구 버럭 화를 낼 것이다.

"낡고 오래된 집에서 다른 방을 쓰면 조금 혼란스럽지요. 아마 무섭기까지 할 거예요."

파인 부인은 말을 계속했다. 보아하니 부인 자신이 말하지 말자는 결론에 이른 것 같았다.

"밀로가 할 말이 좀 있을 거예요. 밀로는 여관 곳곳에서 지내 봤으니까요. 밀로, 방마다 삐걱대고 기이한 게 조금씩 다르지?"

"많이 달라요."

밀로는 인정했다.

"겁이 나는 건 아니에요. 그 방의 소음과 틈새 바람에 익숙해지면 친근하고 편안하게 느껴지기 시작해요. 그러다 다른 방으로 옮기면 처음에는 좀 낯설어요. 처음부터 다시 익숙해져야 해요."

"바로 그래요. 펜스터가 첫날 아침 아래층으로 내려와 뭔가 이상한 걸 보았다고 말할 때 우리는 펜스터가 평소와는 다른 방에서 묵어서 그런가 보다라고 생각했답니다. 그런데 펜스터는 뭔가가 자신을 깨웠고, 창문 밖에서 뭔가를 보았다고 말했어요. 뭐가 그를 깨웠는지는 모른다고 했어요. 어떤 소리일 수도 있었죠. 그리고 뭘 보았는지도 몰랐어요. 나무 사이에선가, 아니면 하늘에선가, 뭔가 번쩍이는 빛이었을 수도 있었어요. 방을 바꾸고 싶어 하지는 않았어요. 그냥 말하고 싶었대요. 그리고 팬케이크를 세 번이나 먹었답니다. 모든 것이 괜찮은 듯 보였어요.

그런데 다음 날 아침 그 일이 또 일어났어요. 펜스터가 내려오더니 밤중에 잠이 깨었는데 창문에서 뭔가를 보았다고 하는 거예요. 이번에는 자리에서 일어나 더 잘 보려고 방을 가로질러 창문으로 갔대요. 그리고 한 젊은 남자가 나무 사이에 서서 여관을 올려다보고 있는 것을 발견했대요.

낯익은 남자였다고 펜스터는 말했어요. 돌이켜보니, 펜스터는 남편을 한참동안 바라보았어요. 남편이 혹시 바깥에 있었던 게 아닌가 생각하는 것처럼 보였어요. 하지만 벤은 그날 밤 밖에 나가지 않았어요. 펜스터는 자정 무렵에 잠이 깼다는데, 남편은 자정이 넘어서는 분명히 밖에 나간 적이 없었거든요. 펜스터는 또 팬케이크를 세 번 더 먹었고 이야기는 그것으로 끝났어요. 그런데 또 다음 날 아침, 펜스터가 내려오더니 자기가 본 남자가 누구인지 알았다고 단언하는 거예요.

그 일이 또 일어났대요. 이번에는 펜스터는 곧바로 일어나 창문으로 갔는데, 또 젊은 남자가 여전히 나무들 근처에 서서 집을 올려다보고 있었대요. 무슨 마음이 들었는지 펜스터는 손을 들어 인사했고,

남자가 답례로 손을 들어 올렸대요. 펜스터가 아는 몸짓이었어요.

'독 홀리스톤이었어요.'

펜스터가 우리에게 말했어요.

모두들 알다시피, 디콘 앤 모어벤가드 카탈로그 회사는 늘… 시에서 밀수업자들을 더 심하게 단속하도록 부추겼답니다. 독 홀리스톤이 체포되기 전 해에, 디콘 앤 모어벤가드는 한 손을 들어 올린 독 홀리스톤의 수배 전단을 낵스피크 주변에 붙였었지요. 아마 펜스터는 그 포스터를 기억했을 거예요."

밀로는 전에 이 이야기를 들은 적이 없었지만, 펜스터 플럼이 누구인지 알고 있었고, 펜스터가 유명한 밀수업자를 알아본 것은 수배 전단 때문이 아니라는 사실도 알고 있었다. 밀로는 펜스터가 실제로 독 홀리스톤과 함께 항해했다는 사실 또한 알고 있었다. 하지만 파인 부인은 낯선 사람들에게 그런 말을 하기 어려웠을 것이다.

"물론 우리는 독 홀리스톤이 이십 년 전에 죽었다고 추정된다는 점을 지적했지요. 그가 잡혔다는 밤 이후로 독 홀리스톤의 모습은 낵스피크에서 보이지 않았습니다. 나는 펜스터가 꿈을 꾼 거라고 말했을 거예요. 방 안에서 들리는 낯선 소음 탓일 수도 있고, 아니면 이상한 바람 때문일 수도 있다면서요. 하지만 펜스터는 그를 보았다고 주장했어요. 그 사람은 무엇 때문에 그토록 확신했을까요?"

펜스터가 우리에게 말하지 않았던 이야기가 더 있는 것으로 밝혀졌지요. 세 번째 밤, 나무들 사이의 젊은 남자에게 손을 들어 인사한 뒤, 밤에 잠이 깰 때마다 창문이 열려 있었다는 것이 마침내 생각났답니다. 펜스터 자신은 열어 놓지 않았는데 말이지요.

그 방 밖에는 비상계단이 있는데, 펜스터는 더 잘 보려고 그곳으로 올라갔어요. 창문이 열려 있던 걸 깨닫고 몸을 돌려 주위를 둘러보았는데 비상계단에 자신 혼자가 아님을 발견했대요. 옆의 난간 너머로 작은 소년이 몸을 구부리고 있었습니다. 소년 역시 손을 흔들고 있었어요. 젊은 남자는 소년에게 손을 흔들고 있었던 거예요. 독 홀리스톤을 보러 나가려고 창문을 열어 둔 것도 틀림없이 소년이었을 거라고 펜스터는 설명했어요. 내리닫이창이 올라가는 소음이 밤마다 펜스터를 깨웠던 것이지요.

저라면 그런 용기가 났을지 모르겠지만, 반쯤 잠든 상태고 또 아무튼 좀 순진한 펜스터는 소년에게 말을 걸었대요.

'저 사람이 누군지 아니?'

왜 펜스터는 소년에게 누구인지, 어떻게 펜스터의 방에 와서 비상계단으로 올라갔는지 묻기보다 나무 사이의 남자에 대해 먼저 물었는지 전 모르겠어요. 아무튼 여관에 묵고 있는 소년은 없었고, 있다고 해도 여러분도 아시다시피 손님들은 서로 알게 되지요. 펜스터가 소년에게 저 아래 나무 사이에 있는 남자를 아느냐고 묻자 소년은 고개를 끄덕였답니다. 펜스터에 따르면 소년은 이렇게 말했답니다.

'제 아빠예요. 우리는 그때 작별 인사를 하지 못했기 때문에 지금 서로 손을 흔들어 인사하는 거예요.'

'네 아버지 이름이 뭐지?'

펜스터가 물었어요.

'낯이 익어서 말이다.'

소년은 자랑스럽게 미소를 지으며 대답했어요.

'아버지 이름은 마이클 위처예요. 이 집은 우리 집이었고요.'

소년은 다시 나무 사이에 있는 남자에게 손을 흔들었고, 남자도 손을 흔들어 답했습니다. 그러고는 펜스터 혼자 비상계단 위에 놓아둔 채 둘 다 사라졌답니다."

"그럼 마이클 위처가 독 홀리스톤이에요? 이 집 주인이 독 홀리스톤이었어요?"

클렘이 물었다.

"그렇답니다."

파인 부인이 미소를 지으며 말했다.

"펜스터에 따르면 독 홀리스톤과 아들의 유령이 서로에게 작별 인사를 하려고 적어도 한 번 이곳으로 돌아온 것이지요. 이곳에서 유령이 나온다는 말을 들은 것은 그때 한 번뿐이에요."

"첫 번째 이야기보다 이 이야기가 더 좋아."

메디가 말했다.

파인 부인이 이야기를 끝낼 무렵 비가 내리기 시작했다.

눈 위의 번개가 반사되어 특이하게 빛나는 유리창으로 빗방울들이 마구 몸을 던졌고, 언덕 반대편 어딘가에서 우르릉 천둥소리가 들려왔다.

갑작스런 폭풍은 그날 저녁 이야기 마당의 끝을 알리는 신호 같았다. 첫 번째 천둥소리가 방을 흔들었고, 비록 유쾌하긴 했지만 유령

이야기에 바로 뒤따르는 소음은 모두의 신경을 거슬렀다.

"밀로, 올라가서 그 카메라를 가져올게."

조지가 말하고 계단 위로 사라졌다.

"난 스웨터를 가져와야 할 것 같다."

히어워드 부인이 말하며 역시 위층으로 향했다.

또 한 번 번개가 저미듯 번쩍였고, 또다시 천둥이 날카롭게 울었다. 이번에는 탁자 위 흰색 유리 샹들리에가 깜박거리더니 불이 나갔다. 금방 다시 불이 들어와 어둠은 단 한 순간뿐이었지만 그것으로 충분했다. 전기가 나간다면? 밀로는 방 안을 둘러보았고, 모두 똑같은 생각을 하고 있음을 알았다.

"적어도 비가 내리면 눈이 녹을 거야."

캐러웨이 부인이 중얼거렸다.

"커피 더 필요하신 분?"

"많이 녹을지는 의문이군요."

고워바인 박사가 다시 담배를 피러 현관에 나가려고 일어나며 말했다. 박사는 창밖 차양에 매달린 고드름들을 가리켰다.

"조금도 작아지지 않고 있어요. 비가 얼어붙을 거예요."

파인 부인이 와서 밀로의 의자 팔걸이에 걸터앉았다. 밀로는 함께 더 많은 시간을 보낼 수 없어 마음이 안 좋다던 아빠의 말을 생각했다. 엄마가 어깨에 팔을 두르자 밀로는 머리를 엄마 옆구리에 기댔다.

"이야기를 하자는 네 제안은 훌륭했어."

엄마가 말했다.

"내 이야긴 어땠어?"

"완벽했어요."

밀로가 엄마에게 말했다.

"근사했어요. 전에 이야기해 주신 적 있어요?"

"한 번쯤은 했을 거라고 생각해. 유령 소년 부분은 빼 놓았을지도 모르지만. 네 방 밖에 있는 비상계단하고 똑같은 거니까. 그 이야기를 들으면 네가 놀랄 거라고 생각했을 거야."

엄마는 밀로의 머리를 헝클어뜨렸다.

"내가 과잉보호를 했나 보다. 넌 분명 그런 이야기로 놀라지 않았을 텐데."

엄마는 밀로의 머리를 다시 헝클어뜨리고 일어섰다.

"참, 내일모레 크리스마스이브에 특별히 하고 싶은 게 있니? 특별한 저녁 식사, 특별한 케이크 말고 또 뭐가 있을까? 날씨 때문에 한계가 있겠지만, 너의 크리스마스를 위해서라면 우린 노력할 거야. 통나무 크리스마스 장작을 때고, 캐럴을 부르고 뭐 그런 것들은 분명히 하겠지만, 그런 것 말고 또 생각난다면 알려 주렴."

"좋아요, 엄마. 생각해 볼게요."

"고맙다, 밀로."

밀로 엄마는 방 안을 둘러보았다.

"부엌에서 뭐 필요하신 분?"

"케이크 한 조각 더 먹고 싶어요. 하지만 제가 직접 가져와도 돼요."

클렘이 외쳤다.

"별일 아닌걸요."

파인 부인의 말에 이미 일어났던 클렘이 갑자기 걸음을 멈췄다. 클렘은 밀로의 의자 바로 옆 난롯가에 털썩 주저앉아 팔꿈치를 무릎에 괴고 기다렸다.

"멋진 생각이었어."

"고마워요. 내일은 클렘이 이야기해 주실래요?"

"생각해 볼게."

클렘은 생각에 잠겨 계단을 바라보았다.

"랜스디가운이 뭐야, 밀로?"

아하. 밀로는 히어워드 부인이 이야기를 시작하기 전 클렘과 조지 사이에 벌어졌던 이상한 대화에 대해 거의 잊고 있었다. 밀로는 살짝 자세를 바로 했다.

"카메라를 일컫는 재미있는 이름 아닌가요?"

빨강 머리 클렘이 어깨를 으쓱했다.

"대부분의 이름에는 어떤 뜻이 있지. 아니면 왜 사람들이 물건에 이름을 붙여 주겠어? 랜스디가운의 뜻이 뭘까?"

"무슨 뜻인지 이미 클렘이 알 것 같은데요. 아까 뭐라고 하지 않으셨나요?"

밀로가 지적했다.

"난 파랑 머리를 좀 놀려 본 거야."

클렘이 말했다.

밀로는 클렘을 의심쩍은 시선으로 바라보았다.

"그렇게 들리지 않았는데요."

클렘은 무시하듯 손사래를 쳤다.

"그럼 전에는 그 단어를 들어 보지 못했니?"

"네."

"확실해?"

처음은 조지가, 지금은 클렘이. 왜 둘 다 그 괴상한 단어가 무엇을 의미하는지 밀로가 알 거라고 생각하는 걸까?

"조지에게 직접 물어보지 그러세요?"

"물어볼 수는 있지만, 네가 조지가 모르는 뭔가를 알고 있을지도 모른다고 생각했어."

이 이상한 말에 클렘은 공모라도 하듯 윙크를 덧붙였다.

"아무튼 뭔가 생각난다면…."

"클렘?"

밀로는 네그렛이라면 어떻게 했을까 생각하며, 분명한 질문을 꺼내서 어떤 답이 나오는지 보기로 결정했다.

"조지도 똑같은 질문을 했어요. 랜스디가운이 무슨 의미인지 아느냐고요. 왜 두 분 다 전에 한 번도 들어 본 적이 없는 이상한 단어에 대해 제가 뭘 안다고 생각하는 거죠? 그게 이 집과 무슨 관계가 있다고 생각하기 때문인가요?"

단도직입적으로 질문을 하나 더 던지자 클렘은 입을 벌렸다가 망설였다.

"아는 게 많으면 생각이 더 잘 날 수도 있잖아요. 그러니 클렘이 아는 걸 말해 주세요"

네그렛의 말은 아주 사리에 맞았다.

클렘은 계단에서 발소리가 들리자 날카로운 눈길을 밀로에게 보냈다. 가볍고도 빠른 걸음 소리. 조지가 돌아오고 있었다.

클렘이 소리 나는 쪽을 바라보고는 다시 윙크를 했다.

"질문은 다른 때 하자."

클렘이 조용히 말했다. 그러고는 재빨리 일어나 부엌 쪽으로 가서 케이크 한 조각을 들고 나오는 파인 부인을 맞았다. 조지가 카메라를 들고 1층에 이르렀을 즈음에 클렘은 식탁에 앉아 만족스럽게 케이크를 먹고 있었다.

클렘은 조지가 네그렛 옆에 앉아 완성된(조지는 '빛이 통하지 않는'이라고 말했다) 시가 박스 카메라를 보여 줄 때도 계속 케이크를 먹고 있었다. 이따금 네그렛은 곁눈으로 클렘을 흘낏거렸지만, 클렘은 그들을 특별히 주의하는 것 같지 않았다.

"지금은 너무 어두워서 시험해 볼 수 없지만, 아마도 내일은 밝은 곳에다 카메라를 놓고 구멍을 가리고 있는 테이프를 조금 떼어 내면 우리가 눈으로 보는 걸 사진으로도 볼 수 있을 거야. 상이 만들어지려면 시간이 오래 걸리겠지만, 내일 밤쯤에는 사진을 나눠 줄 수 있을 것 같아."

조지가 말했다. 네그렛은 손으로 카메라를 돌려 보았다. 이제 랜스디가운이라는 단어를 머릿속에서 지울 수 없었지만 카메라 자체에서 힌트가 되는 것은 없었다. 그것은 그냥 두꺼운 검은색 천 테이프로 단단히 싼 얇은 나무 상자였다.

만약 밀로가 방금 클렘에게 했던 것과 똑같은 질문을 조지에게 한다면 조지 역시 같은 대답을 할까? 클렘이 주위에 없을 때까지 기다렸다가 물어보면 답이 달라질까? 그러다가 느닷없이, 똑같이 흥미 있고 궁금했던 클렘의 말이 떠올랐다.

'파랑 머리를 좀 놀려 본 거야.'

클렘이 그런 말을 했을 때 이상하게 여겼는데, 지금 밀로는 그 이유를 깨달았다. 누군가를 놀린다는 것은 아는 사람에게 하는 거다. 누군가를 파랑 머리 같은 별명으로 부르는 것도 그랬다. 하지만 클렘과 조지는 어제까지는 서로 모르는 사람이었다.

어떤 이유에서인가 서로 모르는 사람인 척했던 것이 아니라면 말이다.

흥미롭군. 밀로는 카메라를 돌려주며 조지에게 미소 지었다.

"멋지네요."

"네그렛."

시린이 크리스마스트리 뒤에서 나오며 합류했다. 네그렛의 의자 팔걸이 너머를 응시하던 시린이 계단 쪽을 향해 고개를 까딱했다. 히어워드 부인이 마침내 스웨터를 입고 가방을 갖고 1층으로 돌아왔다. 가방을 보니, 여관에 도착한 직후 고워바인 박사를 향해 고함을 지르는 동안 들고 있었던 게 어렴풋이 기억났다.

"저 가방. 가방 좀 봐."

시린이 속삭였다.

히어워드 부인은 가방 윗부분의 졸라매는 끈을 열어 빨간색 실을 잡아당기기 시작했다. 원통형 가방이었다. 바닥은 평평해서 부인의 발 옆 바닥에 짱짱하게 놓여 있었다. 두꺼운 캔버스 천이었는데, 옆구리를 덮고 있는 섬세한 장식 스티치와 다소 어울리지 않는 듯 보였다. 네그렛은 전에 히어워드 부인이 고함을 지르고 있었기 때문에 수놓인 그림에 그다지 주목하지 못했다. 하긴, 그때는 무엇에도 주목

하기 어려웠다. 하지만 지금 보니, 어떤 집을 수놓은 그림이었다. 초록색 창문을 기묘한 모양으로 뒤죽박죽 섞어 놓은 집이 어두운 색 소나무들 사이에 있었다.

마침 그때 히어워드 부인이 흘끗 올려다보며 밀로가 쳐다보는 것을 알아차렸다. 부인의 얼굴은 클렘의 머리 색보다 더 빨개지더니 집이 보이지 않도록 재빨리 가방을 돌려놓았다. 그건 크게 중요한 일이 아니었다. 반대쪽에는 다른 그림이 있었는데, 히어워드 부인은 그 그림 역시 밀로가 알아본다는 것을 전혀 모르는 눈치였다.

회갈색 실로 수놓인 그림은 모양이 일그러진 철문이었다.

제 6 장

세 건의 도난

폭풍은 나뭇가지에 덮여 있던 눈을 녹였지만, 기온은 지독하게 떨어졌다. 고워바인 박사 말이 옳았다. 비는 땅에 쌓인 눈을 그다지 녹인 것 같지 않았다. 밀로가 다음 날, 그러니까 크리스마스이브 전날 아침에 일어났을 때 창문 밖에 보이는 변화라고는 고드름이 더 길어지고 나무들이 거의 헐벗었다는 것뿐이었다.

거의 그랬다. 왜냐하면 눈이 다시 내리고 있었기 때문이다.

밀로는 기지개를 켜고 한숨을 쉬며 시계를 확인했다. 여덟 시가 채 안 되었다. 아래층으로 내려가기 전까지 게으름을 부릴 시간이 많았다. 이야기를 마저 다 읽으려고 〈재담가의 비망록〉을 막 주워 들었을 때 날카롭게 문을 두드리는 소리가 들렸다. 밀로는 침대에서 일어나 가운을 여미고 복도를 내다보았다. 메디가 간신히 흥분을 감추고 서 있었다. 아래쪽 어딘가에서 소란스런 아우성이 들려왔다. 적어도 세 사람이 화가 잔뜩 나 서로 질러 대는 소리였다.

"내려가 보는 게 좋겠어."

메디가 속삭였다.

"이 집에서 블랙잭은 너 혼자만이 아닌 것 같다."

"그거야 벌써 아는 사실 아니었어?"

밀로가 중얼거리며 에스칼라되르 신발 속에 발을 집어넣고 책상 의자에서 배낭을 움켜잡았다.

"그러게. 그때는 의심뿐이었지만, 지금은 뭔가가 정말 없어졌어."

네그렛이 찾은 블랙잭 열쇠들이 침대 옆 탁자 위에 있었다. 네그렛은 열쇠를 주머니에 집어넣고, 메디를 따라 계단 맨 아래에서 나는 소음을 향해 내려갔다.

"클렘의 방에서 없어진 거야?"

메디는 어깨 너머로 밀로를 어두운 눈길로 바라보며 대답했다.

"아니."

그린글라스 하우스의 크리스마스 연휴. 보통은 큰 소리로 타오르는 불과 캐럴, 핫 초콜릿과 구운 고기, 파이와 푸딩 같은 전통적인 것들이 한 가득이었다. 그런데 올해는 고함을 지르는 어른들까지 가득했다.

밀로는 이 집에서 고함 소리가 난다면 히어워드 부인과 고워바인 박사일 것이기에 세 명 중 두 목소리의 주인공은 그 두 사람일 거라고 짐작했다. 그리고 메디에게서 물건이 없어졌다는 이야기를 들었을 때 세 번째 목소리는 클렘일 거라고 추측했다. 밀로와 메디는 클렘의 방에 누군가가 몰래 들어갔던 사실을 알고 있었기 때문이다. 하지만 계단 맨 아래에 이르자 밀로는 짐작했던 세 사람 가운데 두 사람이나 틀렸음을 깨닫고 놀라서 걸음을 딱 멈추었다. 히어워드 부인은 맞았다. 연보랏빛 실내복을 움켜잡고 얼굴이 빨개져 악을 쓰는 부인을 파인 부인과 캐러웨이 부인이 진정시키려 애를 쓰고 있었다. 하지만 고워바인 박사나 클렘은 어디에도 보이지 않았다.

대신, 조지가 있었고, 또 빈지 씨가 있었다. 빈지 씨가? 밀로는 상을 찡그렸다.

익숙한 손이 부드럽게 밀로를 옆으로 밀었다.

"그만하십시오!"

파인 씨가 소동 속으로 들어서며 우렁찬 소리로 외쳤다.

"모두들 진정하십시오."

파인 씨는 씩씩대는 얼굴들을 차례로 쏘아보았다.

"한 번에 한 분씩 말씀하세요. 무엇이 문제입니까? 부인이 먼저 말씀해 보시지요."

파인 씨가 히어워드 부인에게 말했다.

노부인은 더 이상의 기다림을 참을 수 있을 것 같아 보이지 않았다. 부인의 얼굴은 계단 가장자리에 늘어선 진홍빛 포인세티아색이 되어 있었다.

"도둑을 맞았어요!"

히어워드 부인이 부르짖었다.

파인 씨는 빈지 씨에게 몸을 돌렸다.

"저도… 뭔가가 없어졌습니다."

키 큰 빈지 씨가 조심스레 말했다.

조지는 팔짱을 끼고 자기 차례가 오기를 기다렸다.

"저도요. 없어진 게 있어요."

"혹시 어디 잘못 두었을 가능성은 없습니까?"

파인 씨가 참을성 있게 물었다.

"그럴 수도 있겠지요. 하지만 어디다 놓아두었는지 아는데, 거기 없는 거예요."

조지가 마지못해 말했다.

다음으로 빈지 씨가 말을 꺼냈다.

"누가 훔쳐 갔다고 말하고 싶지는 않지만, 물건이 사라져 버렸습니다."

"절대 우연이 아니에요!"

히어워드 부인이 신음했다.

"누가 훔쳐 갔어요!"

"도둑맞은 물건들 가운데 지도가 있을까? 지도를 갖고 있던 사람은 지금까지 없어진 것을 깨닫지 못하고 있을 수도 있잖아?"

시린이 속삭였다.

네그렛은 어깨를 으쓱했다.

"언제 마지막으로… 없어진 물건을 보셨어요?"

네그렛은 손님들에게 물었다.

"그리고 무슨 물건이 없어졌어요?"

도둑맞은 세 사람은 의심스러운 눈초리로 서로를 바라보았다.

"공책이 없어졌어. 지난밤 갖고 있었고, 잠자기 전에 글을 썼어."

조지가 말했다.

"빈지 씨는요?"

"시계. 지난밤 이야기를 하는 동안 차고 있던 회중시계."

빈지 씨가 대답했다.

"히어워드 부인은요?"

부인이 팔짱을 끼고 말했다.

"어제저녁 썼던 뜨개질 가방. 자정이 지날 때까지 앉아서 뜨개질을 했는데."

"혹시 여기 아래층에다 두고 가진 않으셨나요?"

파인 씨가 거실을 들여다보며 물었다.

"아뇨. 전혀! 가지고 올라갔어요. 난 호텔에 내 물건을 두고 다니는 버릇은 없어요!"

'흥미롭네.'

네그렛은 생각했다. 세 가지 잃어버린 물건. 그 가운데 지도는 없었다. 클렘의 방에서 잃어버린 물건도 없었다.

"자, 자, 좋습니다."

파인 씨가 머리를 문지르며 눈을 깜박거렸다.

"커피를 만들 사람은 만들고 모두들 침착합시다. 분명히 우린 이 일을 해결할 수 있을 겁니다."

조지는 씩씩거리며 현관으로 쿵쿵 걸어가 부츠를 신기 시작했다.

"산책 갔다가 마음이 차분해지면 돌아올게요."

빈지 씨는 있던 곳에 그대로 서 있었다. 계단 바로 옆에서, 손을 주머니에 넣고 기다렸다. 히어워드 부인은 그다지 침착해지고 싶지 않은 듯이 보였다. 부인은 식탁을 따라 서성이기 시작했는데, 또각또각 발소리는 참기 어려웠다.

네그렛은 엄마 아빠 뒤를 따라 발끝으로 살금살금 부엌으로 들어가서, 눈에 띄지 않으려고 애를 쓰며 냉장고에서 우유병을 꺼내 컵에 따랐다.

"당신, 정말로 누가 그 사람들 방에 침입할 수 있다고 생각하는 건 아니죠? 십이 년 동안 이곳을 경영했지만, 심지어 늘 오던 손님들도… 도난 사건이 있었던 기억은 없는데."

파인 부인이 남편에게 조용히 말했다.

"모두들 잠자러 갔을 때는 갖고 있었다고 생각하는 것 같아요."

파인 씨가 속삭여 대답했다.

"잠자고 있을 때 누군가 방에 침입했다고? 말도 안 돼. 게다가, 도둑맞은 물건도 별 의미 없는 것들이고. 시계는 도둑맞을 수 있다고 쳐요. 하지만 공책하고 뜨개질 가방? 내 짐작으로는 그 사람들이 물건을 어딘가 낯선 곳에 놓아두고 어디 두었는지 기억 못하는 것 같아요. 아니면 잘 찾아보지 않았거나. 1층으로 내려왔다가 누가 도둑맞았다고 말하니까 자기들도 그렇다고 하는 거지."

"아무튼 우리는 행방불명된 물건들을 찾아야 해요."

밀로의 엄마가 투덜댔다.

"잃어버렸건 도둑맞았건, 모두 아직 여기 어딘가에 있을 거예요. 다른 좋은 생각 있어요?"

네그렛은 우유 컵을 들고 시린이 기다리고 있는 크리스마스트리 뒤의 공간으로 기어들어 갔다.

"객실은 아주 작은데, 사람들이 자고 있을 때 어떻게 몰래 들어와 물건을 가져갈 수 있었을까? 그들을 깨우지도 않고?"

네그렛은 생각에 잠겨 물었다.

"난 클렘이라면 해낼 수 있을 것 같아. 만약…."

시린이 말하고는 이마를 긁적이며 계시의 투구를 톡톡 두드렸다.

네그렛이 고개를 끄덕였다.

"만약 세 사람 모두 지난밤 동시에 방을 떠나지 않았으면 말이지. 그럼 이제 잠행 가능성이 있는 사람이 둘에서 넷이 된 거네?"

"그런 것 같아. 다른 사람들이 잠든 시간에 돌아다녔다는 것을 누가 인정할지 궁금하다."

또각, 또각, 또각. 히어워드 부인의 걸음걸이는 힘찼지만, 로브에 어울리는 굽 달린 슬리퍼를 신고 왔다 갔다 하는 모습은 울지 않으려고 노력하는 듯 보였다.

"이 모든 일이 어젯밤 이야기를 시작한 뒤 벌어진 일이라는 게 이상하지 않아?"

네그렛이 물었다.

"난 히어워드 부인이 몰래 돌아다닌 거라면… 부인이 들려주었던 이야기와 관계가 있을 거라는 생각을 멈출 수 없어."

"그러면… 뭐라고 생각해? 부인이 그 이야기에서 찾고 있었던 게?"

시린이 얼굴을 찌푸리며 물었다.

"하지만 그건…. 네그렛, 네 말대로 그냥 이야기잖아."

"그래. 하지만 정말 그게 전부라면 왜 부인의 가방을 훔쳐 갔을까?"

"가방이 이야기와 무슨 관계가 있다고 그래, 네그렛? 부인은 분명 부자야. 아마 뭔가 그럴 가치가 있을 거야. 그게 가장 간단한 답이야."

"아냐, 뭔가 이야기와 관계가 있어. 난 알아."

차 한 잔을 들고 서성이는 히어워드 부인에게 파인 부인이 다가가 교묘하게 탁자 자리로 안내하는 모습을 네그렛은 상을 찡그리고 지켜보았다.

"그린글라스 하우스가 바로 가방 위에 수놓아져 있었어. 너도 보았을 거야. 그리고 창문과 지도에 있던 것과 똑같은 철문도."

"좋아. 하지만 부인이 뭔가를 찾는다면 그게 뭐지? 옛날이야기와 집이 무슨 관계가 있겠어? 그건 그냥 이야기거든! 지어낸 이야기."

시린이 주장했다.

"시린과 네그렛도 그렇지."

네그렛이 합리적인 지적을 했다.

"부인이 게임을 하고 있다는 거야? 난 그렇게 생각하지 않아."

시린이 반박했다.

"부인이 게임을 한다고 생각하진 않아. 하지만 그 이야기에는 부인에게 중요한 뭔가가 있어. 왠지 모르지만 그래서 부인이 여기 온 것이고. 아무튼 히어워드 부인이 자신의 이야기를 그냥 이야기라고 생각하지 않을지 모른다고 말한 사람은 바로 시린, 너야."

"그렇다면 좋아. 용감한 지도자여, 어디서부터 시작할까요?"

네그렛은 차를 마시며 쓸쓸히 앉아 있는 노부인을 바라보았다.

"부인이 우리에게 말해 줄지 모르겠다."

"우리에게가 아니고 너에게."

스콜리아스트는 진실하고 고통스런 눈을 이마에서 끌어내려 코 위에 걸치며 다시 한 번 상기시켰다.

"난 안 보이잖아, 기억나? 또한 카리스마 점수가 높은 건 너야. 카리스마가 너를 설득력 있게 해. 부인이 말하게 만들 가능성은 네가 더 많아."

"난 아직도 어떻게 이 능력 점수들이 작동하는지 잘 이해하지 못하겠어."

"테이블탑 게임에서? 찬스와 확률이야. 능력치가 높을수록 찬스가 좋아져. 성공할 것인지 알고 싶으면 주사위를 굴리는 거야. 지금 당장 해 볼래?"

시린이 싱긋 웃으며 말했다.

"할 수 있다고 믿고 열심히 해 봐."

네그렛이 한숨을 쉬었다.

"좋아."

네그렛은 크리스마스트리 뒤에서 기어 나와 식당으로 향했다. 막 히어워드 부인 옆 벤치에 앉으려는데 엄마의 목소리가 가로막았다.

"밀로?"

엄마가 불렀다.

"부탁해서 미안한데, 캐러웨이 부인의 아침 식사 준비를 거들어 주겠니?"

밀로는 잠시 털썩 주저앉았다가 고분고분 방향을 바꿔 조용히 부엌으로 들어갔다.

"고맙다, 아들."

엄마가 가까이 몸을 기울였다.

"아빠랑 난 지금 물건을 잃어버린 사람들과 이야기를 나누면서 어떻게 된 일인지 알아보려고 하거든."

"제가 할 일은요?"

밀로는 불만스런 어조로 물었다.

캐러웨이 부인이 밀로의 어깨를 다독였다.

"접시와 냅킨과 물건들을 식탁 위에 놓아 줄래? 큰 도움이 될 거야, 밀로."

곧 아침 식사가 시작되었다. 클렘이 성큼성큼 계단을 내려왔고, 다음에는 고워바인 박사가 더욱 당당한 걸음걸이로 나타났다. 둘 다 소식을 듣고 곧바로 다시 올라갔는데, 아마도 자신의 소지품들을 확인하기 위해서였을 거다. 두 사람은 아침 식사 준비가 거의 다 되었는데도 돌아오지 않았다. 밀로의 엄마와 아빠는 위층에서 먼저 히어워드 부인과, 다음에는 빈지 씨와 이야기를 나누었다. 캐러웨이 부인이 밀로를 시켜 스크램블드에그와 소시지, 굵게 빻은 옥수수와 구운 감자, 과일 샐러드와 소금과 후추를 친 토마토를 담은 큰 접시들을 끊임없이 계속 식탁으로 보내고 있는 그때, 조지가 추위로 빨개진 얼굴과 갓 내린 눈으로 뒤덮인 모습으로 산책에서 돌아왔다.

"눈이 정말 다시 내리고 있네요."

조지가 알렸다.

토스트랙 세 개와 버터 단지, 커피 한 포트와 차를 우릴 뜨거운 물 한 포트. 마침내 아침이 다 차려졌다. 그린글라스 하우스에 있는 사람들은 식탁 옆에서 줄지어 접시를 채웠다. 캐러웨이 부인은 뷔페가 최선이라고 결정했다. 손님들은 함께 앉지 않아도 되었지만, 그래도 매우 어색한 아침 식사였다. 손님들이 각자 떨어져 있는 건 네그렛이 전날 밤 원했던 바였다. 손님들마다 다른 손님들을 알아내려고 애를 쓰는 듯이 보였다. 이제 네그렛과 시린은 그들이 흘리는 단서가 무엇인지 정하기만 하면 되었다. 만약 단서가 존재한다면 말이다.

"넌 거실에 앉아 있어."

시린이 속삭였다.

"난 마지막으로 음식을 담아 부엌 옆 바에서 먹을 생각이야. 그럼 식당에 머물러 있는 사람을 지켜볼 수 있잖아. 어서!"

"참 이상하지요."

네그렛이 난롯가에 자리를 잡을 때 고워바인 박사가 말했다.

"잃어버린 물건들 사이에 무슨 연관성이 있는지 생각해 보신 분?"

도둑을 맞은 세 손님이 박사를 쏘아보았다. 히어워드 부인과 조지는 소파에서, 빈지 씨는 늘 앉던 의자에서. 아무 물건도 잃어버리지 않은 박사는 자신이 자동적으로 유력한 용의자가 되리라는 생각을 하지 못한 게 분명했다.

"생각해 보지 않았어요, 고워바인 박사."

히어워드 부인이 냉랭하게 말했다.

"어떤 연관성이 있나요? 우리가 모르는 뭔가를 알고 계신다면 부디 알려 주세요."

고워바인 박사는 침을 꿀꺽 삼켰다.

"그냥 물어보는 겁니다. 도움이 되려고 노력하는 중이에요."

노부인은 포크로 감자 조각을 찔렀다. 포크가 접시에 부딪쳐 큰 소리를 내자 파인 부인은 움찔했다.

"제 생각으로는 낡은 가방을 훔치는 유일한 이유는 도벽뿐이에요."

클렘이 손에 접시를 들고 식당에서 들어오며 말했다.

"부인은 잠을 아주 깊이 주무시나 봐요."

히어워드 부인이 클렘을 쏘아보았다.

"아니면 범인이 아주아주 조용한 사람이거나요."

부인이 비꼬았다.

그 말은 분명히 혐의를 제기하는 것이었지만 클렘은 그저 어깨를 으쓱했다.

"당연한 말씀. 하지만 아무리 조용한 사람이라도 이런 작고 삐걱거리는 방들에서는 전혀 소리를 안 낼 수는 없죠."

클렘은 눈을 깜박이며 뒤를 흘낏 돌아보았다.

"나쁜 뜻으로 한 말은 아니에요. 제 말은 그냥…."

밀로 엄마가 식당에서 대답했다.

"알아요, 클렘. 괜찮아요."

흥미롭게도 조지 모셀과 빈지 씨는 가만히 있었다. 빈지 씨는 아무 말 없이 차근차근 아침 식사를 계속하고 있었고, 조지는 너무 화가 나서 많이 먹을 수 없는 듯 보였다. 접시에 얼마 놓이지 않은 음식을 깨작대면서 누군가 직접적인 질문을 할 때만 대답했다. 하지만 히어워드 부인은 이런 일은 자주 일어나지 않았다며 큰 소리로 분개했다.

이제 조지는 생각에 잠겨 클렘이 있는 쪽을 바라보고 있었다. 그건 놀랍지 않았다. 네그렛이 고워바인 박사에 대해 알고 있는 것을 고려하더라도 클렘은 용의자 1호로 간주되어야 했으니까. 클렘은 조용했다. 실제로 소리를 내지 않았다. 그뿐만 아니라 농담처럼 들리긴 했지만 거의 모두가 클렘 자신이 캣 버글러였다고 말하는 소리를 들었다. 그리고 네그렛은 작달막하고 데퉁맞은 고워바인 박사가 조용하고 교활한 도둑이라고는 도저히 상상할 수 없었다.

또 한편으로 이틀 전이라면 밀로는 조용하고 교활한 도둑인 자신을 절대 상상하지 못했을 거다. 그런데 지금은 에스칼라되르인 네그렛이라는 존재가 된 자신을 점점 더 편안하게 느끼고 있었다. 어쩌면 고워바인 박사도 그렇게 쉽게 제외할 수 없을지도 몰랐다.

아침 식사를 하고 난 뒤 모두들 다시 자기 방으로 떠났다. 클렘은 운동 삼아 잠깐 계단을 뛰어다닐 거라고 알린 뒤 사라졌다. 고워바인 박사는 파이프를 들고 포치로 나갔다. 파인 부부는 도둑맞은 손님들과 함께 객실로 올라가 한 번에 한 사람씩 잃어버린 물건들이 정말 없어졌는지 다시 한 번 확인하기로 했다. 당연히 히어워드 부인이 가장 먼저였다.

네그렛은 마음이 두 갈래였다. 도와준다는 핑계로 따라다니는 것이 재미있을지도 몰랐다. 그렇지만 엄마 아빠는 아들이 곁에 있는 것을 탐탁해하지 않을 것 같았다. 게다가 거실을 둘러보니 빈지 씨 역시 위층으로 가 버리고 없었다. 설거지를 하고 있는 캐러웨이 부인과 부엌에서 베이킹 재료들을 모아 정리하고 있는 리지를 제외하면 1층에 남은 사람은 자신과 시린과 조지 모셀뿐이었다.

네그렛은 행운을 빌며 주머니에 손을 넣어 열쇠를 만진 다음 시린에게 의미심장한 미소를 지어 보였다. 둘은 난롯가에 앉은 조지 모셀에게로 다가갔다. 조지는 생각에 깊이 잠겨 있어서 네그렛은 헛기침을 해야 했다. 그제야 조지는 네그렛과 시린이 있음을 알아차렸다.

"아."

조지가 자리를 좁혀 앉았고 시린이 조지 옆에 앉았다. 네그렛은 커피 테이블에 걸터앉았다.

"보통 때보다 좀 더 재미있지 않니?"

조지가 물었다.

"그러게요."

시린이 중얼거렸다.

"조금은요."

네그렛이 동의했다.

"그래서 조지가 오늘 아침 카메라를 설치하지 못했을 거라고 짐작했어요."

조지가 약하게 미소를 지었다.

"아니, 설치했어. 공책이 없어진 걸 알아차리기 전이었거든."

"부모님은 공책이 나타나기를 바라고 있어요. 누가 훔쳐 간 게 아니라 그냥 잃어버린 것이길요."

"알아, 밀로. 나도 부모님 생각이 옳기를 바라."

"우린…."

시린이 네그렛의 무릎을 찼고, 네그렛은 말을 정정했다.

"전 제가 공책을 찾는 데 도움이 될지 알아보고 싶어요. 전 물건을 잘 찾거든요."

조지는 네그렛을 유심히 바라보았다. 순간 네그렛은 조지가 자신을 의심하는 건 아닐까 하는 생각이 들었다. 네그렛이 가져갔다면 훔친 물건을 찾았다면서 돌려주는 건 쉬울 테니 말이다. 네그렛은 무표정한 얼굴을 유지하려고 애를 썼다.

"좋아. 뭘 알고 싶은데?"

마침내 조지가 말했다. 네그렛은 망설였다.

"글쎄요…. 어떻게 생긴 거예요?"

"크기는 대략 이만해."

조지는 손을 들어 대략 종이 책 모양의 직사각형을 만들어 보였다.

"두께는 이렇게 얇고."

조지는 엄지손가락과 집게손가락을 약 2센티가 안 되게 떨어뜨려서 집는 모양을 해 보였다.

"사실 넌 내가 도착한 날 보았을 수도 있어. 향수병이 깨져 네가 물건들을 치우는 걸 도와주었을 때 말이야."

"공책에 뭔가 특별한 점이 있나요?"

네그렛은 무심하게 물었다.

"글쎄, 나한테는 확실히 특별하지."

조지가 대답했다.

"나는 거기에 기억해야 할 온갖 것들을 적어 놓았어. 하지만 다른 누가 그것을 특별하다고 여길 어떤 이유가 있느냐는 뜻으로 묻는 거라면… 그럴 수도 있다고 생각해. 그리고 그게 뭔지 너에게 말해도 나쁘지 않을 것 같아."

조지는 말을 덧붙였다. 차라리 혼잣말이었다.

"그래, 이제는 거의 문제가 되지 않을 것 같아."

그러고는 잠시 그냥 조용히 앉아 있었다.

"그게 뭔데요?"

시린이 재촉했다.

조지가 체념의 한숨을 쉬며 말했다.

"내가 적은 메모는 이 집에 대한 거야. 그리고 이 집과 관련될지도 모른다고 생각했던 사람에 대한 것도 있고."

"헐!"

시린에게서 소리가 터져 나왔다.

네그렛은 입이 떡 벌어졌다.

"농담이시죠!"

"아니. 하지만 그 이상은 말할 수 없어."

조지는 히어워드 부인의 방을 조사하러 갔던 사람들이 1층으로 돌아오자 자리에서 일어서며 말했다.

"유감이지만 아직 연결점을 알아내지 못했단다."

"조지. 당신 방에 행운이 있을지 한번 볼까요?"

파인 씨가 외쳤다.

"좋아요."

조지는 행운이 있으리라고 생각하는 것 같지 않았다. 네그렛도 그럴 거라고 생각하지 않았다. 히어워드 부인의 표정을 보아하니 부인의 가방이 마법처럼 나타나지 않은 것이 분명했다.

"두 분 먼저 가세요."

파인 부인이 부엌으로 향하며 말했다.

"히어워드 부인한테 새로 차를 좀 드리고요. 곧 따라갈게요."

어른들이 모두 방을 떠나자 네그렛이 속삭였다.

"흥미롭지 않아? 조지가 잃어버린 물건도 이 집과 관계가 있어. 히어워드 부인의 가방과 마찬가지로!"

"난 여전히 부인의 이야기가 가방하고 무슨 관계가 있는지 잘 모르겠어."

시린이 중얼거렸다.

"하지만 기꺼이 마음을 바꿔 관계가 있다고 생각해 볼게. 그러니 지금이 기회야."

네그렛과 시린은 부엌에서 찻주전자가 끓는 소리가 들리고 파인 부인이 위층으로 올라가는 기척이 들릴 때까지 계속 기다렸다. 그런 다음 식탁에 앉아 있는 히어워드 부인과 합류했다.

파인 부인의 얇은 파란색 찻잔에 설탕을 한 스푼 넣어 젓는 히어워드 부인의 손이 떨렸다. 밀로 엄마는 그 찻잔들을 거의 쓰지 않았다. 오래되어 깨지기 쉽기도 했고 밀로 엄마 할머니의 것이기도 했기 때문이다. 보통 기운을 북돋울 필요가 있을 때만 그 찻잔을 꺼냈는데, 지금 히어워드 부인이 그 찻잔이 필요한 듯 보였다.

네그렛은 히어워드 부인 맞은편 벤치에 미끄러지듯 앉았다.

"안녕하세요."

부인은 흠칫 놀라며 스푼으로 차를 엎을 뻔했다.

"아, 밀로구나. 안녕."

"놀라게 해서 죄송해요. 가방을 아직 못 찾았나요?"

부인이 고개를 저었다.

"그렇단다. 도둑이 아직 갖다 놓지 않은 것 같아."

"저, 그것 때문에 말인데요."

네그렛은 탁자 위로 몸을 숙이며 부인에게도 똑같이 하라는 몸짓을 했다. 부인은 의심쩍은 눈으로 바라보았으나 잠시 후 속삭이기에 충분할 정도로 몸을 숙였다.

"우리, 아니 저는 물건을 꽤 잘 찾거든요. 뭘 찾을 수 있을지 한번 둘러보고 싶어요. 혹시 가방을 찾을 수 있을지 모르잖아요."

"왜 그런 생각을 했지?"

부인이 속삭여 대답했다.

"도둑이 바보가 아니고서야 자기 방에 숨겨 놓진 않을 거예요, 그렇죠? 누군가 방을 뒤져 보자고 제안할 테니까요. 물건을 숨길 가장 좋은 장소는 집 안의 다른 장소라는 뜻이죠. 전 숨기기 좋은 곳을 다 알고 있다고 장담해요."

조심스런 희망의 표정이 히어워드 부인의 얼굴을 스쳐 지나갔다.

"그렇게 해 준다면 나야 정말 고맙지, 밀로. 둘러보아서 나쁠 건 없을 것 같구나. 어쨌든 이 집은 네 집이니까."

"바로 그거예요!"

네그렛은 머리를 긁적였다.

"없어진, 아니 도둑맞은 가방은… 뜨개질 가방이 맞지요? 왜 그걸 가져갔을까 궁금해요. 정말 가치가 있다거나 오래되었다거나 그런 이유가 있을까요?"

"글쎄다…. 그래. 아주 오래된 거라고 생각해. 아마 골동품이니 가치 있는 물건이라고 생각했을 것 같다."

부인의 추론은 일리가 있었지만, 조금 얼버무리는 듯한 말투였다. 아마도 카리스마를 시험해 볼 때인 것 같았다.

'거절할 수 없는 말솜씨, 거절할 수 없는 말솜씨….'

네그렛은 조금 더 배짱을 갖기 위해 다시 열쇠를 만졌다.

"지난밤 부인이 가방을 아래층으로 가져 오셨을 때 눈길이 갔어요. 그림이 우리 집처럼 보여서 좋았거든요. 가방에 대해 이야기해 주실 수 있어요? 무엇이든 도움이 될 것 같아요."

네그렛이 말했다.

"그게 가방을 찾는 데 무슨 도움이 되지? 그냥 숨어 있을 만한 곳들을 찾아본다면서?"

"모르겠어요."

네그렛은 인정했다.

"하지만 뭔가를 찾고 있다면 그것에 대해 더 많이 알수록 찾을 확률이 높을 것 같아요."

히어워드 부인은 입술을 오므렸다가 미소 지었다.

"매우 훌륭한 주장이로군, 젊은이."

부인은 컵을 들어 올렸다.

"사실, 나 혼자서는 잘 찾지 못할 거야. 아마 이 집에 대해 충분히 알지 못해서겠지."

어찌된 셈인지 탁자 밑으로 들어가 귀를 기울이고 있던 시런이 네그렛의 무릎을 쿡쿡 찔렀다. 뭔가 진전이 보인다는 뜻이었다.

히어워드 부인은 차를 홀짝였다. 골똘히 생각하는 것이 분명했다. 네그렛은 주위를 둘러보았다. 리지는 부엌에서 온 집안에 육두구와 정향과 시나몬과 바닐라의 맛있는 향을 퍼뜨리며 뭔가를 굽고 있었다. 그 과정에서 충분히 시끄러운 소리를 내고 있었으므로 조용히 말한다면 우연히라도 이야기를 들을 일은 없었다. 고워바인 박사는 여전히 바깥 포치에서 파이프를 피우고 있었고, 클렘은 여전히 계단을 달리고 있었다. 따라서 층 전체가 오롯이 그들만의 것이었다. 아무튼 그 순간만큼은 그랬다.

“그 가방은 물려받은 것이란다.”

마침내 히어워드 부인이 말했다. 아주아주 부드러운 어조였다.

“어머니가 물려주셨지. 어머니는 어머니의 할머니한테 물려받고, 어머니의 할머니는 또 그분의 할머니한테 물려받았지. 이 집은 내 현조 할머니의 어머니를 위해 지어졌단다.”

네그렛은 눈을 깜박였다.

“부인이 이 집을 지은 분의 후손이시네요?”

히어워드 부인은 슬픈 미소를 지었다.

“그렇단다. 그분도, 그분의 후손들도 여기서 오래 살지는 못했지만 말이다. 집안에 비극이 있었거든. 그 가방은, 당시는 잡동사니 가방이라고 불렀을 거다. 그 가방은 이 집에 살 예정이었던 한 소녀를 위해 만든 것이었지. 훗날 소녀는 결코 이 집에 살지 못할 것이 분명해졌지만 말이다. 하지만 소녀는 가방을 간직하고 사용했고, 훨씬 훗날 다음 사람에게 넘겨주었단다.”

“그럼 이 집하고 관련이 있어서 여기 오신 건가요?”

완벽하게 말이 되는 이야기였다. 비록 수백 년 전으로 거슬러 올라가는 일일지라도 자신이 태어난 가족에 대해 뭔가를 알 수 있다면, 밀로 역시 그 집을 돌아보는 여행 계획을 세웠을 거다.

“그렇단다…. 그리고 아니기도 해.”

히어워드 부인은 컵을 손가락으로 감싸 쥐고 생각에 잠긴 채 반지를 파란색 도자기 표면에다 톡톡 두드렸다. 부인이 한숨을 쉬었다.

"우스꽝스럽게 들릴 것 같지만, 조상의 다른 이야기에 따르면, 소녀와 소녀의 가족이 이 집을 버리고 떠나기 전 한 행상인이 찾아왔는데, 그 소녀는 줄리안 로머의 성유물 가운데 하나를 행상인에게서 샀다고 해."

"성유물이요?"

네그렛이 물었다. 전에 들어 본 적이 있는 단어였다.

"그거 종교적인 물건 아닌가요?"

"성스러운 사람과 관련된 귀중한 걸 말해. 보통 궁극의 힘을 지닌 물건이야."

시린이 탁자 밑에서 말했다.

"글쎄다, 그렇다고 할 수 있지."

히어워드 부인이 동의했다.

"유물은 어떤 것의 흔적이지. 살아남거나 없어지지 않고 남아서 한때 존재했던 어떤 것을 상기시켜 주는 거란다. 그래서 일부 종교적인 물건들을 성유물이라고 부르지. 성인이나 순교자들을 상기시켜 주니까 말이다. 하지만 무엇이든 유물이 될 수 있지."

네그렛은 〈재담가의 비망록〉에서 고아 소녀 넬이 특별한 뼈를 사용해서 낯선 남자를 불러내고, 그 남자가 불어나는 홍수를 멈추도록 도와준 이야기를 떠올렸다.

"고아 마법이라고 불리는 마법이 있다…. 나를 부른 고양이의 뼈는 하나지만, 자신의 일을 하려면 다른 뼈들과 분리되어야 한단다. 남은 뼈들과 연결되었을 때는 잠재력만 있지만, 분리되면 그 잠재력은 힘이 되는 거야."

그 남자가 고아 마법에 대해 말했을 때 어쩌면 성유물 같은 것을 뜻한 건지 모르겠다고 네그렛은 생각했다.

"그럼… 줄리안 로머가 실제 인물일 뿐만 아니라 소원을 들어주는 물건들도 진짜 존재하고, 그 물건 중 한 가지가 이 집에 숨겨져 있다고 생각하시는 거예요?"

그 말을 하면서 네그렛은 책 속 이야기에서는 뼈만 성유물이 아니라 그것을 사용한 소녀도 성유물이었음을 깨달았다.

'그럼 나도 성유물일 수 있을까? 어쩌면 내 안에 일종의 고아 마법 같은 힘을 가지고 있을까?'

네그렛은 궁금했다.

"조금 허무맹랑한 소리 같지?"

히어워드 부인이 인정했다. 부인의 얼굴이 다시 분홍빛이 되었다.

"하지만… 그래, 그렇지. 넌 아마 내가 어리석은 노인이라고 생각할 테지만, 난 줄리안의 유물을 찾는 모험을 하고 싶어 여기 온 거란다."

클렘이 계단에 나타나자 순간 히어워드 부인은 말을 멈추었다. 클렘은 계단 맨 아래에 이르자 깔끔하게 백팔십도 방향을 바꿔 다시 뛰어 올라갔다.

'클렘은 어떻게 달릴 때도 저렇게 조용조용할 수 있을까?'

네그렛은 의아했다.

클렘이 다시 위층으로 사라지자 히어워드 부인이 말을 이었다.

"더 바보 같은 건, 이야기와 가방 말고는 쫓을 단서가 없다는 거였지. 가방조차도 구체적인 단서를 주는 건 아니었지만, 선조들에게서 물려받은 것으로 이 집과 선조들을 연결해 주는 유일한 물건인데… 지금은 사라져 버렸구나."

놀랍게도 전혀 바보 같은 소리로 들리지 않았다. 예민한 성격에, 끊임없이 차를 마시는 데다가 나이 차이가 있는데도 히어워드 부인은 네그렛 자신과 동류일 수도 있을 것 같았다. 어찌 됐든 둘 다 모험가였고, 둘 다 조상과의 연결 고리를 원했다. 단지 히어워드 부인은 카리스마 점수가 마이너스 수치에 머물러 있는 듯 보였다.

"어리석은 소리라고 생각하지 않아요."

네그렛은 말했다.

"그렇다면 무엇을 찾고 계세요? 줄리안의 신발?"

"칼을 찾고 있단다."

히어워드 부인이 대답했다. 조금 안도하는 목소리였다.

"사실은 잘 몰라. 늘 나는 행상에게서 유물을 샀다는 소녀가 칼을 가장 쓸모 있는 것으로 여겼을 것 같았어. 소녀는 1812년 전쟁이 일어났을 무렵 어느 범선에서 자랐거든. 선원들은 늘 신발을 신지는 않지만 좋은 칼은 언제나 필요로 했으니 말이다."

부인은 희망에 차서 고개를 들었다.

"주변에서 혹시 그런 것을 본 적이 있니?"

"아뇨. 하지만 전에는 굳이 찾아보지 않았으니까요."

노부인은 미소 지으며 탁자 위로 손을 뻗어 네그렛의 손을 톡톡 두드렸다.

"괜찮아요, 젊은이. 내 가방을 찾아 주면 대단히 고맙겠다. 찾아봐 준다니 고맙구나."

"이 일을 우리 작전에 포함시켜도 괜찮겠어? 잃어버린 물건들을 찾는 것 말이야."

네그렛은 시린과 함께 계단을 올라가며 물었다.

"그럼."

시린이 대답했다.

"게임에서 때때로 넌 보상을 받거나 큰 보물로 이끌어 주는 작은 보상들을 발견하게 될 거야. 이상한 길 게임에서는 '플럼'이라고 불리는 것들이야."

둘은 2층 계단참에서 걸음을 멈추었다.

"빈지 씨와 히어워드 부인의 방은 3층에 있고, 조지 모셀의 방은 4층에 있지? 3층과 4층을 한번 보는 게 어떨까?"

"그래. 짐작 가는 게 있어?"

네그렛은 곰곰 생각했다.

"유물을 샀다는 소녀는 배에서 자랐어. 그건 항해와 관련되는 두 가지 단서를 줘. 잡동사니 가방 주인인 소녀와 잃어버린 지도."

"그 지도 역시 무척 오래된 것처럼 보였어."

시린이 덧붙여 물었다.

"가방과 지도가 같은 시기의 물건일까?"

"글쎄, 히어워드 부인은 지도에 대해선 언급하지 않았어. 만약 지도가 부인 것이라면, 부인이나 유물과 어떤 관련이 있다면 우리에게 말했을 거야. 부인은 현재로서는 모두 솔직하게 말한다고 생각해, 안 그래?"

"그런 것 같아."

"가방에 있는 철문, 철문 모양의 워터마크, 그리고 창문들에 있는 철문…."

네그렛은 층계참에 서서 철문 모양이 들어 있는 담녹색 바탕의 녹색 창을 쳐다보며 다시 머리를 긁적였다.

"틀림없이 집터 어딘가에 이것과 같은 진짜 철문이 있을 거야. 그렇지 않으면 이 집과 저 철문을 연결하는 모든 것들이 말이 안 돼."

"아니면 이전에 집터 어딘가에 철문이 있었거나."

시린이 지적했다.

"이 집이 1812년 전쟁 때로 거슬러 올라간다면, 철문이 세워졌을 때부터 옮겨지기까지는 이백 년이 넘는 시간이 있어."

클렘이 바로 머리 위에서 방향을 돌리자 네그렛과 시린은 위를 쳐다보았다.

"어떻게 그렇게 소리 없이 달리세요? 방법을 가르쳐 주실 수 있어요?"

네그렛이 물었다.

클렘은 달리기를 멈추고 제자리 뛰기를 하면서 싱긋 웃었다. 심지어 숨을 거세게 쉬지도 않았다.

"수년간 연습을 해야 해. 그런데 배워서 뭐 하려고? 보니까 아래층에서 여왕 폐하와 이야기를 하고 있던데, 어떻게 빠져나왔니?"

"그렇게 나쁜 분은 아니에요. 게다가 안되었더라고요. 가방을 잃어버렸잖아요. 그건 일종의 가족의…. 이럴 때 쓰는 단어가 뭐죠?"

"가보?"

클렘이 단어를 추천했다.

"그래, 난감한 일이지. 어쨌든 넌 정말 누가 훔쳐 갔을 거라고 생각하지는 않는 거지?"

"잘 모르겠어요. 클렘이 캣 버글러니까 말해 주세요."

네그렛은 농담이었지만 클렘은 발을 멈추고 깊이 생각하는 표정을 지었다.

"확신할 수는 없지만, 만약 세 가지 다… 그래, 난 세 가지 물건은 없어진 게 아니라고 생각해. 분명히 그렇지 않을 거야."

클렘은 완전히 진지하게 말했다.

"세 가지 물건을 도둑이 가져간 건 아니라고 생각하시는 거죠? 전 그럴 가능성이 더 있다고 생각했어요."

클렘은 이마를 찡그렸다.

"몇 개를 도둑맞았는지보다 누가 도둑을 맞았는지가 더 중요할 것 같아. 솔직하게 말해 일반적인 절도가 아닐 수도 있다고 생각한 건 조지의 공책 때문이야."

"왜요? 시계와 골동품 가방은 훔쳐 가도 말이 되지만 평범한 낡은 공책은 아니기 때문인가요?"

클렘이 희미하게 미소 지으며 말했다.

"조지의 공책은 평범하고 낡은 공책이 아닐걸. 그럼, 아니고말고."

"조지의 공책에 뭔가 있다는 말씀이에요? 그럴 가치가 있는 거라면 훔쳐 갈 만하잖아요!"

"아, 훔쳐 갈 가치가 있다고 확신해. 그것이 무엇인지, 어떻게 사용할지 아는 사람에게는 틀림없이 훔칠 가치가 있어. 문제는… 그 공책을 사용할 만한 사람이 파랑 머리 자신 말고는… 오직 나밖에 없다는 거야."

네그렛은 입을 떡 벌렸다. 클렘은 네그렛을 보며 더 활짝 미소 지었다.

"오, 드디어 인정하게 되어 기쁘구나."

클렘이 간단하게 말했다.

"문제는, 내가 가져가지 않았다는 거야. 그래서 없어진 게 말이 안 된다는 거고."

클렘은 고개를 한 번 까딱해 보이고 계단의 다음 커브를 돌아 사라졌다.

제 7 장

문라이터의 재주

네그렛과 시린은 3층의 물기 어린 부드러운 초록색 계열 창문 아래 서 있었다. 유일하게 열려 있는 문은 오른쪽 복도 맨 끝에 있는 3W호실로, 3층에서 유일하게 빈방이었다.

"저기서부터 시작하자."

네그렛이 제안했다.

"하지만 저 방은 누구라도 드나들 수 있으니까 뭔가를 숨기기에는 그다지 안전해 보이지 않는데."

"어쩌면 도둑은 숨길 만한 장소가 아니라는 점을 고려했을지도 몰라."

네그렛이 반박했다.

"그리고 너 목소리 좀 낮출래?"

바로 전날 위층에서 했던 것처럼 네그렛은 새로운 눈으로 복도를 관찰했다. 암갈색 들보로 구획된 주석 타일 천장. 낡은 벽지. 3층 벽지에는 창문의 가장 어두운 조각들과 어울리는, 소용돌이치는 옥 무늬가 돋을새김되어 있었다. 양쪽 벽마다 세 개의 등이 있었고, 맨 끝에는 하얀 포인세티아가 놓인 작은 반원 모양 탁자가 있었다.

'함정을 확인하라.'

네그렛은 그 말을 기억했다. 실제 함정은 없을지도 모르지만 누가 그들을 알아차리고 질문을 할 가능성은 늘 있었다. 네그렛은 걸음을 멈추고 귀를 기울였다. 3층에 묵는 손님 모두 아직 아래층에 있었지만, 클렘은 아직 돌아오지 않았다. 클렘이 계단통을 다시 지나가기 전에 사라지는 것이 상책이었다.

네그렛은 복도를 따라갔다. 시린은 한 발자국 뒤에서 따라왔다. 네그렛의 눈은 벽과 마루, 세 개의 닫힌 문을 건너뛰었다. 밀로에게라면 너무 친숙해서 보이지 않았을 세부적인 것들이 블랙잭 네그렛에게는 단서로 드러날 수도 있었다. 네그렛은 마음속으로 3W호까지 가는 길에 보았던 것들을 목록으로 만들었다. 벽 부착 등 하나는 새 전구가 필요했고, 다른 층들과 마찬가지로 무겁고 낡은 벽지는 역시 새로 붙일 필요가 있었다. 또한 3층에도 맨 끝에 오래되고 폐쇄된 승강기가 있었다. 네그렛은 누군가 그곳에 뭔가를 숨겼을지도 모른다고 생각했지만, 페인트칠로 막아 버린 문은 평소와 똑같아 보였다. 아주 오랫동안 이 문으로 승강기를 이용한 사람은 아무도 없었다.

승강기 문 아래에 탁자가 있었다. 포인세티아의 잎들을 조심스레 옆으로 움직이던 네그렛은 누군가 방금 화분에 물을 주었음을 알아차렸다. 틀림없이 파인 부인이 오늘 아침 물뿌리개를 들고 한 바퀴 돌았을 거다. 네그렛은 달콤하면서 톡 쏘는 듯한 향기를 느끼고 움찔 놀랐다. 그리고 도둑이 훔친 물건을 테이프로 붙여 놓은 건 아닌지 탁자 면 아래쪽을 확인했다. 운이 따르지 않았다.

"클렘 소리가 들려."

시린이 속삭였다. 네그렛은 고개를 끄덕였다. 둘은 빈방으로 숨었다.

문안 바로 왼쪽에 짐 받침대가 있었다. 더블베드 아랫부분에 청색과 초록색 줄무늬 담요가 개켜져 있었고, 작은 탁자와 의자, 서랍이 여섯 개인 키 낮은 장롱이 있었다. 이 방은 창밖으로 나무가 우거진 언덕이 내다보였는데, 아까보다 훨씬 심하게 소용돌이치는 눈 사이로 여기저기 일부 별채들의 튼튼한 형체가 드러나 있었다.

"모두 배 모양이야?"

시린이 물었다.

"내가 보기엔 그래."

네그렛은 침대 밑을 들여다보았다. 먼지투성이 토끼 한 쌍밖에 없었다. 시트와 베개 밑, 개켜진 담요 아래도 톡톡 두드려 보았다. 역시 아무것도 없었다. 장롱 속이나 탁자 속도 마찬가지였다. 둘은 장롱을 벽에서 조금 끌어낸 다음 서랍을 다 빼내고 빈 골격 안쪽을 들여다보았다. 아무것도 없었다. 심지어 네그렛은 시린을 위로 들어 올려서 모든 조명 기구들을 더 자세히 살펴보게 했다. 아무것도 없었다.

욕실 역시 어떤 비밀을 감추고 있는 듯이 보이지 않았다. 네그렛은 아무 소득 없는 수색이 끝난 뒤 수건들을 깔끔하게 다시 접으려고 애를 쓰며 조금 기가 죽는 느낌이었다. 그곳엔 뭔가를 숨길 만한 곳이 정말 없었다. 변기에는 물탱크가 없었고 약장은 비어 있었으며 방 안에 있는 다른 물건이라고는 욕조 선반 위에 놓인 비누와 샴푸뿐이었다.

"이제 어쩌지?"

시린은 망토 아래서 팔짱을 끼고 싱크대에 기대어 물었다.

"잘 모르겠어."

네그렛은 욕조 가장자리에 걸터앉아 비누를 감싸고 있는 페이즐리 무늬 종이에 난 구김살을 폈다.

"다음 층으로 갈까? 거긴 빈방이 세 개…."

네그렛은 갑자기 말을 멈추고 만지작거리던 작은 비누를 바라보았다. 사용하지 않은 것이었다. 비누 포장지는 접착제로 잘 붙어 있어야 했다. 이 브랜드의 비누는 그랬다. 네그렛은 그 사실을 알 만큼 충분히 여러 번 객실에 비누와 샴푸를 갖다 놓는 것을 도왔다. 그런데 포장지는 붙어 있지 않았다.

네그렛은 비누를 집어 들자마자 뭔가 느낌이 왔다. 무게가 달랐다. 네그렛은 비누를 뒤집어 조심스레 포장지를 벗겼다. 비누가 손에 놓이자 심장이 빠르게 뛰기 시작했다. 가장자리를 빙 둘러 작은 선이 나 있었다. 이음매였다.

주머니를 뒤져 네그렛은 열쇠를 꺼냈다. 그때 머릿속에서 덕망 있는 블랙잭인 상상의 아버지가 말하는 소리가 들렸다.

'기억해라. 잠긴 문만이 보물을 숨기고 있는 것은 아니다.'

열쇠와 함께 달려 있던 납작하게 두들겨 편 원반은 이음매 속에 끼워 넣기에 충분히 얇았다. 조심스레 원반을 밀어 넣자 손바닥에 있던 비누가 두 개로 나뉘었다.

비누 한가운데가 비어 있고, 그 안에 금 회중시계가 들어 있었다.

"와아…. 너 훌륭하다."

시린이 속삭이듯 말했다.

'문라이터의 재주.'

네그렛은 의기양양해서 생각했다.

'열쇠로 열리든 자물쇠 번호로 열리든, 잠금장치로 보호되는 물건은 무엇이든 훔칠 수 있다고 했지. 호텔 비누 안에 보호되는 것도 마찬가지야.'

"와아…."

네그렛이 시린의 감탄사를 반복했다. 파인 부인이 대부분의 호텔에 비치된 조그만 비누 대신 대형 비누에 돈을 들인 것이 도둑에게는 행운이었다. 시계는 작지 않았기 때문이다. 시계는 대략 네그렛의 손바닥 크기였고 곧은 막대로 끝나는 체인이 달려 있었다. 손잡이를 밀자 톡 열렸다. 그리고 안쪽에 글자가 새겨져 있었다.

D.C.V.에게

노고에 심심한

존경과 감사를 표하며

D. & M.으로부터.

"D.C.V.는 드 캐리 빈지De Cary Vinge를 의미할 거야."

네그렛이 말했다.

"의문의 여지가 없어. 이건 확실히 빈지 씨의 시계야."

둘은 잠시 시계를 응시했다.

"그렇다면… 어떻게 할까? 돌려줘야 할까?"

시린이 물었다. 네그렛의 마음은 소용돌이쳤다.

"결국은 돌려줘야겠지. 하지만 아직은 아냐. 우리가 훔친 물건 하나를 찾았다는 걸 도둑이 알게 되면 다른 물건들을 옮겨 놓을 거야."

"이걸 여기다 그냥 놓아두고 싶어? 도둑이 의심하지 않도록?"

"응, 도둑은 언제라도 다시 옮길 수 있을 테니까."

네그렛은 비누를 싱크대로 가져가서 수도꼭지를 아주 조금 틀어서 비누 반쪽의 가장자리를 적셔 다시 합쳐 놓았다. 그런 다음 속이 빈 비누를 깔끔하게 다시 감싸서 발견했던 자리에 갖다 놓았다.

"비누를 집기만 해도 도둑은 우리가 쫓고 있는 걸 알게 될 거야."

시린이 의견을 말했다.

"그래. 하지만 그러지 않을걸. 아무튼 당분간은 그러지 않을 거야. 살짝 욕실을 들여다보고 비누가 자기가 둔 자리에 그대로 있는지 확인할 수도 있겠지만, 남의 방을 뒤지고 다니는 모습을 들키고 싶지는 않을 거야. 사람들이 의심할지도 모르잖아."

"그럼 그걸 어떻게 할 거야? 가지고 있는 것을 들킬 수는 없잖아. 사람들은 우리가 훔쳤다고 생각할 거야."

"우리 엄마 아빠는 절대 그렇게 생각하지 않을 거야."

네그렛은 비웃었지만, 시린 말은 일리가 있었다. 엄마 아빠는 그렇게 생각하지 않을지도 모르지만 다른 손님들은 그렇게 생각할지도 몰랐다. 언제 어떻게 돌려줄지 생각해 낼 때까지 어디 안전한 곳에 숨겨 두어야 했다.

"알았어!"

시린이 손가락을 탁 튕겼다.

"엠포리움에 갖다 두자! 이리 줘."

시린이 손을 내밀었다.

"내가 가져갈게. 잡힐 때를 대비해서."

네그렛이 웃었다.

"왜, 넌 안 보이니까?"

"당연하지."

시린이 금빛 투명 망토 주머니에 시계를 밀어 넣으며 대답했다.

둘은 빈 객실을 살금살금 다시 걸어서 문 바로 안에서 잠시 귀를 기울였다. 네그렛이 밖을 엿보았지만 복도에는 아무도 없었다.

"가자."

두 모험가는 누구를 만나 놀라는 일 없이 다락으로 갔다. 네그렛은 문을 열고 잠시 멈춰 함정이 있는지 확인하다가 갑자기 걸음을 딱 멈췄다.

"또 거미줄이야?"

시린이 네그렛의 어깨 너머를 들여다보며 물었다. 그리고 시린은 보았다.

"오, 이런. 너도 내 생각과 같은 생각을 하는 거지?"

전날 네그렛이 걸어서 통과했던 크고 정교한 거미줄이 갈가리 찢긴 채 차가운 공기 속에서 부드럽게 흔들리고 있었다.

“응, 맞아. 누군가 다른 사람이 엠포리움에 들어왔어.”

네그렛은 어두운 어조로 대답하고는 얼른 뒤로 물러났다.

“그들이 아직 여기 있으면 어쩌지?”

시린이 숨을 씩씩거렸다.

“그들이 있다면 이미 우리가 여기 온 걸 알 거야. 그들도 잡히면 꽤 당황할걸.”

시린이 문 사이로 몸을 기울였다.

“여보세요, 좀도둑 님? 여기 왜 들어오셨죠?”

당연히 아무 대답이 없었다.

“어떻게 할까? 들어갈까, 말까?”

시린이 물었다.

네그렛은 침을 삼켰다.

“그래, 들어가자.”

네그렛은 조심스레 문지방을 넘어 전등 줄을 더듬어 찾았다. 전구의 불빛이 반짝 살아났다. 이번에는 다음 전등의 줄이 더 멀리 있는 것 같았다.

시린이 네그렛을 밀었다.

“난 바로 네 뒤에 있을게.”

“그래, 알았어.”

네그렛은 깊게 숨을 들이쉬고 다음 전등의 줄로 걸어가 불을 켰고, 다시 다음 전등의 줄로 가서 불을 켰다. 놀랍게도 어둠 속에서 뛰쳐나오는 사람은 없었다.

“어쩌면 엄마나 아빠였을지도 몰라.”

네그렛은 마지막 전등의 줄을 잡아당기며 말했다.

"그게 가장 쉬운 설명일 거야."

"아냐. 네 엄마와 아빠는 아침 내내 잃어버린 물건들 때문에 손님들을 상대하고 계셨어. 엄마든 아빠든 다락에 올 시간이 없었어."

"어쨌든 누가 되었든 지금은 가고 없어."

시린이 주머니에서 시계를 꺼냈다.

"난 이 보물의 임시 보금자리를 찾아볼 테니, 넌 뭐가 어지럽혀졌는지 둘러보는 게 어때?"

"내 말이 그건데."

네그렛이 툴툴댔다.

"우린 조금 전에 방 안을 꽤 잘 조사했잖아? 아마 넌 운 좋게 뭔가 분명하게 눈에 띄는 것을 찾을 거야."

시린이 말했다.

"아마도."

네그렛은 한 바퀴 돌며 시린 말대로 눈에 띄는 것을 찾으려면 어디서부터 찾아야 할지 정하려고 애를 썼다. 그러다 지난번 여기 왔을 때 만들었던 지도를 기억해 내고 배낭에서 꺼냈다. 옷들로 가득한 선반과 낡은 장난감 상자들, 포장지로 싼 유리병 상자, 물건들을 끌어당기려고 시린과 함께 걸터앉았던 거대한 먼지투성이 캔버스 천 더미, 모든 것이 모눈종이에 그려 두었던 자리에 있었다. 벽에는 오래된 문이 기대어져 있었고, 궁극의 힘을 지닌 보석 상자들은 승강기의 작동기 뒤에 반쯤 숨겨져 있었다. 그런데….

네그렛은 걸음을 멈추고 홱 발길을 돌려 네 번째 전등이 비추는 곳으로 돌아왔다. 어…?

시린이 옆쪽에서 불쑥 나타났다.

"왜?"

"쉿."

네그렛은 지도를 보고 다시 위를 보았다.

"아니, 너 왜…."

"쉿!"

네그렛은 시린이 입을 다물고 팔짱을 낀 채 뒤로 물러설 때까지 조용히 하라고 손을 들어 올리고 있었다.

"뭔가 달라졌어…. 그런데 뭐가 달라졌는지는 모르겠어."

"좋아."

시린은 캔버스 더미 위로 올라가 앉아서 무릎을 팔로 감싸 안았다. 그때 네그렛은 무엇이 달라졌는지 깨달았다.

"그거야!"

네그렛은 탄성을 올렸다.

"비켜 봐."

네그렛은 시린을 캔버스 더미에서 쫓아내고 층층이 쌓인 천을 치우기 시작했다.

전날, 캔버스가 쌓여 있는 무더기 꼭대기에는 두 사람이 다 앉을 만한 자리가 있었다. 거기다 둘 사이에 네그렛의 배낭을 둘 공간도 있었다. 그런데 오늘은 아이 한 사람이 앉을 공간밖에 없었다.

캔버스 천들은 무겁고 먼지투성이였지만 시린의 도움으로 네그렛은 가까스로 커다랗게 접어 옮기는 데 성공했고, 마침내 캔버스 더미는 더러운 돛천의 호수로 변했다. 그리고 호수의 파도 속에서 마지막 두 겹의 천 사이에 일그러진 모양의 뭔가가 볼록하게 들어 있었다.

네그렛은 기침을 하고 코에서 거미줄을 닦아 내며 천 사이로 기어들어 갔고, 마침내 혹 모양의 물건에 손이 닿았다. 네그렛은 다시 그 물건을 손에 들고 엠포리움의 어스름한 빛 속으로 기어 나왔다.

"믿을 수 없어."

네그렛이 나타나자 시린이 어이없어 했다.

"나도 그래."

둘은 수놓인 캔버스 가방을 가만히 내려다보았다. 거기에는 청록색 소나무들로 둘러싸인 그린글라스 하우스의 모습이 스티치와 매듭으로 수놓아져 있었다. 가방을 뒤집으니 철문이 있었다. 의심할 여지없이 워터마크와 창문에 있는 철문과 똑같은 것이었다. 하지만 한 가지 다른 점이 있었다. 가방의 철문은 다른 것들에는 없는 것이 있었다. 바로 한쪽에 매달려 있는 구릿빛 금색 실로 만든 작은 매듭이었다. 랜턴이었다.

"가방을 돌려주고 싶어. 히어워드 부인을 기다리게 하고 싶지 않거든."

네그렛이 말했다.

"그러려면 조지의 공책을 찾아야 해. 두 가지 물건이 다른 장소에 있었으니까 공책도 어딘가 다른 곳에 있을 것 같아."

"그러게."

네그렛은 캔버스의 가장자리를 발로 찼다.

"이거 다시 더미 위로 올려놓게 도와줄래?"

"공책을 찾을 때까지 가방을 어디다 숨겨 둘까?"

시린이 물었다.

"꽤 괜찮은 생각이 있어."

둘은 힘을 내어 캔버스를 도로 제자리에 돌려놓고 손을 툭툭 털었다. 네그렛이 가방을 집어 들며 물었다.

"아참, 시계는 어디 두었어?"

"궁극의 힘을 지닌 보석 상자 가운데 하나에 묻어 놓았어."

"가서 가져올래? 더 나은 장소가 생각났거든."

네그렛에게 그 생각이 떠오른 것은 시린과 그 무거운 돛천을 더미 위로 다시 올려놓으려고 애를 쓸 때였다. 그 더미 덕분에 집 안에서 어떤 일이 있어도 그날 어떤 장소에서 해야 할 다른 일이 기억났다. 그리고 그 기억은 물건을 숨기기에 완벽한 장소를 생각나게 했다.

"어쨌든 2층에서 먼저 가져와야 할 것이 있어."

그리고 아직 공책을 찾는 일이 남았다. 공책은 어디에도 있을 수 있었다. 엠포리움을 떠나며 네그렛은 문을 잠그고 다음에 수색할 장소의 목록을 머릿속으로 만들기 시작했다. 4층과 5층의 빈방들, 지하층, 집 안의 모든 러그 아래….

계단을 내려오려던 바로 그때 시린이 네그렛의 팔을 잡으며 입 모양으로 기다리라고 말했다.

복도 아래서 희미한 속삭임이 들렸다. 네그렛과 시린은 발끝으로 계단이 방향을 트는 모퉁이 바로 위로 가서 귀를 기울였다.

"웃기지 마. 네가 아닌 것 나도 알아. 너였다면 없어진 것을 절대 몰랐을 거야. 없어졌단 걸 내가 알아차리기 전에 돌려놓았을 테니까."

조지의 목소리가 비난조로 말했다.

"맞는 말씀."

클렘이었다.

"네 도움이 필요해. 공책을 되찾아야 하거든."

조지가 주저하며 정말 말하기 싫다는 투로 말했다.

"왜 더 잘 숨겨 놓지 않은 거야?"

"너만 아니면 숨겨 둘 필요가 없다고 생각했으니까. 그리고 천재에게는 뭐든 숨기려 해도 소용없지. 특히 이렇게 폐쇄된 공간에서는."

이번에 조지의 목소리는 화가 난 듯했다.

"게다가 넌 가져가지 않을 것을 알고 있었고."

클렘이 킥킥 웃었다.

"그렇게 생각했다니 고마워."

"되찾도록 도와주면, 그 안에 있는 것을 너랑 공유할게."

조지가 한숨을 쉬며 말했다.

잠시 침묵이 흘렀다.

"아니, 공책에 없는 정보를 줘야지."

클렘의 말에 조지가 웃었다. 하지만 재미있어 웃는 게 아니라 체념한 웃음이었다.

"당연하지. 네가 이미 어떻게든 공책을 읽어 봤을 거라고 가정해야 했거든."

"그래? 그럼 공책에 없는 정보도 있어?"

"그야 당연하지."

위쪽 계단에 웅크리고 앉아 네그렛은 코를 찡그렸다. 계단통에서 맵싸한 냄새와 꽃 냄새가 동시에 풍겼다. 전에는 없던 냄새였다.

"좋아…. 무슨 정보를 더 갖고 있는데?"

손가락을 튕기는 소리가 났다.

"알았다. 카메라 프로젝트!"

침묵.

"그래. 내가 원하는 게 그거야. 사진을 찍어서 완성되면 내게 보여 주겠다고 약속해. 뭐든 애한테 보여 주려는 가짜 말고, 진짜 사진."

"그건 그냥… 장난이야, 클렘! 애가 관심이 있는 것 같아서. 그게 전부야. 그건 오웬하고 아무 관계가 없어."

'오웬?'

"거짓말 마. 네가 하는 건 그냥 장난이 아니야. 난 사진이 보고 싶어. 속임수 없는 사진."

또 한 번의 침묵. 그런 다음 코웃음 반 한숨 반인 소리가 들렸다.

"좋아."

"우리가 아주 사이좋게 지내는 동안, 혹시 어제 내 방에 왔었니?"

클렘의 목소리가 물었다. 네그렛이 시린을 팔꿈치로 찔렀다. 알고 있었나 봐?

"절대 아냐. 난 그 정도로 어리석지 않아. 난 나의 한계를 알아."

"내가 아는 한 아무것도 건드리지 않고 갔기 때문에 너라고 생각했던 거야. 누가 그랬든 간에 자신의 한계를 아는 사람이었어."

"난 아니었어, 클렘. 봐, 동의할 거야 말 거야?"

"알겠어. 말할 게 있으면 즉시 알려 줄게. 맙소사, 대체 뭘 한 거야? 향수로 목욕했어?"

"아이가 내 가방에 있던 병을 깨뜨렸어. 이건 내가 갖고 있는 유일한 스웨터야. 드라이클리닝을 해야 하는 거라, 파인 부인한테 세탁을 맡길 수 없었어. 오늘 너무 추워서 입은 거야. 모두들 추위와 씨름해야 할걸."

향수였다. 박살 난 병에 들어 있던 조지의 향수. 그 향수 냄새가 계단통에서 났다.

"어휴…, 내 스웨터 하나 빌려줄게. 잠깐 기다려."

클렘이 조지에게 빌려줄 스웨터를 가지러 자기 방에 간 동안 네그렛의 머릿속에서 톱니바퀴가 돌았다.

'뭐야?'

시린이 입 모양으로 물었다. 네그렛은 고개를 저었다. 하지만 뭔가가 있었다. 향기에 관한 뭔가가….

클렘이 돌아왔고 조지가 감사를 표했다. 클렘이 문라이터들 사이에서 카디건이 무엇인지에 대해 무슨 말을 했다. 이상한 이야기였지만, 당장은 향기 문제가 분명하게 해결되지 않아 관심이 가지 않았다. 조지와 클렘이 계단을 다시 내려갈 때 네그렛을 괴롭히던 머릿속의 조각들이 앞뒤가 맞아떨어졌다.

네그렛은 시린의 노란색 소매를 움켜쥐며 말했다.

"가자. 공책이 어디 있는지 알겠어!"

네그렛은 시린과 함께 계단을 내려갔다. 이번에는 조용히 하려고 애쓰지 않았다. 소리는 문제가 되지 않았다. 가방과 시계를 배낭에 넣어 두었으니, 도둑이 두 사람을 발견하고 물건 숨겨 둔 곳에 가 보더라도 허탕을 칠 것이다.

"실례합니다."

네그렛은 조지 곁을 지나며 명랑하게 말했다. 조지는 막 자신이 묵는 4층에 이르렀던 참이었다.

"조지에게 말하고 싶지 않아?"

시린이 속삭였다. 둘은 계속 3층을 향해 내려갔다.

"아직은."

네그렛이 속삭이듯 대답했다.

"나한테도 말하고 싶지 않아?"

"기다려. 보여 줄게."

네그렛은 3층 층계참에서 걸음을 멈추고 복도 끝으로 달려가 녹색 도자기 화분의 흰색 포인세티아를 집어 들고 살금살금 돌아와서는 가능한 한 빨리 다음 계단을 달려 내려갔다. 그런 다음 서둘러 시린과 함께 가족의 거처를 통과해서 자신의 침실로 갔다.

"내 휴지통 좀 가져다줄래?"

문이 안전하게 닫히자마자 네그렛이 말했다. 그런 다음 화분을 휴지통 위로 들고, 가운데 줄기를 잡고 조심스레 빼냈다. 식물이 화분에서 나오자 젖은 흙이 잠시 화분 모양을 하고 있다가 뿌리에서 휴지통으로 무너져 내렸다. 그리고 뭔가 다른 것도 함께 떨어졌다. 비닐봉지에 들어 있었다.

시린은 비닐봉지를 주워 조심조심 열었다. 시린이 향수로 얼룩진 작은 공책을 꺼내자 네그렛이 포인세티아에서, 그리고 다락 근처 계단에서 알아차렸던 매콤하고 달콤한 냄새가 온 방 안에 퍼졌다. 공책에는 느슨한 공책 낱장 묶음이 끼워져 있었다.

"포인세티아는 향기가 안 난다는 걸 진즉 기억해 냈어야 했어."

네그렛이 자랑스럽게 얼굴을 빛내며 말했다.

두 사람은 담요 위에 되찾은 세 가지 물건들을 가운데 놓고 양옆 침대에 앉아 있었다. 조지의 지독히 달콤한 냄새가 나는 공책, 빈지 씨의 금시계, 히어워드 부인의 수놓은 잡동사니 가방.

"이제 어쩌지? 그냥 모두 되돌려 줘?"

시린이 물었다.

"잘 모르겠어."

네그렛은 공책을 집어 들고 말하는 동안 숨을 참으려고 애썼다. 더 이상 향기를 들이마시고 싶지 않았다.

"그렇게 하면 사람들이 우리가 가져갔다고 생각할까 봐 두려워. 하나만 발견했으면 다를 테지만 세 가지 다? 뭔가 방법을 생각해 봐야 할 것 같아."

네그렛은 공책의 표지를 들어 올렸다.

"공책을 좀 보면 나쁜 짓일까?"

"본다고?"

"공책을 훑어봐서 훔쳐 갈 만한 게 있는지 보는 거야."

시린이 싱긋 웃었다.

"농담해? 네가 안 보면 내가 볼게. 아까 조지와 클렘이 위층에서 했던 말을 들었잖아."

"그저… 일기 같은 걸까 봐…."

네그렛은 망설였다.

"이리 줘."

시린은 네그렛의 손에서 공책을 잡아채어 펼쳐 보더니 상을 찡그렸다. 페이지를 휙휙 젖힌 뒤에는 더 심하게 상을 찌푸렸다.

"이게 뭐야?"

"왜 그래?"

시린은 격분한 소리를 내며 공책을 네그렛에게 홱 던졌다. 네그렛은 어정쩡하게 공책을 잡고 첫 페이지를 펼쳤다. 이해할 수 없는 단어들이 줄줄이 페이지를 가로지르고 있었다. 다음 페이지를 넘기고 또 다음 페이지를 넘겼다. 화살표와 네모 표시, 줄을 그어 지운 것, 동그라미를 친 것, 밑줄 친 것이 있었지만, 어떤 페이지에도 영어로 쓴 단어는 단 한 개도 없었다.

"이게 무슨 언어야?"

"언어 같지는 않아, 네그렛."

스콜리아스트는 의미심장한 눈길을 보냈다.

"조지가 클렘을 제외하면 숨길 사람이 없다고 생각해서 신경 쓰지 않았다고 했던 말 기억해? 조지는 공책이 발견되리라 예상했지만, 다른 누가 읽는 것은 원하지 않았어. 틀림없이 그건 암호야."

"공책 전체를 암호로 썼다고?"

네그렛은 공책을 침대 위에 떨어뜨리고 시린을 응시했다.

"대체 이 사람들 정체가 뭐지?"

"모르지. 하지만 그들에 대해 우리가 아는 게 뭔지 따져 볼 때가 된 것 같아. 너 메모지 있어?"

"엠포리움에서 가져온 스프링 노트가 배낭에 있어. 책상 옆 바닥에. 펜도 있을 거야."

시린은 침대에서 내려가 배낭을 뒤져 노트와 펜을 들고 돌아왔다.

“그들이 여기 온 순서대로 써 보자.”

시린이 오래된 볼펜 잉크를 나오게 하려고 조금 끄적거리며 말했다.

“빈지 씨가 맨 먼저 왔지?”

시린은 페이지 맨 위에 이름을 적었다.

“우리가 아는 것은?”

“괴상한 양말. 뭔가를 계속 읽는데, 뭘 읽는지는 몰라.”

네그렛이 다시 시계 뚜껑을 열었다.

“시계에 새겨진 글도 적어. ‘D.C.V.에게. 노고에 심심한 존경과 감사를 표하며. D.와 M.으로부터’”

“또 뭐가 있을까?”

시린은 턱에다 펜을 톡톡 두드렸다.

네그렛은 침대 머리판에 등을 기대고 천장을 응시했다.

“다른 건 생각 안 나.”

“그럼 나중에.”

시린은 페이지를 넘겼다.

“다음은 누구지?”

“조지 모셀. 클렘은 파랑 머리라고 불러. 두 사람은 여기 오기 전에 분명히 서로 아는 사이였어. 친구 같지는 않지만, 여전히 서로 꽤 다정해.”

네그렛이 기억해 냈다.

“조지가 뭔가 흥미로운 말을 했어. 클렘이 시가 박스 카메라 사진을 보고 싶다고 말했을 때 조지가 ‘그건 오웬하고 아무 상관없어’였나, 아무튼 그 비슷한 말을 했어. 오웬이 누굴까? 조지와 클렘이 아는 사이인 건 둘 다 오웬이란 사람을 알기 때문일지도 몰라."

"또한 카메라도 있어. 조지는 평범한 물건으로 카메라를 만드는 법을 알고 있고, 클렘은 조지가 어떤 사진을 찍고 있는데, 너에게 보여줄 사진은 가짜일 거라고 생각해."

시린이 상기시켰다.

"또 조지는 전부 암호로 적힌 공책을 갖고 있어."

네그렛은 공책을 다시 집어 들었다.

"조금 베껴 둘래?"

"응."

시린이 몇 줄 베껴 썼다.

"그 밖에 또 뭐가 있을까?"

"조지는 내게 〈재담가의 비망록〉을 빌려주었어."

네그렛은 첫날을 돌이켜 보았다.

"그러면서 특히 시작 부분이 내 마음에 들 거라고 했어."

"어떻게 시작하는데?"

"많은 사람이 여관에 꼼짝 못하고 갇혀 있게 되는데, 어떤 사람이 이야기를 하자고 제안해. 거기서…."

네그렛은 말을 멈추고 인상을 썼다.

"그 덕분에 내가 지난밤에 이야기를 하자는 제안을 하게 된 거야. 물론, 하지만…."

시린이 바싹 다가와 네그렛을 바라보았다.

"하지만 뭐?"

이제 네그렛은 다른 생각이 났다. 비록 설득력은 별로 없는 것 같았지만.

"조지가 내게 다시 책을 주면서 뭔가 바란 것 같지 않아? 이야기를 하자는 제안 같은 것 말야."

"그런 걸 바랐을 것 같긴 해. 하지만 여기서 일어나는 다른 일보다 더 이상한 건지는 잘 모르겠어. 또 없을까?"

시린이 말했다. 네그렛은 고개를 저었다. 그러다가 손가락을 튕겼다.

"오늘 아침, 우리가 아래층에서 이야기하고 있을 때 조지가 말했지…."

"맞아, 맞아. 공책에 무엇이 있느냐고 네가 물었을 때 조지는 이 집에 대해서 적었다고 했어…."

시린이 얼굴을 빛냈다.

"그리고 누군가 집과 관련되어 있다고 생각했어. 오웬이란 사람일까?"

네그렛이 고개를 끄덕이며 말했다.

"틀림없어. 엄마 아빠한테 오웬이란 사람을 기억하느냐고 물어보면 어떨까?"

"알았어."

네그렛이 머리를 긁적이며 말을 이었다.

"좋아, 계속하자. 다음은 닥터 윌버 고워바인하고 에글란타인 히어워드 부인이었어."

네그렛은 그 두 사람이 윌포버 윌윈드에 끼어 앉아 있던 것이 기억나 미소 지었다.

"그들은 동시에 도착했어."

"있잖아, 만약 조지 말이 맞으면 클렘은 세 가지 물건을 훔친 범인이 아니야. 그럼 고워바인 박사만 남아. 그리고 우리는 박사가 클렘의 방에 몰래 들어간 걸 알고 있고."

시린이 지적했다.

"맞아. 나도 그 생각했어."

네그렛이 인정했다.

"하지만 클렘은 아무것도 건드린 게 없다고 했어. 그 말은 고워바인 박사가 물건을 훔치기 위해서가 아니라 다른 이유로 방에 들어간 것 같아 보여."

"어떤 이유?"

"모르겠어. 사실은 박사에 대해 적어 둘 만한 게 하나도 생각나지 않아. 다른 사람들에 대해서보다 더 모르는 것 같아."

네그렛이 인정했다.

"무슨 박사일까?"

"모르지."

"박사는 포치에 자주 나가 있어."

"그러게. 파이프를 피우니까. 그건 알잖아."

"그래. 하지만 내 말은 이유가 무엇이든 혼자서 자주 포치에 나가 있다는 거야. 아마 그것도 조사해야 할 거야."

시린이 끈기 있게 말하며 새 페이지를 펼쳤다.

"이제 히어워드 부인 차례야."

부인에 대해서는 조금 더 많은 정보가 있었다. 둘은 전날 밤 노부인이 들려준 이야기와 그날 아침의 대화에서 기억나는 것을 적어 내려갔다.

"부인의 조상은 뱃사람이었어. 해도와 관련이 있을지도 몰라."

네그렛은 가방을 집어 자수 무늬를 본 다음 일그러진 철문 위에 달린 작은 랜턴을 보았다.

"여기저기서 나타나는 걸 보면 철문이 단서일 거야."

네그렛이 중얼거렸다.

시린은 반대쪽 집이 나오도록 가방을 돌렸다가 다시 철문 쪽으로 돌리며 말했다.

"이 철문이 그린글라스 하우스 땅에 있는 건지 아니면 전혀 별개의 그림인지 잘 모르겠어."

"맞아. 알기 어려워."

네그렛은 가방의 집 쪽 면에서 전에는 보지 못했던 것을 발견했다. 철문 위에 스티치로 놓은 수였는데, 상징처럼 보이는 작은 직선들이 배열되어 있었다.

네그렛은 가방을 시린에게 밀어 놓고 주머니에서 블랙잭의 열쇠를 꺼냈다. 그리고 가죽 열쇠고리에 달린 얇은 원반을 살펴보았다. 한 면에는 파란색 에나멜로 왕관이 새겨져 있었다. 다른 한 면에는 네 개의 중국 글자가 있었다. 중국 글자는 철문 위에 수놓인 상징과 정확히 일치했다.

"무슨 뜻일까? 너무 답답하다!"

네그렛은 천장을 향해 부르짖었다.

"히어워드 부인은 그 상징이 뭔지 알지도 몰라."

시린이 네그렛의 어깨를 토닥이며 말했다.

"가방을 돌려줄 때 물어보기로 하고, 우리 집중하자."

시린은 네그렛의 열쇠고리를 가져가 히어워드 부인의 페이지에 상징들을 베꼈다.

"다음은 누구야?"

네그렛이 한숨을 쉬었다.

"클렘. 클레멘스 O. 캔들러. 빠르고 조용하고, 자기가 캣 버글러라는 농담을 했어. 또한, 클렘은 조지 역시 도둑임을 암시했어."

네그렛은 클렘이 했던 말을 기억해 내고 손가락을 튕겼다.

"향기에 대해 열심히 생각하느라 거의 신경을 못 썼네! 클렘이 조지에게 스웨터를 주면서 '문라이터들 사이에서 카디건이 무엇인지.'라고 말했어. 〈이상한 길〉에서 문라이터의 재주에 대해 읽었는데, 그건…"

"익스플로잇. 거의 모든 것을 훔칠 수 있게 해 주는 블랙잭 기술이지."

시린이 생각에 잠겨 고개를 끄덕이며 말을 끝냈다.

"바로 그거야."

"그렇다면 그들 둘 다 이상한 길의 사기꾼이라는 뜻이 되겠네."

시린이 지적했다.

네그렛은 고개를 저었다.

"하지만 클렘은 공책을 훔칠 이유가 없다고 인정했어. 그건 조지도 이미 알고 있었고."

"조지조차 클렘이 그런 짓을 한 사람이라고 생각하지 않긴 했어."

"조지는 클렘이 훔쳐 갔다고 생각하지 않는다고 말했어. 혹시 뭐랄까, 관심을 엉뚱한 데로 돌린 건 아니었을까?"

관심을 엉뚱한 데로 돌리는 것은 〈길 위의 블랙잭들〉에 따르면 또 하나의 중요한 기술이었다.

"훔쳐 가지 않은 척 도로 갖다 놓을 기회를 클렘에게 주었을지도 모른단 말이지?"

시린이 생각에 잠겨 고개를 끄덕였다.

"아마도. 하지만 클렘이 훔쳐 가지 않았다고 말했을 때 네그렛, 너도 믿었잖아?"

네그렛은 클렘을 믿었지만, 그게 정말 무슨 의미가 있는지는 알지 못했다.

"클렘은 살금살금 돌아다니는 것만큼이나 거짓말을 잘하는지도 몰라. 우리가 쉽게 눈감아 줘도 되는 사람인지 잘 모르겠어."

"괜찮아. 또 우리가 알고 있는 게 뭘까?"

그 밖에는 별로 많지 않아 보였다. 시린과 네그렛은 가지고 있는 주요 단서와 질문들의 목록을 만들기로 결정했다. 이런 목록이 나왔다.

밖에서 발견된 해도. 철문 워터마크가 있고 종이에 그려져 있음.

지도는 도난당하고 대신 그 자리에 미끼(철문 워터마크가 있는 종이)가 있었음.

엠포리움에 같은 종잇조각이 발견됨(럭스미스 제지 상회).

철문은 창문들에도 있음.

철문은 또한 H.부인의 가방에도 있음.

H.부인의 가방 위의 중국 글자는 네그렛의 열쇠에 있는 글자와 일치함.

누가 해도를 떨어뜨렸을까?

해도를 가져간 사람과 없어진 물건들을 훔쳐 간 사람은 동일인일까?

고워바인 박사는 도둑일까? 아니면 다른 이유로 클렘의 방에 들어갔을까?

네그렛과 시린은 목록을 응시하고, 공책을 다시 휙휙 훑어보고, 토론하고 논쟁했지만 새로운 것은 찾지 못했다. 하지만 의심받지 않고 도둑맞은 물건들을 주인들에게 돌려줄 수 있게 된다면 즉시 히어워드 부인에게 철문의 상징들에 대해서 물어봐야 한다는 데는 동의했다.

네그렛은 적어도 그 정도는 잘해 낼 수 있으리라는 자신이 있었다. 공책을 발견하기 전에 생각해 두었던 가방과 시계를 숨겨 둘 장소는 물건들을 돌려줄 장소로 멋지게 바뀌었다.

네그렛은 파인 부인이 손님들이 몰려오기 전에 선물을 포장해 두었던 2층 서재로 들어갔다. 그리고 포장지 두 롤과 테이프 디스펜서, 가위 하나, 똑같은 상자 세 개를 슬쩍 가지고 방으로 돌아왔다.

"탁월한 생각이야."

시린이 감탄했다. 둘은 되찾은 물건들을 상자에 넣고 안에서 움직이지 않도록 별도의 종이로 완충시켜 잘 포장했다. 그리고 상자마다 병정들이 열심히 북을 치고 있는 포장지 아래쪽 구석에 눈에 띄지 않는 글씨로 '시, 공, 가'라고 써 붙였다. 내친 김에 두 번째 포장지로 바꾸어 밀로가 침대 밑에 숨겨 두었던 엄마 아빠 선물들을 포장했다.

네그렛이 마지막 선물에 리본을 묶고 있을 때 누군가가 방문을 두드렸다. 네그렛은 스프링 노트를 가장 가까운 선물 아래에 밀어 넣고 외쳤다.

"들어오세요!"

파인 부인이 안을 들여다보며 포장된 선물들의 어수선한 더미에 미소를 지었다.

"또 시간 가는 줄 몰랐구나?"

밀로와 메디는 죄책감 어린 미소를 교환했다.

"네."

밀로가 인정했다.

메디는 침대 옆 탁자 위의 시계를 보았다.

"우리 또 점심을 놓친 거야?"

파인 부인이 손을 흔들었다.

"오늘은 배가 고프지 않게 신경 좀 썼어. 캐러웨이 부인이 마카로니와 치즈와 햄 샌드위치를 만들었는데, 따로 남겨 두었단다. 다 식기 전에 내려오렴."

"곧 갈게요, 엄마."

네그렛은 파인 부인 뒤에서 문이 닫힐 때까지 기다렸다가 포장한 상자들을 배낭에 꾸렸다.

"갈래?"

메디는 고개를 저으며 다시 노트를 꺼냈다.

"난 생각 좀 더 해 보고 싶어. 조용한 방에 남아서 단서들을 살펴봐도 될까?"

대답하기 쉽지 않은 질문이었다. 메디를 방에 혼자 남겨 두어도 될까? 아니, 괜찮지 않았다. 이곳은 자신의 공간이었다. 그렇다면 거절할 만큼 안 괜찮은가? 시린은 네그렛이 생각하는 동안 참을성 있게 기다렸다.

"원한다면 다른 곳에 갈 수도 있어."

마침내, 게임이라는 것을 생각하자 마음을 결정하는 데 도움이 되었다. 그들은 이번 모험의 파트너였다. 만약 시린을 믿을 수 없다면 네그렛은 완전히 혼자였다.

"응. 여기 있어도 돼."

밀로가 마침내 말했다.

"하지만 물건을 옮기지는 말아 줄래? 내 물건은 내가 좋아하는 곳에 놓여 있으니까."

메디가 고개를 끄덕였다.

"약속해."

"그럼 좋아."

밀로는 문을 열고 복도로 나가며 숨을 깊이 들이마셨다. 어려운 결정이었지만, 예상했던 것만큼은 아니었다.

"이따 보자."

제 8 장

플럼

눈이 그치고 다시 비가 내리기 시작했다. 비는 지면에 닿자마자 얼어붙었다. 해 질 무렵 하늘은 며칠 만에 잿빛이 깨끗이 가셨고, 달빛은 한 겹 은빛 유리로 덮인 듯한 세상 위에서 아련히 빛났다. 그리고 바람이 불기 시작했다. 유리 같은 세상은 신음 소리와 삐걱거리는 소리를 내기 시작했고, 심지어 부서지는 소리를 내기도 했다. 그럴 때면 총소리 같은 소음이 어둠 속을 메아리쳤다.

그린글라스 하우스 안에서는 모두들 그 전날보다 상당히 신경이 날카로워 보였다. 도난 때문만은 아니었다. 밀로는 촛대가 보통 때와는 다른 곳을 장식하고 있는 것을 보고 엄마 아빠가 전기가 나갈까봐 걱정하고 있는 것을 알았다. 그린글라스 하우스는 자체 발전기가 있었고, 장작이 잔뜩 있었지만, 발전기는 자동으로 시동이 걸리지 않았다. 즉 전기가 나가면 적어도 짧은 시간 동안은 전깃불 없이 지내게 되리라는 뜻이었다. 크리스마스 장식들 사이에 양초가 있는 것은 너무나 당연해 보였으므로 손님들은 알아차리지 못했겠지만, 밀로에게는 너무나 두드러지게 눈에 띄었다.

크리스마스트리 아래에 있는, 되찾은 물건이라는 비밀 표시가 붙은 세 개의 꾸러미도 마찬가지였다. 그것들은 파인 씨가 그날 오후 늦게 더 갖다 놓은 선물 더미 아래 묻혀 있었는데, 밀로에게는 마치 '훔친 물건이에요! 열어 봐 주세요!'라고 외치며 반짝반짝 신호를 보내는 것만 같았다.

또 한 번의 식사는 다시 뷔페로 차려졌고 손님들은 곳곳으로 흩어졌다. 다시 한 번 메디는 밀로를 거실로 보내 살펴보게 했다. 이번에 밀로는 커플 소파로 접시를 가져갔다. 팔걸이에 기대어 앉으면 등 너머를 관찰할 수 있었다. 덤으로, 식당에서 일어나는 모든 일에 대해서도 들을 수 있었다.

저녁 식사는 역시 침울한 시선과 불편한 침묵 속에서 어색하게 진행되었다. 오로지 히어워드 부인만이 도난 사건을 입에 올렸다.

"우리 방을 다 찾아보았지만 아무 소용이 없었지요."

모두가 식사를 끝내 갈 무렵, 부인의 목소리가 식당에서 터져 나왔다. 마치 줄곧 붙들고 있으려고 애를 쓰다가 터져 나온 것 같았다. 부인은 성큼성큼 거실로 들어와 고워바인 박사와 클렘 사이로 포크를 흔들며 말했다.

"여러분 물건은 어떤가요?"

고워바인 박사가 분개하며 식식거리기 시작했다.

"설마 부인의 말씀은…."

"당신들 가운데 하나예요!"

히어워드 부인의 목소리가 높은 쇳소리로 변했다.

"당신들은 유일하게 도둑을 맞지 않았지요! 당신들 가운데 하나가 분명해요!"

클렘은 식사를 마치고 포크를 커피 테이블에 내려놓은 다음 손깍지를 끼고 사람 열 받도록 차분하게 노부인을 바라보았다.

"부인은 자기가 무슨 말을 하는지 모르시는군요. 만약 조금이라도 아신다면, 그게 아무 의미가 없다는 것 또한 아실 텐데요."

메디가 커플 소파에 털썩 주저앉으며 밀로와 함께 뒤쪽을 유심히 살폈다.

"클렘의 말이 무슨 뜻이라고 생각해?"

밀로는 어깨를 으쓱했다. 클렘의 말을 논하는 것보다는 히어워드 부인의 반응을 듣는 편이 더 흥미 있었다.

"우리도 수상쩍다고 말하는 것 같아."

메디가 투덜거렸다.

"우리 집이니까, 우리 중 한 사람일 수도 있다고 말이야."

물론 그럴 수 있었다. 하지만 밀로는 클렘의 말뜻은 그것이 아니라고 생각했다. 범인은 도둑맞은 세 사람 가운데 하나일 수도 있다고 암시하는 것 같았다.

그건 흥미로운 생각이었다. 만약 도둑이 의심을 피하기 위해 도둑맞은 척하고 있는 거라면? 클렘은 노부인이 모든 일의 배후임을 확신하는 것처럼 히어워드 부인을 집중적으로 바라보고 있었다.

"자, 여러분."

파인 부인이 황급히 들어와 손뼉을 쳤다.

"커피 어떠세요?"

히어워드 부인은 그 말을 무시하고 클렘에게 말했다.

"그러니까 젊은 숙녀분의 생각은…."

"제가 생각하는 것은 없어요. 그냥 부인은 자기가 하는 말을 모르고 있다는 거예요. 말이 났으니 말인데, 저도 부인만큼 그런 웃기는 일로 비난받는 걸 좋아하지 않아요."

클렘은 냅킨을 접어 놓고, 접시를 들고 일어서며 물었다.

"커피 도와드릴까요, 파인 부인?"

히어워드 부인이 입을 벌렸지만 클렘이 딱 잘랐다.

"언제라도 내 방을 찾아보셔도 좋아요."

클렘이 어깨 너머로 말했다.

"지금 찾아보는 게 마음 편하시다면 그렇게 하시고요."

파인 부인이 두 손을 들었다.

"모두 진정하시는 게 어때요?"

"난 완벽하게 차분해요. 미스 캔들러가 옳은 제안을 했으니까요."

히어워드 부인은 완전히 진정한 것 같지는 않았고, 얼굴색이 다시 발갛게 달아올랐다. 부인은 지나가는 고워바인 박사에게 향했다. 박사 역시 자리에서 일어나 자신의 접시를 들고 부엌으로 가고 있었다.

"박사님은 어떠세요?"

"황당하네요."

박사가 중얼거렸다.

노부인은 이제 혼자 거실에 남겨질 것을 알아차리고 성큼성큼 박사 뒤를 따라갔다.

"긍정입니까, 부정입니까?"

"모두 진정하시는 게 어때요?"

파인 부인이 부엌에서 다시 큰 소리로 외쳤다. 모두들 부엌에 있거나 식당에 있었다. 밀로는 사람들을 볼 수 있도록 커플 소파의 등 위로 더 멀리 몸을 기댔다.

고워바인 박사는 잠시 히어워드 부인을 쏘아보다가 팔짱을 끼고 목청을 가다듬은 다음, 파인 씨에게 돌아섰다.

"파인 씨, 이런 상황에 도움이 된다고 여기시면, 제 방과 소지품들을 살펴봐 주시면 대단히 기쁘겠습니다."

"고맙습니다."

파인 씨가 떨떠름하게 대답했다.

메디가 상을 찡그리며 말했다.

"상황이 더 나빠지기 전에 도둑맞은 물건들을 지금 돌려줘야 할 것 같아."

메디가 밀로를 살짝 밀면서 말했다.

"내가 해 볼게. 넌 들어가서 다른 사람들과 함께 있어. 그리고 그냥 물건들이 네 것이 아니라고 말해."

"뭐?"

밀로가 속삭여 물었다.

"날 믿어. 내 것이 아니에요. 그렇게만 말하면 돼."

"알았어."

밀로는 커플 소파에서 일어나 눈치 채지 못하게 방을 가로질러 식당으로 들어가서는 잠시 숨을 멈추었다. 잠시 후, 작은 종소리가 부드럽고 어지럽게 온 여관에 울려 퍼졌다. 메디가 모습을 감추고 크리스마스트리를 흔들자, 파인 가족의 전통에 따라 밀로가 나뭇가지에 매달아 놓은 파인 부인의 은종들이 모두 함께 흔들린 것이었다.

"무슨 일이에요?"

캐러웨이 부인이 물었다.

"모르겠어요."

파인 부인이 대답했다. 파인 씨와 부인은 벌써 일어나 다시 거실 쪽으로 가고 있었다.

"무슨 일이지?"

나머지 손님들이 뒤를 따랐다. 밀로는 맨 끝에서 따라갔다. 도착해 보니 모두들 도둑맞은 물건들이 든 세 개의 선물을 응시하고 있었다. 선물들은 래그러그 한가운데 가지런히 놓여 있었다.

메디가 밀로의 어깨를 툭툭 쳤다. 밀로는 빙글 돌아서 어떻게 그렇게 빨리 거실을 빠져나왔는지 입 모양으로 물었다. 메디는 손가락을 입술에 대고 '쉿'이라고 속삭였다.

그 소리 외에는 온 집 안이 조용했다.

파인 씨와 파인 부인은 눈을 크게 뜨고 서로를 바라보았다.

"벤?"

밀로의 엄마가 거의 알아들을 수 없을 만큼 작은 소리로 불렀다.

"난 모르는 일인데."

파인 씨가 세 가지 선물 옆에 쪼그리고 앉아 머뭇머뭇 가장 가까운 선물을 집어 들었다. 그리고 주위를 둘러본 다음 아내를 향해 물었다.

"처음 보는 것들인데, 당신은?"

"내 것도 아니에요. 밀로, 이 상자들 알겠니?"

메디가 일러준 대로 밀로는 고개를 저으며 말했다.

"아뇨. 제 거 아니에요."

"네가 이런 비슷한 것을 가지고 내려오지 않았니? 게다가 포장 기술이… 네 솜씨 같은데…."

밀로는 손님들을 헤치고 나가 꾸러미들을 바라보았다. 자세히 살펴보는 척하다가 크리스마스트리로 가서 엄마 아빠를 위해 포장한 선물들을 찾아냈다.

"이게 제 거예요. 엄마 것 두 개, 아빠 것 두 개."

밀로의 엄마와 아빠는 서로를 바라보았다.

"저걸 열어 봐야 한다고 생각하시는 분이 있을 것 같은데. 어떻게 생각해요?"

파인 씨가 물었다. 파인 부인은 몸을 일으켜 다시 식탁 쪽을 바라보았다.

"이 상자들 아는 분 있어요?"

메디는 순진한 표정으로 금빛 투명 망토 소매 속에서 손깍지를 끼고 서서 아무 말도 하지 않았다.

"좋습니다, 그럼."

밀로의 엄마는 첫 번째 상자의 포장지를 뜯고 상자 뚜껑을 열어 안에 든 여분의 종이를 빼내고 말끄러미 바라보았다.

"이런!"

"설마!"

파인 씨는 상자 안에 손을 넣어 금시계를 들어 올렸다.

빈지 씨는 몸이 굳었다.

"세상에, 어떻게…."

빈지 씨는 휘청휘청 방을 가로질러 시계를 향해 손을 뻗었다.

"믿을 수 없군."

이번에는 히어워드 부인과 조지가 앞으로 걸어 나왔다. 밀로의 아빠는 남은 두 상자를 주워 한 사람에게 하나씩 건네주었다. 히어워드 부인은 곧바로 포장지를 찢었다. 밀로는 조지가 묻는 눈으로 클렘을 바라보는 것을 보았다. 클렘이 아주 살짝 어깨를 으쓱하며 고개를 저었다.

조지가 꾸러미의 포장지를 벗기기도 전에 히어워드 부인은 열었던 상자를 조지에게 밀어 버리고 다른 상자를 움켜잡고 포장지를 찢어 냈다. 조지는 새로 받은 상자를 손에서 놓치고 떨어뜨렸다. 종이 뭉치가 쏟아지며 향수 냄새가 진동하는 공책이 바닥으로 미끄러졌다.

"오! 없어진 줄 알았는데…."

히어워드 부인은 움켜쥐고 있던 상자를 던져 버리고 수놓인 잡동사니 가방을 높이 들었다. 그런 다음 가방을 가슴에 꼭 껴안고 소파 위에 털썩 주저앉았다. 눈물이 주르륵 흐르며 뺨 위의 파우더에 자국을 남겼다.

조지는 공책에서 눈을 떼고 밀로의 부모를 바라보다가 다음에는 밀로를 보았다.

"이것들이 어디서 나타난 거지? 네 조사의 결과야, 밀로?"

"네 조사?"

파인 부인이 밀로를 날카로운 눈으로 바라보았다.

"무슨 조사?"

메디가 손가락으로 자신의 입술에 지퍼를 채우는 시늉을 하며 고개를 흔들었다. 밀로는 잠시 말을 멈추었다. 네그렛이라면 완벽한 거짓말을 할 수 있게 해 주는 익스플로잇을 소환할 수 있었지만, 밀로는 엄마 아빠까지 속이고 싶지 않았다. 밀로는 깊게 숨을 들이쉬고 말했다.

"잃어버린 물건들을 찾으러 다녔어요, 엄마. 그리고 발견했어요. 하지만 그냥 돌려주면 제가 가져갔다고 생각할 사람이 있을까 봐 두려웠어요. 그래서… 그래서 포장을 했어요. 이렇게 하면 직접 제가 나서지 않고 돌려줄 수 있을 거라고 생각했거든요."

밀로는 조지를 흘낏 보고, 다음에는 히어워드 부인을, 그다음에는 빈지 씨를 보았다.

"하지만 전 가져가지 않았어요. 맹세해요."

파인 씨가 밀로를 팔로 감싸 안았다.

"안 가져간 것 안다, 얘야. 당연히 우린 널 믿어."

"네가… 발견했다고?"

빈지 씨가 시계를 응시하며 반복해서 물었다.

"하지만… 어떻게?"

"어떻게 어디서 찾았는지, 우리 모두 궁금하구나."

클렘이 말했다.

밀로는 동료 모험가를 흘낏 바라보았다. 메디는 눈을 굴리며 머리를 손바닥에 떨어뜨렸다.

"어떻게 찾았는지 말해 줄 수 있니?"

파인 부인이 물었다.

"네. 하지만 먼저 핫 초콜릿 좀 마실 수 있을까요?"

밀로가 대답했다.

"물론이지."

파인 부인은 밀로의 어깨를 꼭 쥐고는 다시 부엌으로 향했다.

"여러분, 커피와 케이크 어때요? 직접 가져다 드시면 됩니다."

"이건 안 좋은 생각이야."

메디가 팔짱을 끼고 옆에 와서 서며 투덜댔다.

"우린 계획대로 했어야 했어. 아무튼."

메디는 밀로가 항변하려 하자 재빨리 말했다.

"그저 날 끌어들이지 마. 우리 작전을 망칠 테니까."

메디는 주머니에 손을 넣어 고통스러울 정도로 명료하고 진실한 눈을 꺼냈다.

"네가 말하는 동안 모두를 지켜볼게. 단서를 찾을 수 있는지."

메디는 팀 전체를 위험에 빠뜨리는 어리석은 단독 행동을 하면 얼마나 나쁜 일이 벌어지는지 중얼거리며 자리를 떠났다.

밀로는 메디를 무시했다. 블랙잭 네그렛이 되어 손님들에게 모든 것을 설명하는 편이 더 쉬울지 생각하느라 바빴기 때문이다. 밀로는 많은 사람이 자신의 말에 귀를 기울일 것을 생각하자 벌써부터 조금 경련이 일었다. 그래서 밀로는 네그렛이 되기로 했다.

파인 부인이 코코아 한 잔을 들고 돌아와 난롯가 밀로 옆에 앉았다.

"진실을 말하다니 정말 용감하구나. 우린 네가 아무것도 가져가지 않았다는 걸 알아. 네가 그걸 알아줬으면 좋겠다. 아빠와 난 널 완전히 믿어."

밖에서는 바람이 점점 더 광분하며 날뛰었다. 밀로는 엄마의 어깨에 머리를 기댄 채 아무 말도 하지 않고 손님들이 디저트를 들고 와 거실에 자리 잡는 모습을 지켜보았다. 조지는 의자 하나에 털썩 주저앉으며 밀로에게 윙크를 보냈다. 히어워드 부인은 새로 우린 차 한 잔을 들고 소파로 돌아가는 길에 밀로 곁을 지나며 놀랍게도 마디진 손으로 밀로의 어깨를 부드럽게 꼭 쥐었다.

'어쩌면 저 사람들도 내가 가져갔다고 생각하지 않을지도 몰라.'

밀로는 생각했다.

빈지 씨는 늘 앉는 의자에 앉았다. 시계를 안주머니에 집어넣고, 눈에 복잡한 표정을 담고 커피 잔 너머로 네그렛을 바라보았다.

'빈지 씨는 내가 그랬다고 생각할지도 몰라.'

클렘은 히어워드 부인 옆에 앉았다. 클렘의 얼굴은 보통 때처럼 쾌활했다. 고워바인 박사는 불편해 보이는 모습으로 칸막이 포치로 나가는 문 근처에 서 있었다.

모두들 자리에 앉자 파인 부인이 네그렛을 팔로 감싸 안으며 물었다.

"준비됐니?"

네그렛은 고개를 끄덕였다.

"네."

네그렛은 자신과 시린이 히어워드 부인과 조지와 나눴던 대화 부분은 건너뛰고, 왜 빈 객실부터 살펴보게 되었는지부터 설명했다. 비누 속에서 시계를 발견할 수 있었던 건 포장지가 붙어 있지 않았기 때문이었다고 이야기했다. 그것을 집어 드는 순간 뭔가가 잘못되었음을 알았다고. 비누를 다시 싸 놓고 다른 곳에 시계를 숨기기로 했다고.

"이해가 안 되는구나. 왜 발견했을 때 곧바로 내게 말하지 않았지? 왜 바로 돌려주지 않았지?"

빈지 씨가 항의했다.

"도둑이 제가 하나를 발견한 사실을 알게 되면 나머지 물건들을 다른 곳으로 옮길지도 모른다고 생각했거든요."

네그렛이 말했다.

"그래서 시계를 다락으로 가져간 거예요."

네그렛은 다음으로 가방을 발견한 이야기를 했다. 돛천 더미의 모양이 달라진 것을 알아차려서 살펴보게 되었다고. 거짓말은 아니었지만, 아무튼 네그렛은 어떻게 어린아이 하나가 그 무겁고 거대한 캔버스 돛천을 옮길 수 있었는지 아무도 묻지 않기를 바랐다. 다행히 묻는 사람은 없었다.

"그때 클렘과 조지가 계단통에 있는 소리를 들었어요. 무슨 말을 하는지는 전혀 들리지 않았어요."

네그렛은 황급히 덧붙였다.

"하지만 그 두 사람인 건 알았어요. 그리고 조지의 향수 냄새를 맡았어요. 첫날 제가 깼던 병에 들어 있던 향수였어요. 그래서 공책이 어디 있는지 생각해 낼 수 있었어요."

네그렛은 포인세티아 이야기로 끝을 맺었는데, 그 순간 휴지통 속에서 포인세티아가 죽어 가고 있을지도 모른다는 사실을 깨닫고 찌르르 죄책감이 들었다.

"저… 다 말씀드린 것 같아요."

방 안은 잠시 조용했다.

"정말 멋지구나, 밀로."

파인 씨가 마침내 말했다.

"정말 놀라운 관찰이었어. 고맙다."

조지가 고개를 끄덕이며 박수를 치기 시작했다. 클렘이 가세했고, 히어워드 부인도 함께했다.

"내가 머그잔 다시 채워다 줄게, 밀로."

조지가 말했다.

네그렛은 미소 지었다. 시린이 단서가 나타나기를 기다리고 있다는 걸 잠시 완전히 잊었고, 엄마 아빠 사이에 오고 가는 긴장된 눈길을 못 본 척했다. 분명 엄마 아빠는 그들 가운데 여전히 도둑이 있다는 사실을 잊지 않았다. 네그렛은 핫 초콜릿을 들고 앉아서 그날 하루가 시작된 뒤 처음으로 서로를 수상쩍어 하지 않는, 다정한 집안 분위기를 만끽했다.

그러나 그 기분은 오래 지속되지 못했다. 우선, 도둑은 아직 잡히지 않았다. 또 한 가지 이유는 목록으로 만들어 둔 단서와 의문들이 그대로 남아 있었다. 도둑맞은 물건들을 돌려준 지금, 항목 하나는 줄을 그어 지워도 좋겠다는 생각이 떠올랐다.

조지와 빈지 씨는 되찾은 물건을 치워 놓기 위해 위층으로 올라가고 없었지만, 히어워드 부인은 아직 무릎에 가방을 올려놓고 애틋하게 바늘땀을 손가락으로 쓸며 소파에 앉아 있었다. 네그렛은 난롯가에서 일어나 부인 옆에 가서 앉았다.

"히어워드 부인? 질문 하나 드려도 될까요?"

부인이 미소 지었다.

"그 정도야 얼마든지. 그래, 뭘 알고 싶은데?"

가방은 철문과 한 개의 금빛 랜턴이 있는 쪽이 위로 향해 있었다.

"그 반대쪽에서요, 집의 철문 위에 중국 글자처럼 보이는 상징이 있는 걸 보았어요."

히어워드 부인이 가방을 뒤집었다.

"이거 말이냐?"

"네. 그게 무슨 뜻인지 여쭤봐도 될까요? 아신다면요."

부인은 잠시 망설이다가 다시 미소 지으며 흘낏 주위를 둘러보았다. 고워바인 박사는 포치로 담배를 피우러 나갔고, 다른 사람들은 부엌에서 케이크를 더 먹거나 머그잔을 다시 채우고 있었다. 부인은 목소리를 낮춰 말했다.

"그건 이 집의 원래 이름이란다, 밀로. 어떻게 발음해야 할지 모르겠지만, 우리 가족은…"

부인은 그들만 있는 것을 확인하기 위해 주위를 둘러보았다.

"우리 가족은 늘 랜스디가운이라고 불렀단다."

밀로의 입이 떡 벌어졌다.

"조지의 카메라하고 똑같은 이름이네요!"

히어워드 부인이 반쯤 미소를 머금고 고개를 끄덕였다.

"그렇지. 조지가 어디서 그 이름을 생각했는지 어떻게 물어볼까 싶던 참이다. 너한테 말해 주지 않았구나?"

밀로는 고개를 끄덕였다.

"조지는 그 이름의 뜻을 제가 알 거라고 생각하는 듯 보였어요. 잘 생각해 봐서 기억이 나면 조지한테 말해 줄 것 같았나 봐요."

"흥미롭구나. 당분간은 방금 내가 한 말을 조지에게 하지 말았으면 고맙겠다, 밀로."

히어워드 부인이 중얼거렸다.

"직접 이야기하실 건가요?"

노부인은 상을 찡그렸다.

"아직 잘 모르겠구나. 잠시 생각해 볼게."

바로 그때, 뭔가 쩍 갈라지는 소리가 밤의 어둠을 뒤흔들었다.

바람과 얼어붙은 나뭇가지들이 몇 시간 동안 시끄럽게 아우성을 쳤지만, 이번에는 소리가 달랐다. 귀가 먹먹했다.

"저게 뭐죠? 맙소사, 집이 무너지나 봐요!"

히어워드 부인이 비명을 질렀다.

"목소리 좀 낮추시지요, 부인!"

쿵쿵거리며 포치에 나갔다가 들어온 고워바인 박사가 으르렁거렸다.

파인 부인이 부엌에서 달려 나왔다.

"집이 아니에요."

파인 부인이 달랬다.

그러는 사이 파인 씨는 서둘러 로비에서 코트를 입고 부츠를 신었다. 집은 아니었지만 소리는 분명했다. 파인 씨는 밀로가 자신을 바라보는 것을 알아차리고 싱긋 웃었다.

"한번 나가 보마. 커다란 나뭇가지인 것 같아. 쓰러지지 않았는지 확인하고 싶구나. 같이 갈래?"

"저도 가도 될까요? 겨울밤을 좋아하거든요."

조지 모셀이 빠른 걸음으로 다가오며 코트에 손을 내밀었다.

파인 씨는 망설였다.

"글쎄요…. 바깥은 너무나 추울 텐데."

"괜찮아요, 파인 씨. 추위는 아무렇지도 않아요."

조지는 어깨에 휙 코트를 두르고 지퍼를 채우며 말했다.

"앞장서세요."

분명히 파인 씨는 조지가 함께 가는 것을 달가워하지 않았지만 반대를 하는 대신 그냥 어깨를 으쓱했다. 세 사람은 어둠 속으로 걸어 나갔다.

밀로는 세 걸음도 가기 전에 거의 바닥에 등을 대고 누울 뻔했다. 포치는 빙판이었다.

"이런, 조심해라!"

파인 씨가 밀로의 흔들리는 팔을 잡았다가 자신까지도 넘어질 뻔했다.

"두 분 다 괜찮으시겠어요? 그러면서 저를 걱정하시다니."

조지가 웃었다.

난간에 매달려 조심스레 조금씩 움직였기에 그다지 많이 미끄러지지 않고 포치를 벗어났다. 밀로가 눈 위로 내려오니 부츠 밑의 표면은 설탕 입힌 쿠키를 깨물었을 때 설탕이 부서지는 것 같은 소리가 났다. 초록색 고무 부츠는 위쪽 3센티미터만 보일 정도로 눈 속으로 빠져 들어갔다. 지붕 있는 포치를 나서자, 바람이 뺨을 얼얼하게 했고, 나무들이 삐걱거리는 소리는 마치 울고 싶은 기분에 사로잡힌 폭풍의 비명 같았다.

"밀로, 조지하고 정자를 확인해 주겠니?"

파인 씨가 제안했다.

"얼음을 조심하고 층계에서 떨어져 있어라. 나는 오르막에 있는 헛간과 별채 건물들을 살펴보마."

조지는 생각에 잠긴 눈으로 파인 씨가 집 뒤로 돌아 눈 속을 걸어가는 모습을 지켜보았다. 그러고는 밀로가 있다는 사실을 그제야 기억한 듯 돌아서서 미소를 지었다.

"너랑 나만 남았네."

조지는 밀로의 곁에 머무는 것을 좋아하지 않거나, 아니면 밀로 자신과 똑같은 의문을 품고 있다는 생각이 들었다. 파인 씨는 대체 무엇을 살펴보러 갔을까?

두 사람은 파삭거리는 눈을 뚫고 쿵쿵거리며 숲 가장자리 경계 쪽으로 갔다. 그러면서 밀로는 돌로 만든 헛간은 아무리 큰 나뭇가지가 쓰러지더라도 손상되지 않으리라는 것을 조지가 알아야 할 이유는 없다고 생각했다. 나머지 별채 건물들로 말하면….

"아."

밀로는 조금 전 그 소음이 무엇이었는지, 그리고 아빠가 어디로 갔는지를 깨닫고 비틀거렸다.

조지가 큰 걸음으로 몸을 날려 밀로의 곁으로 왔다.

"왜 그래?"

"네?"

밀로가 순진한 표정을 지으려 애쓰며 똑같이 되묻고는 다시 나무들을 향해 쿵쿵 걸어갔다. 그때 밀로는 뭔가를 발견하고 다시 비틀거렸고, 아버지가 무슨 일을 하려는지는 완전히 잊어버렸다.

그들 앞쪽 숲속에 한 남자가 맨 위 계단에서 승강장으로 막 올라오고 있었다. 남자는 폭발적인 한숨 소리를 내며 들고 있던 가방을 떨어뜨리고 바닥에 허물어지듯 쓰러졌다. 조지는 목이 졸린 듯한 비명을 질렀지만, 밀로와 함께 서둘러 남자에게 다가가는 동안에는 입을 다물었다.

둘은 조심조심 남자가 쭈그리고 앉은 곳으로 갔다. 조지가 무릎을 꿇었다.

"어디서 온 거예요? 괜찮아요?"

조지가 숨 가쁘게 물었다.

"저기 벤치가 있어요."

밀로가 말했다.

"근육을 움직일 수 없어요."

낯선 남자가 신음 소리를 냈다.

밀로와 조지는 서로 바라보다가, 각각 남자의 팔을 하나씩 잡고 조심스레 남자를 일으켜 세웠다. 조지는 붙들고 있는 팔 아래로 자신의 어깨를 밀어 넣었다.

"내가 부축해서 집으로 갈 테니 넌 가방을 가져다줄래, 밀로?"

"알았어요."

남자는 파랑 머리 여자에게 몸을 기댄 채 반은 부축을 받고 반은 끌려서 여관으로 향했다. 밀로는 남자가 떨어뜨린 가방을 주워 들고 비틀비틀 뒤따라갔다.

밀로는 조지를 도와 낯선 남자를 얼음 계단 위로 끌어 올렸다. 불쌍한 사람. 방금 수백 개의 얼음 계단을 올라왔는데…. 밀로는 생각했다. 둘은 가까스로 문을 여는 데 성공했다. 밀로는 지나가면서 흘낏 종을 바라보며 왜 남자가 레일카를 부르는 종을 치지 않았을까 의아했다. 자세히 보니 종은 금속과 얼음이 함께 얼어서 단단하게 붙어 있었다.

조지와 밀로는 새로 도착한 남자를 집 안으로 옮기고 로비의 벤치에 앉혔다.

"누가 담요 좀 갖다 주세요! 당장요."

조지가 외쳤다.

"엄마!"

밀로가 최대한 다급한 어조로 덧붙였다.

파인 부인이 번개처럼 나타났고, 한 걸음 뒤에 캐러웨이 부인이 나타났다. 밀로 엄마는 걸음을 멈추고 추위에 떨며 언덕을 올라온 남자를 응시하다가 조지를 도와 남자의 코트를 벗겼다.

"괜찮아질 거예요. 괜찮을 거예요. 이제 안전해요."

조지가 부드럽게 말했다.

"누굽니까?"

빈지 씨가 그들 위로 몸을 숙이며 자세히 보려고 코를 아래로 내려뜨렸다.

"몰라요. 부둣가부터 줄곧 걸어왔나 봐요. 종이 작동하지 않아요."

밀로가 말했다.

"클렘, 커피 좀 가져다주세요!"

파인 부인이 외쳤다.

"제 이름은 오, 오웬입니다."

낯선 남자가 간신히 말했다.

"고맙습니다."

그날 밤 밀로의 입이 두 번째로 떡 벌어졌다. 밀로는 조지를 바라보았다. 밀로의 시선과 마주친 조지는 추위 탓이라고 말할 수 없을 만큼 얼굴이 붉어졌다. 그렇다. 남자는 조지와 클렘이 공통으로 알고 있는 수수께끼 인물 오웬임이 틀림없었다.

"담요를 가져올게요."

캐러웨이 부인이 말하고 사라졌다.

남자는 클렘과 조지와 마찬가지로 상당히 젊었다. 머리색은 검었고, 제 얼굴색을 되찾아 가는 지금 보니 피부도 거무스레했다. 눈은 적어도 일부는 아시아계였다.

'나랑 조금 비슷하네. 적어도 이 방에 있는 어느 누구보다도 더 나를 닮았어.'

밀로는 그 점을 깨닫고 깜짝 놀랐다.

"커피 여기 있어요. 대체 무슨…."

로비에 도착해서 옹기종기 모여 있는 사람들 사이에 끼어든 클렘 캔들러는 갑자기 말을 멈췄다. 손에서 컵이 떨어지며 남자 곁에 쪼그리고 앉았던 빈지 씨의 머리를 맞고 튀어 나갔다. 김이 나는 뜨거운 커피가 사방으로 튀고, 머그잔은 바닥에 부딪혀 산산조각이 났다.

빈지 씨는 머리를 움켜쥐고 울부짖으며 펄쩍 뛰었고, 뒷걸음질을 치다가 담요를 한 아름 안고 계단을 뛰어 내려오는 캐러웨이 부인과 부딪혔다. 어른 두 사람이 넘어지며 퀼트 담요 네 장이 날아갔다. 파인 부인은 놀라서 손을 들어 올려 손뼉을 쳤지만 이내 정신을 가다듬고 손을 뻗어 빈지 씨가 일어서는 것을 도왔다.

"죄송합니다, 빈지 씨. 저랑 같이 가시지요. 얼음 팩을 만들어 드릴게요."

클렘은 벤치에 앉아 있는 청년을 응시하며 꼼짝도 하지 않고 서 있었다. 얼굴은 창백하고 눈은 휘둥그레져 있었다. 클렘이 여관에 도착한 뒤 처음으로 침착함이 사라진 모습이었다.

밀로는 클렘의 시선을 따라 다시 낯선 남자 오웬을 바라보았다. 오웬은 가까스로 희미한 미소를 지었다.

"널 찾을 거라고 내가 말했지, 오틸리에."

밀로와 마찬가지로 클렘과 남자가 주고받는 눈길을 자세히 지켜보던 조지가 외마디 소리를 질렀다.

"아냐."

부드럽지만 고통스런 소리였다.

아무도 조지의 말을 들은 것 같지 않았다. 클렘이 천천히 고개를 끄덕였다.

"네가 이겼어, 오웬."

조지가 이상한 웃음을 터뜨렸다. 사실 밀로가 듣기에 웃음소리라기보다는 거의 울음소리라는 확신이 들 만큼 흐느끼는 듯한 웃음이었다. 그러나 이상한 미소이긴 했지만 조지는 웃고 있었다. 그러면서 말했다.

"저 사람이 널 오틸리에라고 부른 거야? 오틸리에라고?"

"그건 내 가운데 이름이야."

클렘이 조용히 말했다.

두 줄기로 빛나는 축축한 선이 조지의 얼굴을 타고 흘러내렸다.

"클레멘스라는 이름은 좀 웃기긴 했어."

조지는 소매로 얼굴을 닦고 벌떡 일어나 비틀비틀 계단을 올라갔다.

사람들은 조지가 가는 것을 지켜보다가 다시 반쯤 얼어 있는 젊은이에게 주의를 돌렸다. 클렘은 남자에게 담요를 겹겹이 둘러 준 다음, 캐러웨이 부인과 함께 조심스럽게 그를 일으켜 세워 소파로 안내했다.

"이 사람 아세요?"

파인 부인이 부엌 입구에서 물었다. 파인 부인 뒤에는 빈지 씨가 얼음을 가득 채운 수건을 관자놀이에 대고 그들을 지켜보았다.

"네."

클렘이 말했다. 그리고 리지에게서 김이 나는 머그잔을 받아 오웬의 찬 손으로 감싸주었다.

"마셔 봐."

클렘은 오웬이 컵을 들어 한 모금 마시도록 도와주었다.

'이건 오웬하고는 아무 상관이 없어.'

이곳에, 난데없이, 클렘의 중간 이름을 잘 아는 오웬이란 사람이 나타났다. 조지는 마지막까지 꽤 잘 감추고 있었지만, 조지 역시 오웬을 아는 것이 분명했다.

그러는 사이에 파인 씨는 바깥 어딘가에서 아직도 소음을 조사하고 있었다. 밀로는 어찌할 바를 몰랐다. 오웬이란 사람은… 그가 누구든 대단히 큰 단서였다. 하지만 여자들이 야단법석을 치며 남자를 둘러싸고 있는 지금은 무슨 질문을 해도 대답을 들을 수 있을 것 같지 않았다.

아직 코트와 부츠를 벗지 않은 밀로는 밖으로 나가 아빠의 발자국을 따라 마당을 가로질렀다. 아빠의 발자국은 석조 헛간을 막 지나자 바람에 삐걱거리는 숲으로 사라졌다. 어둠 속에서 파인 씨의 발자국은 보이지 않았지만 문제가 되지 않았다. 밀로는 아버지가 어디로 갔는지 알았다.

이곳 숲에는 옛날 붉은 석조 별채 건물들이 드문드문 흩어져 있었다. 그린글라스 하우스의 땅이 아주 옛날, 언덕 꼭대기의 수도원에 속했던 때부터 있던 건물이었다. 밀로는 그 가운데 하나를 지난해 여름, 요새로 바꾸었다. 다른 한 건물에는 돌이 많은 땅에서 솟아오르는 샘이 있었다. 파인 씨 부부는 또 다른 건물 한 채를 창고로 쓰면서, 쓰다 남은 목재와 돌과 오래된 철제 부품들로 채워 놓았다. 가장 오래된 것은 벽 세 개와 굴뚝 삼 분의 이가 남은 건물로, 꽤 많은 덩굴 식물이 주변을 감고 올라가 점거하고 있었다. 그리고 또 다른 건물은 버려진 지하 선로로 가는 입구를 숨기고 있었다.

낵스피크시가 개발하려다 실패한 철로가 있었다. BTS, 즉 지하 교통 시스템이라고 불리는 철로였다. 옛날, 적어도 밀로가 태어나기 전에는, 성당 절벽이라는 뜻을 지닌 생추어리 클리프라는 이름의 역이 있었다. 철로 자체가 폐쇄되었어도 도시 여기저기 산재해 있는 옛날 역들에 크게 신경 쓰는 사람은 없었다. 밀로 아빠의 말에 따르면 대부분의 사람은 심지어 역이 있는지도 알아차리지도 못했다. 파인 씨는 역들이 주변 환경과 잘 어우러지게 지어져서 그렇다고 말했지만, 밀로는 모든 역이 생추어리 클리프 역처럼 생겼다면 역을 건설한 사람들은 실제로 역이 있다는 사실을 숨기려 했을 거라고 생각했다. 딱히 철도역을 찾는 사람이 아니라면 그것이 역인지 절대 발견하지 못했을 거다.

낵스피크의 밀수업자들은 그 철도를 '굴과 모퉁이의 옛날 철도'라 불렀고, 온갖 종류의 이야기를 알고 있었다. 이 철도는 도시의 가장 유명한 몇몇 러너의 전설 속에 출현했고, 그린글라스 하우스에 머물렀던 몇몇 별 볼일 없는 사람들조차도 그 철도는 실제로 절대 버려지지 않았다고 주장했다.

그렇긴 해도 대부분은 그 말이 사실인지 아닌지 잘 몰랐다. 정확히는 기차 한 대가 아직도 옛날 노선을 달리고 있었고, 그 기차에서 일하는 승무원 하나가 있었다. 바로 그 승무원이 여관의 정기적인 손님이었다. 그는 언제부턴가 파인 씨 부부를 믿기 시작했고, 밀로 가족과 캐러웨이 가족은 기차가 운행된다는 사실을 알고 있는 아주 아주 몇 안 되는 사람이 되었다.

밀로는 나무들 사이로 언덕을 올라갔고, 마침내 생추어리 클리프 역사의 눈을 테처럼 두른 붉은 바위에 이르렀다. 두 사람이 밖에 서서 쇠 빗장이 걸린 나무 문의 검은 판을 응시하고 있었다. 나무 문은 눈보라 속에서 비스듬히 놓여 있었다. 세 번째 인물이 어두운 역 안에서 나와 두 사람에게 손을 내밀었고, 두 사람은 그가 문의 경사면을 기어올라 밖으로 나오도록 도왔다.

"미안하네, 친구."

세 번째 사람이 말했다. 그는 위아래가 붙은 회색 작업복 위에 거대한 패딩 코트를 입고 있었고, 가죽으로 묶은 고글을 이마에 걸치고 있었다.

"자물쇠가 꽁꽁 얼었더군."

기묘한 악센트와 고글. 밀로는 즉시 그가 마지막 남은 지하 철도 차량의 승무원인 브랜든 레비임을 알아보았다.

"그건 걱정 말게. 자네가 갇히지 않아 기쁘네."

밀로의 아빠였다. 세 사람은 함께 쓰러진 문을 잡고 제자리로 밀었다.

키가 큰 승무원이 몸을 돌려 가죽 장갑에서 눈을 털어 냈다.

"어이 벤, 일행이 하나 더 생겼네."

브랜든이 손을 흔들었다.

"안녕, 밀로."

밀로도 손을 흔들었다.

"안녕하세요, 브랜든 아저씨. 걱정 마세요, 아빠. 조지는 집에 돌아갔어요. 그리고 새 손님이 왔어요."

"새 손님?"

파인 씨는 얼음이 된 눈을 가로질러 걸어와 나무들 사이로 집 쪽을 바라보았다.

"언제?"

"조지와 제가 정자에 갔을 때 막 계단을 올라왔어요. 이름이 오웬이래요."

밀로가 말했다.

"그리고 클렘 캔들러를 아는 것 같아요. 하지만 그 사람은 클렘을 다른 이름으로 불렀어요. 오테리라든가 뭐 비슷한 거요. 기묘한 이름이었어요."

"맙소사."

파인 씨는 브랜든과 세 번째 남자에게 돌아섰다. 밀로는 그 사람 역시 알아보았다. 펜스터 플럼이었다. 봄마다 그린글라스 하우스에 정기적으로 들리는 밀수업자로, 왜소한 초목들을 거래했다. 독 홀리스톤과 함께 항해하고 홀리스톤의 유령을 보았던 바로 그 펜스터였다.

밀로의 아버지가 니트 캡 아래 머리를 긁으며 말을 이었다.

"내 생각에는 사람들이 물어볼 경우를 대비해서 자네 둘 다 누구며 무엇을 하는 사람인지 생각해 놓는 게 좋을 것 같아. 말했듯이 안에는 이상한 사람들이 있거든. 적어도 도둑이 있어. 관세사 같은 사람은 없는 것 같지만, 확실히 말할 수는 없어서 말일세."

"걱정 말게. 사실대로 말하지 뭐. 지하 선로에 대한 부분은 빼고."

브랜든이 쉽게 말했다.

"모비드 스트리트의 격투 클럽에 문의해 보라지. 나를 보증해 줄 사람들이 엄청나게 많으니까. 바로 지난 달 한바탕했거든."

브랜든이 밀로에게 윙크를 했다.

"다른 녀석 머리에 돌려차기를 해서 이겼지. 정통으로 맞았다네."

밀로와 파인 씨는 펜스터를 바라보았다.

"왜? 생각해 두겠네."

펜스터가 힘없이 말했다.

"지금 생각해 보게. 그리고 잊지 않도록 노력해 보게. 자네도 자신이 거짓말을 얼마나 못하는지 알잖나."

브랜든이 인상을 쓰며 말했다.

"내가 왜 거짓말을 잘 못해?"

펜스터가 항의했다. 하지만 그 말은 밀로조차 눈을 굴릴 정도로 명백한 거짓말이었다.

"난 꽃과 구근에 대해서는 잘 알아. 그러니 난 정원사라고, 그 비슷한 거라고 말할 수 있어."

펜스터는 방어했다.

"나쁘지 않은걸. 자네는 수도원에서 일하는데 집에 가는 길에 폭풍 때문에 발이 묶였다고 하는 거야."

브랜든이 말했다.

"따분한 신분이네. 기왕 가짜 신분을 갖는다면, 왜 난…."

펜스터가 투덜거렸다.

"그건 완벽한 신분이야. 그 신분으로는 곤란한 상황에 빠질 일이 없을 거야. 그게 중요해."

브랜든이 말을 막았다.

파인 씨는 곧장 여관 쪽으로 가는 대신 숲을 지나는 우회로로 일행을 안내했다. 나무들을 베어 낸 자리가 하얗고 평평하고 길게 나 있었다. 눈과 얼음으로 뒤덮인 더러운 길이었다. 그리고 맨 뒤에서 투덜대는 펜스터와 함께 다시 그린글라스 하우스를 향해 내려갔다.

"이렇게 하면 숲을 통과한 게 아니라 길에서 온 것처럼 보이겠네요?"

밀로가 추측을 말했다.

"바로 그거야."

브랜든이 자신의 코 옆을 톡톡 쳤다.

"모르는 사람들에게 지하 철로에 대해 말하지 않는 편이 더 좋으니까."

브랜든은 다시 펜스터를 노려보았다.

"자네, 잊지 않고 있지?"

"난 바보가 아닐세."

펜스터가 중얼거렸다.

한 굽이를 돌자 여관의 작은 주차장에 파인 가족의 트럭과 캐러웨이 부인의 자동차가 눈에 덮여 거대한 덩어리가 되어 있었다. 그린글라스 하우스의 불빛들이 오래된 유리창 뒤에서 아늑하게 빛났다. 네 사람이 잔디를 가로지르기 시작한 바로 그때, 바람이 나무들을 칼로 헤집듯 언덕을 내려와 세상의 모든 것을 그 어느 때보다 더 심하게 흔들고 부러뜨리는 소리를 냈다. 바람은 다시 언덕 위로 계속 치달았다. 상록수들 사이 어딘가에서 뭔가 끊어지는 둔중한 소리가 들렸고 일 분도 채 지나지 않아 밀로의 바로 눈앞에서 그린글라스 하우스의 모든 불빛이 꺼졌다.

2권에서 계속됩니다.